华北抗日根据地及解放区文艺大系

陈晋 郑恩兵 主编

河北红色文艺
作品选

戏剧卷

郑恩兵 胡景敏 高露洋 编

河北出版传媒集团

河北教育出版社

图书在版编目（CIP）数据

河北红色文艺作品选．戏剧卷 / 郑恩兵，胡景敏，高露洋编．-- 石家庄：河北教育出版社，2023.12

（华北抗日根据地及解放区文艺大系 / 陈晋，郑恩兵主编）

ISBN 978-7-5545-7686-1

Ⅰ．①河… Ⅱ．①郑… ②胡… ③高… Ⅲ．①中国文学－现代文学－作品综合集②剧本－作品集－中国－现代 Ⅳ．① I216.1 ② I230

中国国家版本馆 CIP 数据核字（2023）第 066839 号

书　　名	河北红色文艺作品选·戏剧卷
	HEBEI HONGSE WENYI ZUOPIN XUAN XIJU JUAN
编　　者	郑恩兵　胡景敏　高露洋
责任编辑	程亚星
特约编辑	谢佳昀
装帧设计	郝　旭
出　　版	河北出版传媒集团
	河北教育出版社　http://www.hbep.com
	（石家庄市联盟路705号，050061）
印　　制	石家庄众旺彩印有限公司
开　　本	787毫米×1092毫米　　1/16
印　　张	24
字　　数	299千字
版　　次	2023年12月第1版
印　　次	2023年12月第1次印刷
书　　号	ISBN 978-7-5545-7686-1
定　　价	148.00元

版权所有，侵权必究

丛书编委会

顾　问
陈平原　刘跃进　王长华　李　扬

编委会主任
吕新斌

编委会副主任
彭建强　孟庆凯　刘　月

主　编
陈　晋　郑恩兵

副主编
董素山　向　回　汪雅瑛

编　委（按姓氏笔画排序）
马春香　王少军　王亚民　田浩军　包来军　吉　喆　刘书芳
刘贵廷　关小彬　杨　程　杨春生　宋少净　张　辉　张川平
赵　华　高露洋　郭义强　阎晓宏　梁晓晓

编纂说明

在中国共产党百年发展历程中，文艺始终是党领导人民开展进步事业的有机组成部分，是党在各个历史时期的中心工作的实时反映和重要推动力量。"华北抗日根据地及解放区文艺大系"，是一部全面展示抗日战争和解放战争时期华北地区党的历史创造、奋斗风采和形象建构的大型革命历史文艺文献丛书，对于深入研究华北地区革命文艺史、红色新闻史，弘扬伟大建党精神、梳理中国共产党人精神谱系，是必不可少的第一手资料，是我们在新时代坚定树立文化自信的重要思想资源。

一、编纂缘起

抗日战争及解放战争时期，华北地处各方政治与文化力量激烈博弈的前沿，这种特殊政治、军事、文化、地理环境中产生的革命文艺，具有鲜明的地域性特征，是五四新文化运动以来的革命文艺发展史上的突出标识。

但一直以来，由于史料文献整理不足，对华北抗日根据地及解放区文艺的研究，始终未能深入，其独特的地域性实践价值和蕴含的文化创新意义被严重遮蔽。这些史料文献主要以党报党刊的形式呈现，梳理汇编这些党报党刊中的革命文艺史料，借之以探索华北革命文艺的发展路径、发展方向、创造机制和创新经验，是深入贯彻习近平总书记关于"把红色资源利用好、把红色传统发扬好、把红色基因传承好"，"用好红色资源、赓续红色血脉"等系列重要讲话精神的有力举措，也是新时代文艺研究者不可推卸的责任。

2017年6月左右，我们去中国社科院文学所拜访时任所长刘跃进先生，协商合作研究事宜，寻求中国社科院文学所的帮助。请教过程中，刘先生建议我们结合地方特色，做好地方红色文艺文献的搜集整理与编纂出版工作。经过一段时间筹备，2017年底，我们以"河北红色经典系列丛书"为名，正式申报"2018年度河北省省级宣传文化发展专项资金"项目并成功立项，旨在通过选定刊行河北红色经典作品、梳理汇编河北红色经典研究资料、系统阐述河北红色经典发展历史等基础性工作，打造一个集大成式的河北红色经典文献资料库。

项目最初设计共二十四卷，包括六大板块：《河北红色经典史》一卷、《河北红色文艺作品选》六卷、《河北红色经典作家作品索引》三卷、《河北红色经典研究资料汇编》四卷、《〈晋察冀日报〉副刊文学作品全编》六卷、《晋冀鲁豫抗日根据地文艺作品及〈新华日报〉太行版文艺作品汇编》四卷。但在项目实施过程中，我们充分吸收专家意见，认为网络时代和大数据背景下的科研活动有了很大变化，《河北红色经典作家作品索引》与《河北红色经典研究资料汇编》的编纂工作，在当前学术生态中价值不大，并予以取消。同时，在项目实施过程中我们发现，《晋察冀日报》《人民日报》等党报除刊发大量文艺作品外，还有大量记录边区文艺工作者行迹，反映边区戏剧、音乐、文学、美术、舞蹈、曲艺活动与报刊书籍出版发行等各方面情况的文艺史料，以及体现我党文艺方向、方针变化的政策文件与重要领导讲话，是华北地域党和人民对敌作战的重要宣传武器，更是飘扬在华北地区军民心中一面旗帜。这些史料是华北地域革命文艺发生、发展与壮大的真实记录，对我们正确认识革命文艺的特点与历史地位有重要的决定性作用。

为此，我们精心整理了《〈晋察冀日报〉文艺文献全编》《晋冀鲁豫〈人民日报〉文艺文献全编》《〈晋察冀画报〉文艺文献全编》《晋察冀日报社人物志》（共五十一卷），同时收入全国抗战时期和解放战争时期与河北地域相关且被广大群众所喜爱并广泛传唱的红色文艺作品，结集为《河北红色文艺作品选》（共六卷），至此形成丛书目前的五大板块，而且将名称由"河北红色经典系列丛书"改为"华北抗日根据地及解放区文艺大系"，方便以后在此基础上做进一步拓展。

二、地域范围及文艺特质

华北抗日根据地包括当时山东、河北、山西、察哈尔、绥远、热河全部及豫北、苏北、皖北部分地区，分晋绥、晋察冀、晋冀豫、冀鲁豫、山东五大块。1941年，冀鲁豫合并到晋冀豫，称晋冀鲁豫。其中晋察冀抗日根据地作为开辟最早、地域最大、人口最众的模范抗日根据地，是华北抗日根据地的坚强堡垒，牵制和抗击了三分之一以上的华北日军和二分之一的伪军。

在河北及其邻省周边地区开辟与创建华北抗日根据地，是红军长征到达陕北之后党中央迅速做出的重大战略决策。这些根据地地处对日武装斗争最前线，不仅打开了抗战的新局面，成为华北敌后抗战的主战场，而且进行了新民主主义社会的实践探索，对解放战争的历史进程产生了巨大影响，成为我党开辟东北解放区的前进基地和逐鹿中原的战略后方。随着抗日根据地的开辟，延安文艺工作团、西北战地服务团、东北促进纵队干部队、八路军总政治部前线记者团等大批文艺工作者，随同党政干部一道陆续抵达华北，东北、平津的青年学生也纷纷冒着生命危险来到边区。他们一手拿枪，一手拿笔，深入农村与抗战前线，切身体会工农兵的生活，深刻了解工农兵的需求，从而根本上克服了艺术至上主义思想倾向。所以，华北抗日根据地及解放区文艺，既响应了伟大的民族抗战对文学艺术提出的时代要求，亦充分兼顾到广大人民群众的接受习惯和欣赏水平，真实地反映了华北人民火热的战斗与生产生活。很多作者本身就是农民、战士或基层工作者，他们把自己的经历和熟悉的人和事，通过小说、戏剧、诗歌、报告文学、歌曲、绘画、舞蹈等文艺样式记录下来，语言通俗平实，富有生活气息。由于产生于特定时代、特定区域而又适应特定需要，故而无论是题材、语言还是风格，在体现革命大众文艺共性的同时，又具有强烈的华北地域特性。

华北抗日根据地及解放区文艺的繁荣发展，是专业文艺工作者与工农兵群众共同创造的结果。人民群众不仅是革命文艺运动的主导主体、推进主体、受益主体，还是一切成败得失的评判主体。华北抗日根据地及解放区文艺，归根结底，是"以人民为中心"的文艺。

三、学术价值

今天的河北在抗日战争、解放战争时期是晋察冀、晋冀鲁豫两大根据地的中心区域，有着悠久的革命历史传统和丰厚的红色文化底蕴。据不完全统计，抗日战争和解放战争期间，仅晋察冀边区专区以上就办有报刊四百余种，编印图书五百余万册。如果将这种统计扩大到环绕河北的整个华北抗日根据地及解放区，时间扩展至从中国共产党成立到中华人民共和国成立，数据更为可观。这些红色图书、报刊的出版发行，团结了一大批来自全国各地的著名革命文艺家和专业文艺工作者，其中有大量文艺相关信息，是研究近现代中国革命文艺的重要史料。但因受当时物质条件及复杂局势影响，它们传播范围有限，保存困难，如今已普遍出现老化或损毁现象，面临着消失、断层的危险。

长期以来，由于对抢救、整理和利用红色文艺文献的意义认识不足，现行的科研评价、出版机制亦难以有效刺激科研工作者积极从事老旧报刊等红色文艺文献的系统整理，大量有待整理的红色文艺文献尚未进入学界的视野。特别是华北抗日根据地及解放区的文艺文献，有很多甚至还是学术盲区。如《冀中导报》《救国报》《边政导报》《冀南日报》《团结报》《前进报》《新察哈尔报》《冀热察导报》等各类党报，以及《冀热辽画报》《冀中画报》《北方文化》《五十年代》《新长城》《新群众》《诗建设》《诗战线》等期刊，虽有部分学者对其办报（刊）历程、思想以及传播等方面予以研究，但均无系统的文艺文献整理本。"华北抗日根据地及解放区文艺大系"整理的《晋察冀日报》、晋冀鲁豫《人民日报》、《晋察冀画报》，是当时华北抗日根据地及解放区党报党刊的典型代表，是党的理论和实践同文艺结合的主要媒介和载体，是华北革命文艺重要的传播平台。这些报刊，既客观记录了华北革命文艺的传播与发展，也完整展现了华北革命文艺的特殊使命与风格特征，具有极其重要的史料价值。在此基础上，我们还会将视角延伸到《晋绥日报》《新华日报·太行版》《新华日报·太岳版》等党报，不断地充实这套大型文献史料丛书，以此来系统建构华北抗日根据地及解放区的"文艺史料学"。

四、丛书特色

这套丛书的编纂，主要以抗日战争及解放战争期间华北境内各根据地、解放区出版、发行、制作之图书、期刊、报纸等红色文献中的文艺资料为内容。编纂特色主要包括：

（一）抢救珍贵历史文献，弘扬伟大建党精神。

华北抗日根据地及解放区的红色文献发行于条件艰苦的战争年代，数量少，印制质量粗糙，历经岁月的洗礼，留存下来的品相完好者已经很少，有些到今天已成孤本。这些文献作为特定历史时期和区域的产物，见证了中国共产党领导华北人民争取民族独立和人民解放的伟大历程，反映了华北近代社会的巨大变化，蕴含着珍贵的史料价值和鉴往知来的现实意义，是中国共产党领导的文艺事业、新闻出版事业与意识形态建设发展的历史见证。它们诠释了党的初心和使命，蕴含着坚定的理想信念与崇高的革命精神，到今天仍然具有强大的感染力与说服力，是陶冶情操、磨炼意志，走好新时代长征路的有效精神资源。抢救性搜集、整理与研究这些珍贵历史文献，有利于增强党政干部政治信仰，弘扬伟大建党精神和践行社会主义核心价值观。

（二）文艺与党史密切融合，拓展革命文艺与党史研究的新视野。

革命文艺作品的创作、发表和传播，和党的历史任务和奋斗实践是分不开的。在艰苦卓绝的革命岁月，奋斗前行的中国共产党始终强调，既要拿"枪杆子"，也要拿"笔杆子"。革命的文艺工作者，一手拿枪，一手拿笔，深入农村与抗战前线，以人民大众易于接受和欣赏的形式，宣传党的政策，推行党的方针，为中国共产党顺利完成不同历史阶段的中心任务和伟大使命发挥了独特而重要的作用。本套丛书收入的文献史料，主要是抗日战争与解放战争时期党报党刊中的文艺作品与文艺史料，它们鲜明生动地体现了党的历史，党领导人民争取民族独立、人民解放的奋斗历程和精神面貌，从而为学界从文艺角度研究党史和从党史角度研究文艺提供了有力支撑。

（三）作品汇编与史料梳理并行，还原革命文艺的历史场域。

"华北抗日根据地及解放区文艺大系"的编纂，全面辑录华北抗日根据地及解放区党报党刊上刊登的诗歌、小说、戏剧、报告文学、散文、歌曲、版画等文艺作品，并系统梳理当时文艺发生、发展、传播以及社会各界文艺活动的各类消息和报导，同时选编了大量的河北红色文艺作品作为补充。这种文艺史料与文艺作品的配合整理，还原了革命文艺的历史场域，有利于构建对革命文艺的科学认识。

五、丛书内容

（一）《〈晋察冀日报〉文艺文献全编》共三十八卷：

诗歌三卷

戏剧一卷

小说二卷

文艺评论三卷

文艺史料九卷

外国文艺二卷

散文报告文学十七卷

歌曲版画一卷

（二）《晋冀鲁豫〈人民日报〉文艺文献全编》共十一卷：

诗歌一卷

戏剧、小说、文艺评论一卷

散文报告文学五卷

文艺史料四卷

（三）《〈晋察冀画报〉文艺文献全编》一卷

（四）《晋察冀日报社人物志》一卷

（五）《河北红色文艺作品选》共六卷：

诗歌一卷

戏剧一卷

散文一卷

小说三卷

六、编纂体例

（一）整套丛书题材丰富、门类众多，在体裁上不做强行统一。

（二）丛书中所录作品均为当年报刊发表的原文。为确保丛书的文献性、学术性、专业性和资料性，丛书编辑加工的总原则为保持文献原貌，内容上不做改动。

（三）文字的使用

1. 丛书中文字的使用以2013年教育部、国家语言文字工作委员会公布的《通用规范汉字表》为准。

2. 丛书中的古体字、通假字、俗体字，以及所涉及姓名字号、职官地理等专用字，均予保留。

3. 丛书原文字迹模糊残损，但仍可辨认或可依上下文校正，以字外加方框"□"表示；原文缺字或无法辨识，且无法校补，每字以一个方框"□"表示；如无法统计所缺字数，则以"☐"表示。

4. 丛书中数字的使用，保持原貌。

（四）标点符号及其他符号的使用

1. 丛书在不改变原文意义的情况下，将旧式标点改作现行标点符号。

2. 丛书原文中出现代表文字的符号，如"×""△""○""▲"等，保持原貌。

3. 丛书原文中的着重号、专名号等不再保留。

（五）其他

1. 丛书原文中的注释，保持原貌；编者亦出部分注释，供读者参考。

2. 因为原始文献本身产生于战争年代，保存不易，漫漶不清处较多，丛书疏误之处在所难免，希望专家读者批评指正。

七、鸣谢

本套丛书得以顺利面世，要特别感谢中共河北省委宣传部、河北省社会科学院、河北教育出版社的资金支持，以及北京大学陈平原教授、中国社科院文学所刘跃进研究员、南开大学文学院李扬教授、河北师范大学文学院王长华教授等，为丛书编纂提供了多方面的学术支撑；晋察冀日报社老报人及报史研究会诸位老师，中国社科院文学所现代室、中国丁玲研究会、中国现代文学馆各位专家，也在丛书编纂过程中提出了许多建设性意见；院内外的数十位年轻科研工作者，在原文录入和校对方面付出了艰辛劳动，确保了项目的顺利进行。在此一并致谢。

把艺术交给大众（代序）
——祝贺"华北抗日根据地及解放区文艺大系"结集问世

中国社会科学院　刘跃进

由河北省社会科学院文学研究所编纂、河北教育出版社出版的"华北抗日根据地及解放区文艺大系"结集问世，值得庆贺。

文艺是时代前进的号角。1937年7月7日，卢沟桥事变爆发，全面抗战由此而起。广大的爱国知识分子和青年学生，表现出同仇敌忾的民族气节，走出书斋，走出校园，用知识，用智慧，用不屈的精神力量唤醒民众，用实际行动担负起抗日救亡的历史重任。在此后的岁月里，延安文艺和华北抗日根据地及解放区文艺，是中国共产党领导下的两大主体，双峰并峙，展示着那个时代的风貌，引领了那个时代的风气。

随着抗日根据地的开辟，延安文艺工作团、西北战地服务团、东北促进纵队干部队、八路军总政治部前线记者团等大批文艺工作者，随同党政干部一道陆续抵达华北，东北、平津的青年学生也纷纷冒着生命危险来到边区。他们一方面积极创作大量街头剧、活报剧、街头诗、墙头小说、木刻版画、歌曲、舞蹈等革命文艺，开展抗日救亡宣传运动；一方面也通过开办文艺干训班，开展各行业、各阶层甚至全民的文艺创作与评选活动，吸引工农兵群众加入文艺队伍，掀起了"晋察冀一周""冀中一日"等具有深化性质的群众写作运动，以及"创造模范村剧团""穷人乐"等群众戏剧运动，为晋察冀文艺史添上了浓墨重彩的一笔。

说到这里，我想起2009年参加《北平学生移动剧团团体日记》捐赠仪式的一段往事。从1937年到1938年，在中国抗战史上唯一以大学生组成的"北平学生移动剧团"在长达一年半的时间里，历尽艰难，转辗于国民党第五战区的各个战场，演出话剧，创办报纸，宣传抗日，鼓舞斗志，谱写出响彻云霄的时代赞歌。移动剧团的成员每人一周轮流记述，用日记形式记录了那段不平凡的岁月，《北平学生移动剧团团体日记》就是这部历史的记录。它不是写给个人看的私密记录，也不是为将来面世扬名。作者完全出于一种历史责任，真实客观地记录了那段鲜为人知的历史，体现出强烈的史家意识。日记封面上有这样一段题记，"北平学生移动剧团·愿我永恒·中华民国二十七年二月二十三日始·璧华"。孤立地看这部日记，也许没有什么轰轰烈烈的战斗业绩，也没有什么感人肺腑的情感纠结。客观、平实是它的本色，正是这种本色，为那个历史年代留下一段真实。"北平学生移动剧团"的抗日活动，是文艺工作者投身抗日洪流中的一个历史缩影。

随着抗战的胜利，察哈尔省会张家口解放，晋察冀文协、晋察冀剧协、晋察冀音协、晋察冀美协、晋察冀通讯社、晋察冀边区剧社、晋察冀日报社、晋察冀画报社等文化团体随中共晋察冀中央局和军区领导先后开赴华北根据地，一大批文艺工作者也随之来到华北，开展丰富多彩的文艺活动。他们坚持毛泽东《在延安文艺座谈会上的讲话》中指出的方向，一手拿枪，一手拿笔，深入农村与抗战前线，既为切身体会工农兵的生活，也为深刻了解工农兵的需求，从而在根本上克服了自身相当普遍和严重的艺术至上主义思想倾向，为工农兵而创作，为工农兵所利用，以人民大众易于接受和欣赏的形式，普遍写人民大众的生产战斗故事。譬如左翼作家邵子南，于1938年10月随西战团到晋察冀，主持战地社日常工作，主编《诗建设》；1943年整风运动后，他到阜平任小学教员，在反"扫荡"中与群众、民兵一起转移、战斗，还直接在五丈湾跟随李勇的游击组对日寇展开地雷战；1944年5月随团回延安，在鲁艺任教，后调陕甘宁文协搞专业创作，开始大量创作反映晋察冀边区生活的小说。他以亲身体验为基础创作的短篇小说《李勇大摆地雷阵》（后改为《地雷阵》），运用阜平农民群众的语言，以口语化方式讲述了爆炸英雄李勇的抗日故事，明显吸取了民间说唱文学的优点，特别是在白话叙述中还插入不少快板式的韵白，更适合群众的喜好，因而在当时广为流传，家喻户晓，起到了很大的宣传鼓动作用。其他作品，如《荷花淀》《太阳照在桑干河上》《漳河水》《赶车传》《王九诉苦》《孟祥英翻身》《新儿女英雄传》《白求恩大夫》《我的两家房东》《穷人乐》《李殿冰》《戎冠秀》《没有共产党就没有中国》《团结就是力量》《没有土地的人们》《白毛女》等，都是成功的文艺典范，在现代中国文学史上占据比较重要的位置。

在华北抗日根据地及解放区的文艺创作成果中，还有数以万计的文艺作品和极具研究价值的文艺史料刊发在根据地及解放区所办的报刊上。很多作者，本身就是农民、战士或基层工作者。他们把自己的经历和熟悉的人和事，通过小说、戏剧、诗歌、报告文学、歌曲、绘画、舞蹈等文艺样式记录下来，语言通俗，富有生活气息。人民既是历史的创造者，也是历史的见证者；既是历史的"剧中人"，也是历史的"剧作者"。让故事中的人物自己编词、自己表演的创作方式，很好地反映出人民的心声，并让人民群众从生动活泼的艺术作品中得到教育，这确实是一个成功的尝试。

　　配合党的中心工作，"把艺术交给大众"，通过文艺唤醒大众，这已成为华北文艺工作者的自觉意识。他们积极响应伟大的民族抗战对文学艺术提出的时代要求，充分兼顾到广大人民群众的接受习惯和欣赏水平，创作了大量的作品，真实地反映了燕赵儿女火热的战斗与生产生活，起到了良好的宣传教育与鼓动激励效果。刘萧无编排新闻报道剧《李殿冰》，编剧与演员一起住到李殿冰家里，以便于熟悉主人公的生活，搜集真实生动的群众语言，还模仿他们的动作，理解他们的心理，甚至还让主人公李殿冰等直接参与剧本的修改和编排。描写群众的生活，邀请群众参与创作，这是当时文艺工作者走群众路线的生动体现。该剧演出后获得当地老百姓的极大赞赏，鲁中实验剧团还专门学习该剧的创作方法，创编了三幕五场话剧《过关》。艾思奇《前方文艺运动的新范例》更是誉其开创了前方文艺的新范例。抗敌剧社的《王老三减租小唱》、冀中火线剧社的话剧《我们的母亲》，也都具有这种特色。

　　这些文艺作品，可能略显仓促，有的甚至急就于战火中，所以在素材提炼、人物形象塑造以及语言的使用、细节的刻画等方面还有很多不足。但是，这不是一般意义上的创作，而是燕赵大地为争取民族独立、人民解放的集体记忆和行动号角，是中国革命事业的重要组成部分。华北抗日根据地及解放区的文艺，有很多这样未经沉淀的纪实作品，不管其艺术性如何，但在发动群众、组织群众、铸就抗击日寇和国民党反动派铜墙铁壁方面，发挥了无可替代的作用。20世纪五六十年代，河北地区涌现出大量的红色经典，便是华北抗日根据地及解放区文艺的传承和发展。

　　2017年6月，河北省社科院文学所郑恩兵所长来京与我们协商合作研究事宜。我根据所了解的信息，建议他们结合地方特色，做好地方红色文艺文献的搜集整理与编纂出版工作。"华北抗日根据地及解放区文艺大系"就是那次商讨的成果。全书由五个部分组成：第一部分为《晋察冀日报》文艺文献全编，第二部分为晋冀鲁豫《人民日报》文艺文献全编，第三部分为《晋察冀画报》文艺文献全编，第四部分为晋察冀日报社人物志，第五部分为河北红色文艺作品选。全书收录各种文体的作品六千余种，包括小说、诗歌、文艺评论、戏剧、报告文学、散文、文艺通讯、美术、书法和音乐、文艺史料，还有文艺信息、文艺广告，基本涵盖了华北抗日根据地及解放区的文艺创作情况，具有很高的研究价值。

时值中华人民共和国成立七十五周年之际，我们有机会阅读这部皇皇五十余册的"华北抗日根据地及解放区文艺大系"，更加深切地感受到新中国的建立真是来之不易，她是无数条战线的可歌可泣的人们不懈奋斗的结果。在这样一个特殊的日子里，我们感念当年那些有名无名的作者，感谢参与整理工作的学者，当然，更要感激我们这个伟大的时代。

目 录

崔巍
　　参加八路军(歌活报剧) ……………………………………… 2
王林
　　方式方法(独幕喜剧) ………………………………………… 9
胡丹沸执笔(冀中火线剧社集体创作)
　　把眼光放远一点(独幕剧) …………………………………… 30
周而复、苏一平
　　牛永贵挂彩(秧歌剧) ………………………………………… 63
孙犁
　　比武从军(梆子戏或二簧) …………………………………… 89
王雪波
　　宝山参军(小歌剧) …………………………………………… 107
张学新
　　发土地证(快板剧) …………………………………………… 126
丁里
　　子弟兵和老百姓(多幕话剧) ………………………………… 139
傅铎
　　王秀鸾(大型歌剧) …………………………………………… 209
丁玲、逯斐、陈明
　　窑工(话剧) …………………………………………………… 282
林韦记录
　　高街妇女做鞋组 ……………………………………………… 349

崔巍

参加八路军（歌活报剧）

时间　抗日战争初期

地点　敌后某抗日根据地，新开辟地区

人物　老头

　　　老婆

　　　青年甲

　　　青年乙

　　　少女

　　　八路军干部

　　　日本鬼子

　　　汉奸

　　　人民群众若干人

　　　八路军战士若干人

第一场

布景　被日寇屠杀抢劫后的村头，有一堤坡。一边远处有被烧毁了的房子，有的房子上面还正冒着烟；另一边有一棵枯了的老槐树。

幕启　青年甲背着破被子，搀扶着老太太，老头手拄着拐杖，他们迈着沉重的脚步走上，用愤怒的眼光望着被日寇烧毁了的家园。

老头　（唱）人民被屠杀，

老婆　（唱）土地被强占，

青年甲（唱）田园房屋全烧完。

［这时幕后一声巨响，披头散发的青年乙双手托着日寇杀死的孩子慢慢地走上。他的眼睛直碌碌地像疯了一样，痛苦已经把他的精神摧毁了。在场上逃难的老头、老婆最初是惊恐地后退，然后慢慢地上前去。

老头　（唱）你们看，

这孩子他有什么罪?!

为什么死得这样惨!

青年甲　（唱）日本鬼子不讲理，

以后的日子怎么办？

大家　（唱）日本鬼子不讲理？

以后的日子怎么办？

［大家正在唏嘘悲叹之时，忽然后台传来一少女的呼叫声："救命啊，救命啊，……"接着汉奸拖着少女跑上，日本鬼子随上。

汉奸　太君，花姑娘的。

日本鬼子　花姑娘的！（上前抓少女）

少女　（惊慌地奔向青年甲）哥哥！

［汉奸上前抓少女，被青年甲举拳打倒在地。日本鬼子掏枪正要向青年射击，突然一颗子弹飞过去，正打中他的手，他的枪丢落在地。他咆哮着"啊"了一声，回头一望，那坡堤上站着一个雄赳赳气昂昂的八路军。日本鬼子惊叫着跑下。

老头　（走向八路军干部）你是谁？

八路军干部　（指臂章）我是八路军。

老头　八路军?!

老婆　八路军?!

少女　八路军?!

众　八路军！（大家高兴地围住八路军干部）

老头　　　（唱）啊！这就是那勇敢善战的八路军，

众　　　　（唱）八路军，八路军，

　　　　　爬山越岭打敌人。

　　　　　救中国，救人民，

　　　　　保护咱们老百姓。

　　　　　八路军，八路军，

　　　　　咱们拥护八路军，

　　　　　咱们拥护八路军。

八路军干部　（唱）老乡们，老乡们，

　　　　　打仗最好子弟兵。

　　　　　杀敌全靠自己人，

　　　　　杀敌全靠自己人。

八路军　　（唱）老乡们，老乡们，

　　　　　（唱）大家要想把命保，

　　　　　快快参加八路军，

　　　　　快快参加八路军。

众　　　　（唱）大家要想把命保，

　　　　　快快参加八路军，

　　　　　快快参加八路军。

〔这时一队八路军走着整齐的步伐，口里唱着这个歌子，从坡上穿过，大家欢腾地和着一同走下。

第二场

地点　　同一场

时间　　过了一天

幕启　　八路军干部率领一队八路军战士在《参加八路军》的

乐曲声中走上，其中有刚刚穿上军服的新战士。

八路军 （齐唱）老乡们，老乡们，

打仗最好子弟兵。

杀敌全靠自己人，

杀敌全靠自己人。

老乡们，老乡们，

大家要想把命保，

快快参加八路军，

快快参加八路军。

［男女群众手持各种慰问品上。

众 （唱）同志们，同志们，

这些东西不算好，

请你们收下莫见笑，

请你们收下莫见笑。

［群众将慰劳品分送给八路军战士。

八路军 （唱）老乡们，老乡们，

谢谢你们的慰问品。

军民本是一家人，

军民本是一家人。

八路军、众 （合唱）老乡们，同志们，

军民本是一家人，

齐心合力打日本，

齐心合力打日本。

［幕后一阵紧急的锣声，接着传来喊声："老乡们，日本鬼子来'扫荡'啦，快快坚壁清野……"

八路军 日本鬼子又开始"扫荡"了，乡亲们，快回去坚壁清

野。(群众跑下)同志们,准备上战场,粉碎敌人对咱们边区的"扫荡"。(战士急下)

[男男女女,扶老携幼,背着锅、碗、瓢、盆、粮食等物,纷纷过场,进行坚壁清野。

[片刻,随着一声吼叫,日本鬼子像一只野兽似的跳上,他身背水壶、饭盒,腰挎抢劫来的包囊、鸡鸭等物,双手紧握战刀,迈着沉重的步伐,搜索前进。他时刻担心有后顾之忧,猛然转身;又时而感到有不祥之兆,突然后退。他前后左右地挥舞着战刀,霎时精疲力尽,拿起水壶喝水,水壶已滴水皆无。他嚎叫着:"我要喝水……"继而又打开饭盒想吃饭,饭盒也空空如也。他引颈悲鸣:"我要吃饭……"就在此时,八路军战士和人民群众从左右夹击而上。

八路军、众 (齐唱)军民合作一齐下手,

军民合作一齐下手。

哪怕小鬼子是蛮牛,

你扯尾巴!(打)

我打头!(打)

打他个屁滚尿流!

你扯尾巴我打头,

打得他屁滚尿流!

[日本鬼子朝着八路军扑去,老百姓在他背后就打他的屁股;他转过身来扑向老百姓,八路军就扯他的后腿。日本鬼子在八路军和群众狠狠打击之下,抱头逃窜。群众捡起胜利品,胜利欢笑,扭起秧歌舞,唱起胜利歌。

老头 (领唱)水连水,山连山,

众 (齐唱)敌人想把边区占。

老头 (唱)八路军,真勇敢,

众	（唱）打得鬼子直逃窜。
老头	（唱）前边打，后边帮，
众	（唱）军民合作打东洋。
老头	（唱）你拿枪，我拿刀，
众	（唱）日本鬼子跑不了。
大家	（唱）军和民，一齐干，

　　　　　　打得鬼子团团转。

　　　　　　军和民，一齐干，

　　　　　　中国人民万万年！

　　　　　　中国人民万万年！

〔军民尽情地歌舞，欢唱，群众越来越多，队伍越来越大，在欢庆胜利的歌舞声中闭幕。

　　　　　一九三九年底于晋察冀边区

注：1984年何延据丁里等人的回忆整理，本剧由吕骥作曲。

王
林

方式方法（独幕喜剧）

时间　抗战时期

地点　冀中

人物　男甲

　　　妇甲　男甲之妻

　　　男乙

　　　妇乙　男乙之妻

布景　正面是屋的左边。一门通街，一窗，一炕，炕尾一方矮橱。右边一门通内院，左边立橱上有立镜之类，其旁有方机子。（而院景也可）

幕开　男甲在打背包，想起该拿衬衣，即到方矮橱中拿出衬衣来包上，忽一看鞋，又想起来，到立橱内取鞋。

男乙　（精神犹疑地上，看出了男甲的动作和意思来，却仍是问）你自动了吗？

男甲　（才发觉了男乙上，微微地一怔）哼！同和啊！我自动了。

男乙　（没有动，心里在打鼓）

男甲　（仍在收拾东西，听不到回答，急问）你呢？

男乙　我吗？

男甲　（光忙着自己手里的活）你说怎么着？

男乙　（想一想）你说呢？

男甲　自动了吧！

男乙　自动了吗？

男甲　自动了得啦！还三心二意的干什么？你瞧你这不坚

定劲。

男乙　不是不坚定。不，不是不坚定。

男甲　不是不坚定是什么？青年！青年！你知道不知道，要坦白，要坚定，你瞧你哪有一点青年味！

男乙　（惭愧地）不，不。

男甲　不什么？反正你是不坚定。

男乙　你听我说啊！

男甲　好，你说。

男乙　你叫我想一想啊！

男甲　还想什么，一个青年还不应该自动地自愿地报名当义务兵吗？

男乙　（被动地）应该，应该！

男甲　既然知道应该，还想什么？

男乙　不是想……

男甲　不是想，是什么？

男乙　你看你这张飞劲儿，你逼勒的人还喘上气来了吗？你叫我静一静。

男甲　好！你静你的，我不敢逼勒你！（又去收拾自己的东西）还有比当八路军更好的吗？在家里当个"青抗先"，腰里掖着"独一决"就美得不得了啦。当了八路军，哼！挂盒子、扛三八大盖、扛机关枪……况说日本鬼子在各地方大量捕捉我们青年，受训当伪军、当汉奸、当苦力，有的还送到德国、意大利去，拿我们活人换枪炮子弹。这一会儿不自动当八路军，还等着日本来捉去当汉奸，当炮灰吗？

男乙　（仍然愁眉不展地待着）

男甲　你怎么着,还没有想通吗?

男乙　那还能回来不能回来呢?

男甲　怎么不能回来呢?聂司令那文章上和咱们课本上不是讲得明明白白的吗?(去找课本)你看这上边不是明明地写着吗!服务兵役年限为三年,满期可以退伍,仍回到原来的职业和家庭中去。到了退伍年限而不愿退伍者,听其自愿。退伍的士兵经过了三年军事政治教育,他们可把自己较高的军事知识、政治知识、文化水平,贡献在乡村工作中,他们会成为坚强的地方干部。

男乙　(点点头)是,我知道。

男甲　你知道什么?知道你还三心二意地拿不定主意。我说同和,这一层你得明白,这一会儿,咱们在村里,人家说什么咱们就得听什么,像蛤蟆一样的哼哈哼哈地张着嘴答应着。可是,那时候,咱们退伍回到家里,我说同和,该着咱们立在台子上说什么讲什么,叫他们张着嘴,哼哈哼哈地当蛤蟆了!

男乙　(心中别有思索)啊!哼!

男甲　(性急地)怎么样,自动了吧!

男乙　啊!哼!可是家里呢?

男甲　又是说你去了惦记家,脑袋里还有什么?你家不就是有个媳妇和一所小土房吗?把小土房子和几亩碱地,当作坟地转来转去等着进棺材入土,难道这就是我们青年的出息吗?罗主任说得好,早些年封建势力压迫着我们青年,不能叫我们自由活动,想把我们拴在奴隶的锁链上,终身给他们尽忠尽孝。但是今天不同了,今天我们打破一切旧的,创造一切新的!谁去打破谁去创造呢?

完全仗着我们青年人。那么我们青年人就应该有那种胆量，有那种意志，我们要战胜一切，我们要征服一切。我的家？要是新社会创造不出来，我们哪来的家？去吧！共产党八路军新四军，是领导我们战胜一切、创造一切的向导。赶快自动地当义务兵去吧！别给我们青年人丢人现眼！

男乙　好，自动了，咱们可得就伴。

男甲　就伴好，咱们就伴！咱们就伴生长在这村子里，咱们也要就伴走出这乡村。咱们就伴战斗，咱们就伴创造。咱们总有一天带着胜利的微笑，又就伴回到咱们这个乡村！

男乙　好，那么咱们就去当义务兵去。我也报名去！

男甲　不用报名了，立即回去背背包参加去吧！

男乙　那也好！（下到门口）可是，不是说先报名，不一定就立刻入伍吗？

男甲　不一定立刻入伍，我们也要背背包去，表示坚决。快点，不要见了媳妇又变心。

男乙　不能，不能。

男甲　越快越好！咱们跟别的村争模范，咱们俩和全村的青年争模范。

男乙　咱们俩要争模范？

男甲　你已经争不上我，我马上就去了。

男乙　那么算你赛过了我。可是你得等一等我呀，咱们就伴。

男甲　好，你快背东西去，我等着你。

男乙　（下）

男甲　（收拾东西，一边哼哼着歌曲）就伴好，咱们就伴生长

在这个村里，咱们也就伴走出这个乡村。（背包打好后，从右方下去找东西）

妇甲　（转到门口，上去望）不在家，他还没有回来？也许是他们那小组会还没有开完呢。

妇乙　不，开完了。在街上咱们不是看见俺他过去了吗！

妇甲　进来坐会儿，可是他呢？

妇乙　不，不进去了，我想马上回去叫他去报名。

妇甲　忙什么，只要见到了一说就行啦！

妇乙　不行！俺他可不像你他。半天不言半天不语，犟着他那老死牛筋脾气不肯转变。

妇甲　真是不巧。俺他也是有那种死犟脾气，可是咱们就得拿起架儿来呀！咳！（失望）假若他在家，好叫你听听我三言两语，就能叫他立刻给我报名当义务兵去。

妇乙　区里说有了《双十纲领》，不能强迫命令，要创造新的方式方法。我才不管他那些！我回去见了他，立刻拧着他的耳朵去报名。

妇甲　那是，就得那样做。其实《双十纲领》上也提高妇女啊！我们就得真个提高，拿起架儿来，不能自己见了他们先低头。

妇乙　我拿不起架子来咧。别的事他都听我的话，可是一提起参加八路军来，他就不乐意，不是不肯听我的话，其实是他舍不得离开我。

妇甲　哼！说俉个，俺他更离不开俺，像一块胶粘在身上一分一厘不肯离开我。

妇乙　那么你还怎么叫他参加八路军去呢？他能立刻听你的话，服了你咧吗？

妇甲　他越一分一厘不愿离开你，若是不听话，你就不许他离近你一分一厘，他不就傻了眼，服了你咧吗？

妇乙　是那样，不能听他们几句甜言蜜语就没主心骨儿了。可是俺他不会说好听的，只是噘着嘴不说话。

妇甲　对付他，你就不能转弯抹角的了，有什么说什么。

妇乙　我才不给他费话呢，拧着他的耳朵去报名。看我拿起架来了不！（气昂昂地下）

妇甲　还拿架呢！不拉尾巴就行了。

妇乙　（声）拉尾巴，看谁拉尾巴！

妇甲　（男甲从外边转回家来，出乎意外地）哈！敢情你上家里呢？

男甲　哼！（从门出）

妇甲　你干什么呢？

男甲　干什么？

妇甲　你还不赶快给我报名当志愿义务兵！（非常不客气）

男甲　给你赶快报名当义务兵去？我当兵不当兵跟你们有什么关系？

妇甲　怎么，你不肯去吗？想叫我在村里丢人吗？叫人家批评我拉尾巴吗？

男甲　没有那么回子事，谁批评你们？

妇甲　你不用往别的上拐弯，说痛快的！你去不去？

男甲　去怎样，不去怎样？

妇甲　去，没有别的话，就赶快报名去。不去，咱就得离婚。我不能跟着你丢人现眼！

男甲　哼！什么离婚？离婚就离婚！

妇甲　离婚你也不去吗？

男甲	离了婚我也不去。
妇甲	你怎么就这么落后呢？
男甲	我就这么落后。
妇甲	你不开展！
男甲	我就不开展。
妇甲	你不坚定！
男甲	我就不坚定。
妇甲	你……你不好！
男甲	我……我太好。
妇甲	你看我这样动员了你半天，你还不觉醒，你还不去报名吗？
男甲	还是不去。
妇甲	你为什么不去？
男甲	我为什么去？
妇甲	《双十纲领》上说过：青年人都应该当兵，打日本救中国，这是我们每一个中国人对国家应尽的义务。
男甲	《双十纲领》也说了：要民主，要自愿，不许强迫命令。你强迫命令我，我就不干！
妇甲	（微微地有点气）你顽固！
男甲	我就这么点顽固。
妇甲	要不是有《双十纲领》，我早把你押起来，戴上高帽子游街啦！
男甲	可是今天有了《双十纲领》，你又有什么法？
妇甲	（想了半天）死东西！你去不去吧？
男甲	不去！
妇甲	你真不去？

男甲　　我真不去。

妇甲　　你真不去吗？（面带哭相、声音带哭）

男甲　　哭什么？《双十纲领》提高妇女，可是哪个地方说着没有办法的时候啼哭呢？

妇甲　　你可恶，你落后，你不正确！（发狠生气）

男甲　　连比划带会的不少啦，进步啦！还会说什么呀？

妇甲　　你破坏《双十纲领》！

男甲　　嗳！我这不成了汉奸了吗？

妇甲　　你就是汉奸！

男甲　　那么你来捉汉奸吧！

妇甲　　捉就捉！（不哭了，绷着脸）捉起你来，到青年营当义务兵去。

男甲　　你又创造了一个新的方式方法。

妇甲　　可恶，你可恶！（忽然笑了，打他）

男甲　　怎么，政治动员不行，改作武装动员了吗？

妇甲　　对付你这无耻的汉奸，就得用武力的！

男甲　　打吧，把你吃奶的劲也都使出来，打吧！可是我不疼，顶多不过是叫肉皮子发痒痒。

妇甲　　（用劲打）我叫你痒痒！

男甲　　（躲闪）打是亲骂是爱，你别太亲爱我了哇！

妇甲　　（又赶上去打）叫你发乖，叫你发乖！

男甲　　嗳！你真舍得哇！你一点也不心疼我吗？

妇甲　　贱骨头非用武力不行，你给我去不去？！

男甲　　我不发贱了，行不行？

妇甲　　你给我去不去！谁叫你发贱来着？

男甲　　干什么去？

妇甲　　报名当志愿义务兵啊！

男甲　　当志愿义务兵？我不去。

妇甲　　你不？（又举拳要打）

男甲　　你破坏《双十纲领》，不响应聂司令的号召。

妇甲　　我破坏《双十纲领》，不响应聂司令的号召？

男甲　　《双十纲领》上和聂司令的文章上，都讲民主，讲自愿，讲政治说服，不许用压迫式的！

妇甲　　一次说不服你，怎么办呢？

男甲　　一次说不服，再说一次。这个方法说不服，另想一个方式说服啊！不是号召过你们创造新的方式方法吗？

妇甲　　（想想）那么你说，对付你应当用什么方式方法呢？

男甲　　对付我？（想）对付我应当用这么一种妙诀！

妇甲　　用什么妙诀？

男甲　　暂时还不能说，得有条件！

妇甲　　可恶！可恶！你快点说！（逼近他）

男甲　　我说，我说！你离我远点，我仔细给你说。

妇甲　　好，快点说。

男甲　　是这么一种妙诀……你……你跪下央求我。

妇甲　　啊？哼！（生气，又想一计报复）怎么跪呢？你教教我看。

男甲　　来，站好，两条腿往下弯！

妇甲　　（不肯）你亲自给我做一回，我才能学会呢！

男甲　　（知其计）俺可不！

妇甲　　你为什么不呢？

男甲　　叫人家说我怕老婆子！

妇甲　　那么我给你跪下了，还怎么提高呢？不行不行，你的方式方法都太封建。

男甲　（嬉皮笑脸的一会儿）那么换回方式方法，来政治说服吧！

妇甲　怎么个说服法呢？

男甲　你们妇救会不是布置了吗？你就从头至尾地背一个过吧！

妇甲　我忘了。

男甲　你的识字课本上不是也有吗？

妇甲　有。（去找，拿出书来看）青年妇女送丈夫上前线是光荣的，我们要当模范妇女。

男甲　不行，不行！我们男子当兵去，敢情是为你们争模范妇女？不行。

妇甲　那怎么办呢？

男甲　应该站在民族国家的立场上，启发青年人的抗战热情。比方你这样问，日本鬼子整天价欺负我们整个国家，还成天价抓捕我们青年，欺负得我们不能混，我们不应该打倒他吗？我一定说：应该啊！你再问，要想打倒日本强盗，没有强大的军队行不行？我一定说：不行。那么军队光有枪炮行不行？我得说：不行，光有枪炮不能打仗，还得有人使用才能打仗。军队里的官兵都有父母没有？都有家小没有？我还能说没有吗！假若我都答应了，你再问我：你为什么不去？不就行了吗。

妇甲　那么好，我来政治说服你。日本鬼子净来欺负我们，怎么办呢？

男甲　不行，不行！

妇甲　怎么不行呢？

男甲　你像背书一样，一点热情都没有。重说，心里真要想到日本鬼子可恨才行。

妇甲　好！（喘喘气）日本鬼子净来欺负我们，怎么办？

男甲　打他们哪！

妇甲　谁去打他们呢？

男甲　八路军，抗日军。

妇甲　八路军是人不是人呢？

男甲　是人哪！

妇甲　是人，他有老的没有呢？

男甲　怎么没有老的？没有老的怎么生出来的呢？

妇甲　有家没有？有孩子没有呢？

男甲　不论穷富，谁都也有个家。俊也吧，傻也吧，谁都有媳妇孩子。

妇甲　人家也是人，人家也有老的，人家也有孩子，为什么人家能牺牲一切，为国家尽义务，你就不能牺牲一切，抗日杀敌呢？

男甲　对啦！我也是人，日本鬼子来了一样地捉我杀我，一样地烧我的房子，为什么我不恨日本，为什么我没有血气，为什么我不勇敢地响应聂司令的号召报仇雪耻呢？！我是青年，我比谁都不落后，我比谁都坚定，为什么看着别人替自家打仗报仇，自己反倒躲在家里享太平福呢？

妇甲　对！你是青年，你勇敢，你坚定，你模范！你是模范青年，我是模范妇女，那么好了，你去报名当志愿义务兵去吧！

男甲　（由兴奋忽转为消沉）我不去！

妇甲　　又为什么不去呢？你不是已经都明白了吗？就是不为国家，为自己不叫日本捉去送到外国当炮灰，我们也应该报名去！可惜我是个妇女，要不，我早就报名去了。

男甲　　是的，我什么都明白，可是就有一项，我舍不得离开你，当了兵还能成天价见着你了吗？

妇甲　　什么，你舍不得离开我？

男甲　　我舍不得离开你。

妇甲　　不，不，（带哭音）你去！你去！

男甲　　你可舍得我了。

妇甲　　不，不，叫人家说我拉尾巴。

男甲　　好！我去报名去！（严肃地要去）

妇甲　　不，你回来。等一等，（上前拉住）等一等，我有话说，（心中慌乱不定）你真去了吗？

男甲　　这还能说着玩儿，还能像捉迷藏一样吗？

妇甲　　（静思地）我怪害怕。

男甲　　你怕什么？

妇甲　　我想起来就害怕！

男甲　　你想起什么来就害怕呢？你怕鬼吗？

妇甲　　不，不，我不信有神有鬼的，封建。

男甲　　那么你怕什么呢？怕日本吗？我去打他去。

妇甲　　不不，（难为情地）我是想起你上一回受训去的时候，我就害怕起来了。

男甲　　什么？（诧异）我前些日子去受训去，你在家里受了气吗？

妇甲　　（很沉痛地）哼！

男甲　　受了谁的气？你怎么不早些告诉我？你说，现在还不晚。

妇甲　不是别人,是你。

男甲　怎么受我的气?

妇甲　你出去的头一天,我反倒觉得很清静。第二天就觉得没精大痴的,(感到空虚)第三天就浑身发开懒了。上早操的哨子吹了好几遍,我就不愿起来,就好像病啦。第四天就真病了,端着碗上牙磕碗沿,就咽不下一口饭去;心口里空得慌,又满当得慌;头重脚轻的,坐,坐不住;立,立不住。身子老想叫人扶着似的,可是你不在家,谁来扶我呢?

男甲　可是这一次出去,比上一次更长久了。

妇甲　要不,我想起来就害怕吗?

男甲　真的吗?(想了想)怎么平常日子老看不出你想我呢?

妇甲　你不相信我吗?(生气)难道你以为我刚才说的都是瞎话吗?

男甲　不,不。

妇甲　我心里的痛苦,你一点儿也不知道。你们男人就是那么心硬,不体贴人。

男甲　不,我知道你心里想我,可是我见你的样子不像那么想我的。

妇甲　怎么,我的样子不像想你的?你净见过我见了你的时候,你没见过我不见你的时候。

男甲　那么你学学那种样子。

妇甲　你在这里我怎么学呢?

男甲　我躲在一边,就当我不在这里。

妇甲　来,我学学给你看,我找个碗(去找碗,找到)我端着碗，心里想吃就吃不下去。（表演一番）不行，不行，你在我跟前，我就难受不上来。

男甲　我出去从门缝里往里看。

妇甲　不不，你别走开，我、我难受起来了。你知道，我有天晚上，在炕上翻过来翻过去，怎么也睡不着了。我气得跑到院子里。跑到院里一看，挺明快。哼！我心说，怎么，已经天明了吗？好快呀！怎么一点也没觉出来呢？我打了一个哈欠，一抬头看见月亮，才知道天还没有亮呢。你那天晚上，看见了没有？还记得不记得？就是你走了第二天晚上。

男甲　我不大记得了。

妇甲　我说了你也许还会想起来，那天晚上的月亮，我看起来很特别的，像我从小就没有看见过似的。听说月亮里边住着一个女人叫嫦娥，她是不是常变样子呢？

男甲　也许吧，我不大详细。

妇甲　那天晚上就变成了一副挺难看的脸，她好像向着我啼哭，她又像向着我诉什么苦，我越看越像，后来我甚至于看出她的眼泪流下来。我浑身一机灵，也就啼哭起来了。（她真的感动起来了）

男甲　（安慰地）秀生，怎么你也啼哭起来了？

妇甲　我没有哭多久，我就唱起来了，哭叫人难受，唱歌叫人痛快。

男甲　你再唱唱我听。

妇甲　不，（撒娇）这歌是大凤教给我的。主任说太封建，我就不唱了。

男甲　你再唱唱我听听。

妇甲	你别催我,我得想一想。(顿)假若我想一会儿月亮,我唱许更好。
男甲	好!假若窗外边天上有月亮。
妇甲	别打搅了,我要唱了,(唱)天亮了吗?不,月亮正圆。月亮,我从小就天天看见你,可是今天你有点两样。有人说你是嫦娥的月,为什么眼掉泪你对我诉怨……
男甲	(很受感动地)你这样地想我,我真得感谢你!
妇甲	谢谢有什么用呢?你学学假若离开我了你怎样想我呢?
男甲	我吗?我想法子,不想你。
妇甲	(生气)怎么,不想我,你这样狠吗?你真没有心肠呀!
男甲	你听,你听清我的话呀!
妇甲	不不,你叫我太伤心啊!你不能离开我,你不能当志愿义务兵去。你这人太没有心肠,一离开了我就忘掉了我。
男甲	怎么,你又不愿叫我当志愿义务兵啦?逼着我当去也是你,拉尾巴不叫我去的也是你。
妇甲	说什么也不行,反正你不能去。谁去你也不能去!拉尾巴也不能叫你去!你没有心肠,当了八路军过几年升了官,一定又找个年轻的漂亮的,忽然来信跟我离婚,把我丢了,叫我白白地给你守空房!
男甲	他们离婚都是借口女的落后,你不会好好地上识字班学习吗?
妇甲	不落后的,借口意气不投,一样的硬离婚。反正我不让你离开我一步,一离开我,就不保准了!
男甲	不至于,不至于!我不是那样没心肠的人!

妇甲　你不是那样才怪呢！那么走的时候哭哭啼啼的，把眼哭成烂桃，过些日子还会突然来封信，说要与封建媳妇离婚呢！况说你当着我的面，你就说离开我不想我。

男甲　秀生，你没有听清我的话。

妇甲　怎么没听清你的话，你的心我早就看透了！

男甲　你沉下心听听。我想你，可是比你不一样，我一想起你来，我就什么也干不下去。端碗吃饭，碗都拿不到手里，我就会摔得粉碎。想得更厉害了，我就要摸着什么摔什么，不管有人没有人。你想想，我要到了军队里，吃饭的时候摔碗，晚上站岗的时候摔起枪来，你想想还成什么样子？

妇甲　规矩点，是应该的，可是你不要忘掉我就行啦！

男甲　不是忘掉你，我的话说错了。我本来的意思是说像小孩有了心爱的东西，怕别人看见了，或是怕偷去一样，秘密藏起来。

妇甲　这还差不多，可是你把我藏在哪里呢？

男甲　藏在我的心窝里。日久之后，叫你变成了我的主心骨。

妇甲　叫我变成了你的主心骨吗？

男甲　好不好呢？

妇甲　还许不错，若是我给你当主心骨，就不会再叫我跟你离婚了吧！

男甲　你看这样行不行呢？

妇甲　行，行！我要紧，可是抗日救国更要紧。你要不将日本鬼子打倒，他们成天价捉青年烧房子，咱们两口多好，也不能团圆着过安生日子啊！

男甲　对，抗日在先，团圆在后。打不倒日本鬼子，不用想团圆享太平福！

妇甲　是，打日本顶要紧，是那么着。这样说来，你到了军队里，可真的要把我藏起来，一心一意地站岗放哨，冲锋杀敌，不要再想念我，妨碍工作啊！

男甲　可是你也别光想念我，吃不下饭，睡不下觉的，日久积成病了哇！你也应该把我藏起来，一心一意地努力工作，加紧生产，加紧学习。

妇甲　我说，你到咱队伍上，可得向老同志虚心学习，别一瓶子不满半瓶子晃荡。

男甲　对，对。我说，庄稼活你多操心，反正人勤地不懒，不懂的就问人。

妇甲　行啦，咱俩的话说不清，你该去报名当义务兵去啦！

男甲　好！就去。

妇甲　我的动员方式方法总算不错。

男甲　（奇异）什么，你的动员方式方法不错？

妇甲　当然不错啦，你看这不眼前摆着的证据，我动员了你去报名，当志愿义务兵啦。

男甲　什么，我当义务兵是你动员的？

妇甲　那可不。

男甲　不不，我自动的。

妇甲　什么你自动的，完全是我动员说服的。

男甲　不，不。

妇甲　不什么？要不是我说服了你，你哪肯报名当兵去呢？

男甲　什么，我早就要自动去。

妇甲　什么，你这落后劲，要是我的方式方法不好，都说不服你！

男甲　　没有的事,你瞧(指背包)我早就打好背包要去啦。

妇甲　　哼!我成天价还打呢?怎么你这么嘴硬,不肯承认我的方式方法说服了你。

男甲　　你的方式方法,顶多不过启发了我的自动心。报名当志愿义务兵,基本上还是我自动自愿去的。

妇甲　　不行,我给我们主任报告工作的时候,我得说是我说服了你,动员了你当志愿义务兵。

男甲　　你给你们主任爱说什么说什么,反正我们青救会主任说我是自动地去报名。

妇甲　　你给你们主任爱说什么说什么,俺也不管。反正在大会上,我先上台上说,我动员了丈夫上前线,争取模范妇女去。

男甲　　那可不行,你光荣啦,我可落后啦。我得抢着上台去,说我是自动自愿地去报名。当志愿义务兵,原本是青年人对国家的义务和光荣,我为什么还等着别人动员才去呢?你争模范妇女,我还争模范青年呢!

妇甲　　你不好!(气得哭)你落后,你自私,你们男子就是那么嘴硬!

[乙夫妇上。

妇乙　　秀生,秀生,你给说说理,你瞧他那落后劲,我用各种方式方法,才把他说服地去报名,可是他死不认账,非说他是自动地自愿地去报名。

男乙　　二强哥,你给我们评评理,我们不是早就说好了,要自动自愿地去报名当义务兵去吗?

男甲　　是啊!

妇甲　　(抢上插嘴向妇乙)你瞧,俺们这个也是,明明的是我用各种方式方法说服了他，可是他死拧着脖子不认账，非说是自动自愿的不行！

男甲　什么你说服的我，你问问同和，是不是我们早说好了要立刻自动自愿地去报名。我们是有觉悟的青年，哪用着你们说服了！

妇乙　不用问，他们挤眼啦！

男甲　你们不信，咱们找我们主任说理去！

妇甲　那不行！找你们主任说理去？哼！你们主任不讲理，还是找俺们主任说理去。

男甲　怎么？找你们主任，你们主任小气护短，叫她说理，俺们还上得了！

妇乙　跟他们吵什么，咱们快点给咱们主任报告工作去。

妇甲　对，咱们报告去！

男乙　咱们也去。

男甲　对，咱们也去。

妇乙　咱们快点！

妇甲　快点！

男乙　咱们跑！

妇乙　咱们也跑！

男甲　跑？挡住你们！同和，你快点去给咱们主任报告工作去！

妇甲　不好，不好！光这样争不好。到了那天还得到台上演讲呢，在这儿争吵，还称得起什么模范呢？我提议，咱们报告工作也好，上台演说也好，我们都说是创造了一个新的方式方法！

男甲　那么我们得先上台说。

妇乙　　不行，我们得先上台说。

妇甲　　谁先上台说也不要紧，咱们不会说咱们共同地创造了一个新的方式方法吗？

妇乙、男甲、男乙　　（同说）好！这么好。我们说我们共同创造了一个新的方式方法！

（幕闭）

胡丹沸 执笔

（集中火线剧社集体创作）

把眼光放远一点（独幕剧）

前　记

　　《把眼光放远一点》是反映冀中区群众对敌斗争的剧作。在一九四三年秋天，我们在晋察冀繁峙县的敌占区游击区进行政治攻势时，曾用自然景演出了这个剧，共十多次。当时因原作不在手中，就从演员口中记述下来（过去曾演过一次）。有些对话记不清了，我们就照原来的意思，补充起来，有些话改得简练一些，可能还有些对话遗漏了，如老福的话就觉得比过去少了一些。少数上下场的地方，也可能和原作不同。

　　在每次演出中，我们也曾根据当时当地的敌我情况及群众条件，临时改了一些，其他如伪军和我们的关系加强了，妯娌不和的地方比较减弱了，有些人物（如伪军）的性格也改变了。这次回延安演出，经各方面同志们提出意见，我们又改了一些地方。

　　周扬同志要我们把这剧本拿出来发表，我们就很匆忙地把它整理出来。因为原作者远在冀中，这些修改都没有得到他的同意，这是要请胡丹沸同志原谅，以及读者同志们指正的。

　　乔木、周扬、张庚诸同志，对此剧的修改都给予了很多的宝贵意见与帮助，我们在这儿感谢他们。

　　此剧在晋察冀，曾获一九四二年鲁迅艺术奖委员会的季奖。

牧　虹

一九四四年六月

人物　　老大　伪村报告员，五十多岁

　　　　老二　老大之弟，四十多岁

　　　　老大妻（以下简称大妻）　五十岁

　　　　老二妻（以下简称二妻）　四十岁

　　　　老福　伪村维持会会长

　　　　二傻　老二的儿子

　　　　大刚　老大的儿子

　　　　伪军　倾向八路军的

　　　　日军小队长（以下简称日官）　狡猾、贪婪、到处找茬子要钱

地点　　冀中区，一个有鬼子炮楼的村庄

时间　　一九四二年五一"扫荡"后，秋天

[自从一九四二年五月敌人进攻后，这地方就被敌人占了。鬼子的炮楼就修在村边。事情发生在一个院子里，这院里住着两家，是亲兄弟俩。清早，天还没亮，就听街上有人喊："鬼子下炮楼喽！鬼子下炮楼喽！""各家都准备啊，鬼子要下来啦！"

老二　（在内）啊呀，啊呀，这可怎么办，这可怎么办！

二妻　（在内）快起来，快起来呀！

老二　（在内）我的裤子呢？

二妻　（在内）这儿，这儿，别嚷嚷。

老二　（在内）拿给我。

二妻　（在内）给，快点穿呀！

老二　（在内）我的鞋呢？

二妻　（在内）我给你找，你快出去吧！

老二　（慌慌张张地光着脚出）啊呀，我的鞋呢？哎呀，你看来得这么快。

二妻　（拿着鞋，一边扣着扣子出）给你鞋，我说你呀，你真是经不起一点事，鬼子还没来呢，你就吓得那样。

老二　（穿鞋）你别说了，鬼子下来了，你起晚了，不又得出事？（跑到老大门口）哥，哥，鬼子下来啦！快起来吧！

二妻　人家稀罕你叫，人家自己听不见？

老二　（对妻）你看你，（又叫）哥，快出来吧！

老大　（出）什么事大惊小怪的，天还没亮呢，就嚷起来啦。

老二　不是，哥，鬼子下来啦！

老大　沉住气！这是谁说的？

（老二不说话了，蹲在地下）

大妻　（出来）哎呀，一大清早就闹哄哄的，唉，这日子该怎么过呀？

二妻　怎么过呀，反正日子得过下去。噢，鬼子下炮楼啦，你们还不知道？（对二）像你，睡得跟死猪一样，叫都叫不醒。

大妻　（向大）你听见没有？

老大　待着你的去。唉，这会儿还顾得上闹这个。

〔外面又有人声及老福的声音："不要乱嚷嚷，各人都回各家去！"这时老大他们都跑出去。

二妻　（回来）唉，一有事，我就想起我那二傻来啦，老天爷，可要保佑二傻这孩子平平安安的。谁知道多会儿才能回来？（看见嫂子回来）哎，嫂子，你说二傻那孩子该平安吧？

大妻　平安不平安，管那些干什么，反正他在队伍里抗日，总比在家里强，哪还要咱们操这份心呀？（欲回）

二妻　　（不高兴）哼！谁没有孩子？谁的孩子谁不心疼？

〔老二、老大、老福由外上。

老二　　哪个村也是这么着？鬼子也是什么都要，什么都抢？

老福　　哪个村也是这么着，除非那些专门造谣的人，才不这么说呢。

老二　　（稍停）那二傻这孩子可该平安吧？

老福　　平安，平安，夜儿个黑价小拴子回来啦。

二妻　　小拴子回来啦，那二傻回来不？

大妻　　大刚呢？（关心地）

老大　　你怎么也这么想？（在一旁抽烟）

老二　　小拴子回来，就不再回去了吧？

老福　　不是，不是，人家小拴子回来，（看了看外面）是代表他们连里来慰问咱们村的，他说他们就要到山里边受训去，说是什么准备反攻呢，他们就要去啦。

老二　　（自语）小拴子都回来啦，那二傻怎么不——（对老福）那二傻他们都好吧？

老福　　他们都好，小拴子回来说啦，咱村去参加的那十二个子弟兵，都编在一个连里。

老二　　都编到一个连里，那他们反"扫荡"里边没受到什么损失吧？

老福　　没有，没有，有一次，他们在王家庄叫鬼子包围住了，鬼子有五六百人，咱们才一个连，打了两个多钟头，他们就冲出来啦。还打死了二十多个鬼子。

老二　　二傻他们没有事吧？

老福　　没有，咱们队伍上，才有四个挂花的，咱村的一个也没有。

二妻　哎呀，（松了一口气）老天爷。

老福　哎，老二，这都是军事秘密啊，可不能给别人说。

老大　可不能乱说。

老二　不，不说，可不敢说，二傻平安我就放心了。

大妻　还是人家扛枪杆的好，像咱们哪，走到哪儿，哪儿就有鬼子，哪儿也不安生。

（老二夫妇交头接耳）

二妻　哎，我去找小拴子问问，问问二傻到底平安不？

老福　（正在给老大对火，急挡住）哎，平安，平安，你别去找小拴子了，有什么话我替你代问吧。小拴子说，他一会儿就回队伍去了。

老大　人家在队伍上，还不比咱们道理明白的多，不打走日本鬼子不回家，这还有什么好说的？

大妻　不兴人家有别的话说？

老大　那还有什么话说？

二妻　（看风使舵）嗯，不去就不去，反正咱们二傻……（看了看老大，不说下去了）

老二　（脱口而出）反正二傻有心眼，他总会自己回来的。

老大　老二，你怎么能这么想，他们当八路军去抗日不比在家里强？这怕什么？这是抗日的年月嘛！

二妻　啊，怕什么，不怕。（对二）咱们也是抗日！

老二　对，咱们也是抗日。

大妻　哼，谁怕谁心里知道。

老大　唉，你少说几句不行吗？

二妻　哟，嫂子，你心里怕不？

大妻　可不是，我心里成天价就盼着我那孩子回来……

二妻　　嫂子，你可不能这么说，你别比着鸡骂狗，嘴里说得好听，谁知道心里哆嗦不哆嗦呀？

大妻　　我没说你，你疑心什么呀？……

二妻　　你别真一半假一半的，你有什么话你就直说……（二人吵起来）

老福　　哎，哎，哎，大清早妯娌俩就这么吵吵闹闹的干什么，是怕日子过得太好了吗？

老大　　（对大妻）进去，待着去。（大妻进内屋）唉！真是没办法。

老福　　（看看天气）时候还早呢！你先歇着，待会儿再到炮楼上报平安吧！我先回去看看。（下）

老大　　（对老二夫妇）天气还早着呢你们进去歇着，有什么事，不要惊慌，有我支应着呢！（下内屋）

二妻　　一早起就闹成这个样子，这日子怎么过下去呀！

老二　　一乱哄哄的，我就想起我那二傻来啦。（小声）二傻这孩子也不回来。前日个坚壁的东西，又都取回来了，鬼子看见啦，又得抢走啦！这怎么办呢？

二妻　　再坚壁了吧！

老二　　来得及吗？

二妻　　来得及，哎，轻一点。（跑到老大房门偷听）

老二　　怎么啦？

二妻　　睡啦。

老二　　睡着啦？

二妻　　那怎么知道呢……小声点，快去坚壁吧！

老二　　坚壁什么呀！

二妻　　衣裳、粮食铺的盖的、大大小小、盆盆碗碗，什么不要

　　　　坚壁呀！还有——

老二　还有什么呀？

二妻　走吧！快坚壁吧！一会儿你就知道啦！

老二　哎呀！这来得及吗？

二妻　来得及，坚壁一点是一点。

[老二进内屋，二妻跑去把大门关上，也进内屋。

老二　（在内）还有那个，那个包袱，给我。（房内有拾掇东西的声音）

二妻　（在内）快点吧！

老二　还有我那一对新鞋，搁上，搁上。

二妻　（在内）快点吧！快点！

老二　我就走嘛！

[老二抱着一大堆包袱、被褥、杂乱东西上。

老二　（跑到大门口，头碰到门上）怎么！怎么你把门关上啦！

二妻　（抱两个罐子出）怕人家看见，人家看见了还得了！

老二　快开开。

二妻　来啦！来啦！

老二　（见她提两个罐子）你怎么拿两个罐子出来，这干什么呀？

二妻　坚壁！

老二　这里边是什么？

二妻　是钱。

老二　是钱？

二妻　小声点。（跑到老大房门前偷听）

老二　怎么啦？

二妻　睡着啦！都睡着啦！在那儿做梦呢！

老二　做什么梦？

二妻　那谁知道。

老二　这里边是什么？（指罐子）

二妻　这里边是准备票。

老二　准备票，这里边是什么呀？（指另一罐子）

二妻　是边区票，这是五百块钱，等着二傻回来，给他买东西。

老二　把准备票留下吧！准备票不吃香啦！光坚壁边区票，边区票硬着呢！

二妻　（想了想）那两样都坚壁不更好吗？

老二　把准备票花出去吧！准备票不保险

二妻　唉！快着吧！快去坚壁吧！一会儿来不及啦！（这时老大妻从门内偷看）

老二　哎！你快把门开开。

二妻　好，给你开。（二妻开门，夫妇下）

老二　（在后台）你怎把铁锨忘了拿来了，真是。

二妻　（跑上）我给你去拿。

老二　（在外）快着点！

二妻　（拿铁锨上）来啦！（急下）

大妻　（急出往外看）啊呀，你看他们忙的，又是衣服，又是罐子的，一有个动静，他们就闹腾起来啦！（叫大）哎！你出来看呀！

老大　（上）看什么呀？

大妻　你看他们变戏法呢。

老大　一有个风吹草动的，就不知道怎么办好啦！不要他们取出来，偏要取出来，现在又忙得头晕眼花的。唉！真是环境变了，人也变啦！

大妻　哼！人家才不听你的话咧！……你看人家才分家几天，就又是衣服、又是钱的，唉！你呀！

老大　老提这些个干什么呀，抗日还抗不过来啦！这时候只要饿不着就行啦！

大妻　唉！像你也好，把抗日工作做好就行了，像他们啦，有动静就怕东怕西的，要不就想这个、想那个，想的些事真是白天做大梦！

[老二拿铁锨上，弄了一身土，二妻跟在后面。

老大　老二你上哪去了？

老二　（惧怕地）哥哥你不是说——

老大　鬼子要下来啦！

老二　这鬼子下来了，可怎么办呢？

老大　你给我沉住气，（稍停）天不早了，你们在家好好地待着，我要上岗楼报平安去啦。

[老二夫妇下。

大妻　大刚他爹，你可要小心点，已经打成这样了，不能再挨打了。这身子骨再也经不起了！

老大　这是抗日的年月，有什么好说的，这是给大家做事，就是再厉害一点，那也得挡过去，你在家看着门。（欲下）

大妻　慢点走，我给你拿件大袄披上，才起来，怪冷的。

老大　不要了。（下）

大妻　（看老大下去了）唉！为了大伙的事，就是再受点罪也得挡过去，这日子什么时候才到头呢？

[外面人声嘈杂,老大急回。

[老二夫妇急出。

老大　　你们都进去,进屋里去,鬼子下来了,我不叫你们出来,你们谁也不准出来,听我的话。

[老二夫妇和老大妻急下。

[这时门外有脚步声,上来一伪军。

伪军　　哎,不要怕,还不是这么一套,沉着气,该说的就说不该说的别说,说多了,说错了,你们麻烦,我也麻烦。

老大　　是,队长。

伪军　　什么鸡巴队长,谈不上,小兵一个。

老大　　是,老爷。

伪军　　唉!你这么大年纪了,可别这样称呼,咱们可担当不起。(小声)人家八路军那边是一律平等,偷偷地叫声"同志"就行了。

老大　　老总,咱们这可没八路军。

伪军　　哎,这个谁还不知道,不怕。妈的,天还没亮呢,就起来啦。(打哈欠)

[脚步声,伪军到门口看。

伪军　　来了,来了,哎,小心点。

[伪军立正,日小队长上。

日官　　搜过了?(说着不熟练的中国话)

伪军　　搜过了,太君。

老大　　太君,您这儿坐,(搬凳子让日官坐下)您抽烟,太君。(拿纸烟点火)

日官　　有事没有?

老大　　报告队长,今日平安无事,有事再报。

日官　（四处打量一下，稍停）这是你的家？

老大　是，太君，这是我的家。

日官　人的没有？

老大　人？有，有。

日官　出来出来的，啊，出来出来的。

老大　（对内）出来，你们都出来，出来见小队长。

（老大妻出，老二妻拉老二出，大家战战兢兢地站着）

老大　给小队长行礼。

（大家行九十度鞠躬礼）

日官　你们统统的一家？

老大　是一家，一个大门，哪会有两家？是一家。

日官　都是良民的？

老大　大大的良民。

日官　大大的良民，哈哈……（走到老二面前，老二吓得不敢抬头）

日官　（突然抓住老二）你的儿子是八路的？

老二　老爷，老爷，老爷。

日官　你的说，你的儿子是八路的？不说，死了死了的。

老大　队长，他是疯子。

日官　疯子？（仔细看老二，老二吓得不敢抬头）

老大　哎，疯子。

日官　（推大出去）你的大大的良民，没有你的事的，你的出去的。

老大　老爷，他是个疯子，您放了他吧！

日官　出去出去的，这里没有你的事。（推出大，抓着老二）你的说，你的儿子是八路的，有人报告了，皇军大大的明白。

老二 老爷，老爷。

二妻 你说呀，你快说呀！

大妻 说，没有，没有儿子，你忘了，你不是没有儿子么？

日官 （对大妻）他的说，不许你说的（对老二）说的，不说死了死了的。

老二 我，我……

二妻 说呀，说呀！

［老大急上。

老大 太君，他是个疯子，不会说话，是叫天上的（比手势）"嗡——轰"吓坏了的。

日官 （突然转向大）嗯！他的说了说了的，你的儿子是八路军，你说！

老大 太君。（镇静）

日官 （狡猾地）说的！他的说了的。

（大妻偷偷地摆手）

老大 （自然地）啊哈，——太君，您别开玩笑了，我可没有儿子，我哪有这么大的福气。

日官 （没有办法）没有的？

老大 没有。

日官 嗯，开路开路的！

［日伪急下。

二妻 真是谢天谢地。

老二 真把我吓坏了。

老大 快进去吧，别在这儿啦！

［日官突然回来。

日官　（又抓二）你的说的，你的儿子八路的？

老二　老爷，老爷。

老大、大妻　说，对队长说，没有，没有儿子。

老二　没有。

日官　没有，（稍停）你听我说的，你的儿子在八路军的，没有关系的，叫他回来，皇军优待优待的，不回来房子烧了烧了的，人杀了杀了的，你的明白？

老大　明白，明白，说嘛！

老二　明白。

日官　啊，你的明白的。（快走下）

老大　还不快进屋去，你看这多危险。

〔老二进屋去，伪军上。

伪军　哎，还不就是这么一套，到哪儿都是这样。别怕。（打哈欠）天还没亮呢，他妈的，连觉也不能好好地睡。

老大　老总，抽烟，这还得请你多照顾点。

伪军　不客气，亲不亲，一乡人。

老大　（拿钱）老总，没关饷吧？拿去零花。

伪军　不能，可不能，咱们不能跟那些人比。

〔老福上。

老福　收下吧，自己人花点算个什么。

老大　收下吧，这算我自己的，拿着吧！

伪军　（接钱）要不是这几个月没发饷，真不能收你们的，这真是叫乡亲们看笑话啦！

老大　哪里话，哪里话。

老福　这一点钱，花了算不了什么。

伪军　这钱照理是不应该收你们的，人家八路军十七团敌工干事常到咱们炮楼底下给咱们上课，这些道理，咱们都知道，到了反攻的时候咱们也是一份抗战的力量。

老大 就是。

伪军 你们有事吧，那我走啦！

老大 在家里吃点饭再走吧！

伪军 不啦，不啦，小队长到别家去啦，我还得去。

老富 到村公所去吧，村公所还准备着呢。

伪军 不啦，不啦，我走啦。（下）

老大 你说，老福，为什么偏偏到我们家里来搜查呢，是不是有人告密了？

老福 我看这事得小心点，一定有人报告了。

［外声：老福！会里有人找你哩，叫你快去。

老福 对，这就去，唉，这又不知道是什么事，老大，走，你跟咱一块去，我还有事和你商量呢。

老大 在家看着点门，注意着点，有人找我，就说我到村公所去啦。

大妻 知道啦。

［老大、老福下。

大妻 （对二屋）环境变了，人也变了，你们过去那股劲呢，现在跑到哪儿去了？怎么也不积极啦，也不模范啦？去年送二傻打鬼子的时候，说的可漂亮咧！"老乡们，我送我二傻去当兵，去抗日，打走鬼子再回家，你们都要向我们学习啊。"我还记得一清二白的，大伙儿这么一鼓掌，两口子笑得嘴都合不上啦，哼，那时候多光荣啊，现在那股劲跑哪去了？

［在大妻说话的时候，大门外有人偷听，大妻下。

二妻　（上）你骂吧，你骂吧，咱就不会还嘴？你说呀，你抗日咱就不抗日了？哼！幸亏我二傻没回来，要是二傻回来的话，可不知叫你们骂成什么样子了。

［二傻上。

二傻　娘！

二妻　（一惊）呵，二傻，好孩子你怎么回来的？

二傻　大娘呢？

二妻　在那屋呢。（指大屋）

大妻　（在内）谁呀？

二妻　（推二傻）二傻，快进去！（进屋假装镇静）谁呀？谁呀？（又出）

大妻　（出）谁呀？谁叫？

二妻　（跑到大门口）噢，是来叫嫂子的。

大妻　谁来叫的？

二妻　许是大哥派来的吧？

大妻　唉，真是一天忙到晚。（说着下）

二妻　（关上大门）二傻，好孩子，快出来吧。

［老二、二傻出。

老二　孩子，爹早就算着你要回来，你怎么回来的？

二傻　我刚一进村，碰到咱村的老王，叫了我一声，我就赶快从那个短墙跳过去，趴在那块白菜地里，吓得我动也不敢动，待一会儿，我才打村西头绕过来，刚走到门口，正赶上大娘大讲演呢，什么模范呀，光荣呀，吓得我没敢进来。

二妻　不怕，娘给你写的信接到了吧？

二傻　接到了，信上说叫我回来，过好日子，闹得我糊里糊涂

	地就回来了。
老二	回来就好了，不要怕，回头爹领你到岗楼上去领个居住证，以后就再也不怕人家来搜查了。
二傻	领居住证？（想了一会儿）爹，娘我还不如回去呢！
老二	可不能回去。
二妻	孩子，好容易，把你盼来了，你可不能回去。
二傻	我不回去？这会儿叫人家看见怎么办呢？
二妻	怎么办呢？
老二	怎么办呢？
二傻	爹，你还是先找个地方把我藏起来吧。
二妻	藏起来，这藏到哪儿呢？
老二	这藏到哪儿呢？
二傻	快着点吧，爹！
老二	噢，有了，有了，咱们炕头上不是有个洞吗？别人不知道，我看就把他藏在那里边吧。
二妻	对，对，就藏到那洞里边吧。
二傻	爹，快着点吧！
老二	哎呀，我忘了，那个洞口已经让我填上了。
二妻	哎呀，我说你呀，那怎么办呢？
老二	把它再挖开吧。
二傻	那就快着点吧。
老二	哎呀，那还来得及吗？
二妻	去吧，来得及，挖一点是一点。
老二	对，挖一点是一点。（进去，里边传出挖土的声音）
二傻	我还不如走呢！真麻烦！（心里不安得厉害）
二妻	孩子，别急，你可不能走，在家里住下，过安生日

吧。哎，你怎么还穿着八路军的便衣军装？快脱下来吧。（对内）二傻他爹，把你那件棉袄拿给二傻换上。

老二　（在内）哪儿哪？

二妻　炕头上。

二傻　这真麻烦！

二妻　好孩子，别急。

老二　（出）给，快换上。

二傻　爹！快着点吧！

老二　快，快。（又进去）

二妻　孩子，来换上。（帮二傻换衣裳）

二傻　（忽然想到）我们指导员说，（背书似的）希特勒快完蛋啦，希特勒一完蛋，那日本鬼子也就快了，等到反攻的时候，参加的人就更多了，咱们的力量也就更大，打走鬼子也就更快了——

二妻　（一边换衣裳，一边说着）看你心里想些什么，可别听他们这一套，他们这一套不时兴了。我给你说，夜儿个黑价小拴子回来了。

二傻　（惊）小拴回来啦？他说我什么没有？

二妻　看你吓成这个样子，他没说你什么，你别怕，他回来不多会儿就走了。这儿有你爹、你娘给你做主，那还怕什么，回头叫你爹上岗楼领个居住证一住，哪怕他们天天来搜。

（二傻不耐烦地走动着）

二妻　（跟着他）二傻，你看，咱们家的日子比以前过得好多了，多亏你娘有心眼，私下积了五百块钱的体己，另外还置了十亩田，像你大伯，成天价做抗日工作，不能下地去受苦，光靠你爹一个人，那还行，是我要你爹逼着和你大伯分开了，现在咱们的日子过得一天比一天好，他们哪，有的吃就算好的了，现在虽说日本人来后，不如从前了，可是咱们还比他们好。唉！孩子，我说你听呀。

二傻　我听不进去！

二妻　哎，孩子，你别着急，你看你急成这个样子了。（外边有敲门声，二傻惊慌失措）哎呀，孩子，快进去。（二妻推二傻急进）

老大　（在外）开门，开门！

二妻　（出）来啦，来啦！（开门，欲走）

[老大和老福上。

老大　（惊疑）有人来吗？

二妻　（赶快往回走）不知道。（进屋，老大、老福对看了一眼）

老大　（对自己屋）有人来吗？（屋里没人答应）啊，没在家。

老福　没在家？（奇怪）

老大　真是，又跑哪去了？

大妻　（由外边急忙地进来，看见老大在这儿）哎哟，我哪都找遍了没有找到你，街上人说你回来了，我才赶回来的，你到底找我有什么事啊？

老大　（奇怪）我没有找你。

大妻　哎，你不是派人来叫我吗？

老大　没有，我没有派人叫你。

大妻　你没有，那他婶子怎么说你派人来叫我，我问问她去。（往二屋里去）

二妻	（急忙出，站在门口）是我听错了。（又进）
大妻	（气愤）听错了？
老福	我看这里边有问题，八成的回来啦！
老大	我去问问（到二门口），二傻回来了没有？
二妻	（急出）什么？二傻？咱们不知道。
老大	二傻回来了没有？
二妻	不知道！没回来，他回来干什么呀。
老大	没回来？不能吧！（稍停）让我进去看看。
二妻	（急）我说没回来就是没回来！
老大	不行，让我进去看看。
二妻	你不能进去！你不能进去！
老大	（一把拉过二妻）我非要看看！（刚要进去，老二冲出来拦着门）
老二	（大声地）哥！你怎么欺侮人？
老大	老二你说，二傻回来了没有？
老二	我怎么知道呢？
老大	让我进去看看。
老二	二傻就是没回来嘛！你进去看什么？
老大	老王看见他回来啦！
老大	老王看见了？这才是见了鬼了呢！
老福	老王在村头站岗，看见二傻偷偷地回来，人家老王看错了？
老二	（堵住门，嘴里咕哝着）这真是活见鬼，二傻回来了，二傻还不知道在哪呢？
老大	（对屋内）二傻，出来吧，不要紧，大伯看见咱家回来个八路军，心里多喜欢呀！你回来不怕，出来见见大

	伯！大伯不会给你为难！
老二	这真是见鬼了，你们给谁说话呀！
老福	二傻！出来吧，不要紧，这里都不是外人，这是你大伯！还有你老福叔，我是你村长，有什么困难！我可以替你解决，出来吧！你大伯跟我都不会给你为难的！
老二	你们真是见鬼了，你们叫吧！看你们能叫出来?!
老大	（气愤）老二，过去！让我进去看看！
二夫妻	你不能进去，你不能进去！
老大	让我进去！
老二	哥！你怎么这么不讲理。
老大	老二，过去！（一把拉开老二）
老二	哥！（正在这时候，二傻忽由内出，站在门口）
二傻	大伯！（低着头）我回来了！
老大	啊！老二！
老二	（气极）谁叫你出来的？（打傻）
二妻	你这个傻王八蛋！
大妻	你们打孩子骂孩子干什么呀？这都是大人的不是。
老大	老二，你捣的什么鬼！大天白日的，你干的什么事？二傻，你怎么回来的？你是请假回来的?
二傻	没请假就跑回来了。
老大	啊！是开小差回来的！唉！你简直替咱们家丢人，快给我回队伍去！快回去！
	（二傻不说话）
二妻	二傻，咱们可不敢留你，你待会儿吃点饭就走。
老大	要走马上就走！
二妻	我不是说了吗，待会儿就走，吃点饭就走。

老二　　对！吃点饭就回去，咱们可不敢留你。

老福　　（故意地）老大，我看这样吧？既然回来了，就在家住着，回头上岗楼领个居住证就别走了。

二妻　　别，别，别，领那个干什么吗？待一会儿就走，待一会儿娘送你去。

老福　　（严厉地）哼！反正岗楼叫咱们封锁住了，谁要想领居住证不通过咱们维持会，那怎么也办不到。

二妻　　哟！老福叔！你把我们看成什么人了？

老大　　二傻，你快给我走。

大妻　　二傻，你还不快回去？

二傻　　爹，娘，我是该走了。（要走）

二妻　　不能走，（拉住）二傻，不能走！（外边有人喊老福：老福，会上有人找你，有要紧事，快来啊）

老福　　噢，来了，这一件事还没办完，不知又出了什么事了？老大你就在这儿解决了吧。（下）

老大　　（稍停）老二，你看你成了什么人了？做的什么事，你过去说的大话呢？

老二　　说句实心话吧，从二傻给大刚挑战那一天起，我就没愿意过。我就从心眼里不愿意让二傻参加去，要不是怕乡亲们批评我，要不是怕人家说我落后，我就说什么也不让他去！

老大　　（沉痛地）老二，你过了两天好日子，你就变成这样了，你就忘了本了，要不是八路军来，你怎么会有现在，你起心眼里就不愿叫二傻参加去，你这是想得些什么？你忘了你先前吃糠咽菜，一顿饱一顿饥的时候了？这些事你都忘了吗？革命闹得热闹的时候，你也装得可进步呢！那时候你也愿意出头，也愿意露面。等环境变了，你就缩头缩脑，光看见眼前的那么一点利，什么落后的事情，你都干出来了，你把革命放在一边，处处为自己打算，你真是一贯的落后！

（老二不说话）

二傻　爹，娘！我走才对呢！（心里很难过）

二妻　你不能走！就是不能走，你骂吧……就是不能走。

大妻　二傻！走吧！回队伍吧，你还跟你爹娘跑吗？

二妻　看你说得多稀罕呀！走！往哪儿走哇！

老大　二傻，你自己怎么一点主见也没有？啊！你这开小差的货！

大妻　要是咱们大刚就不会这样。

老大　大刚要这样，我一巴掌扇不死他！

二妻　你大刚好，你们大刚有主见，随你们说吧，反正我打定主意了，二傻说什么也不能走。

〔老福叫："开门，开门！"

老大　谁？

老福　我，开门！

老大　老福来了，（向大妻）把门开开！（大妻去开门）

大妻　怎么？大刚回来了？（奇怪）

〔老福推大刚上，大刚手还叫绳子绑着呢。

众　　怎么大刚回来啦？

老福　开小差的又一名，开小差的都出在你们家里了。

二妻　（可抓住把柄了）你们大刚可好，可有出息，不是那开小差的货！

老二　哼！也是没有出息的东西，开小差的货！

二妻　　说人家的时候，嘴张得可大呢！这一回可叫你们有出息的大刚堵了个严。

老二　　可光荣呢！

老大　　（气愤已极，上前打大刚）不要脸的东西，在队伍里哪点不好，你偏要开小差！你看看爹这几个月挨打受气为的什么，你爹快叫日本人打成痨伤了，（咳嗽）这是为的什么，还不是为的咱们把鬼子打出去，将来过安生日子？你偏给我不争气，开小差，你给我滚回去！（又要打大刚，老福劝住）

大刚　　爹！我是想家里没有人手放心不下，回来看看的。

老大　　这有什么好看的。

大刚　　爹！我是特地假装绑着，想把鬼子哄住了，在家里过太平日子。

老大　　放屁！过太平日子，太平日子在哪儿啦？鬼子三天两头下岗楼，今天抓人明天要东西，这哪儿有太平日子给你过，你不好好地在队伍上抗日，偏要开小差回来！回去，你不回去，我不认你是我的儿子，你真把咱家的脸都丢尽了！（又上前打）

大刚　　老福叔，你帮我劝劝我爹，让我在家里待着吧，我实在不想回队伍去啦。

老大　　你不回去，我这家就不让你待！

老福　　大哥别生气，先到外边歇一会儿，有什么慢慢地说，这还有什么不能解决的问题。

大妻　　大刚，你这孩子可把我气死了！（气愤欲哭）

老福　　大嫂，你也不要生气，咱们都到外边歇一会儿吧！

[老大夫妻、老福下。

老福	（又上）我就知道你爹不高兴。（大刚笑）你还笑呢，一会儿回队伍去。好好地在这儿想想吧。（又下）
二傻	大刚哥，我没有跟你请假，就跑回家啦，你也没有跟排长请假就跑回来啦？
大刚	那天看到你接到一封信，以后就不见你啦，我知道你一定是回来啦，我也不想在那儿待了，就偷着跑回来啦。
二妻	还是你大刚哥好，看得清楚，大刚啊！你可不像你爹娘那样。
老二	大刚，你打算怎样办呢？
大刚	叔叔婶子，我绑着回来就是想法儿糊弄鬼子，好在家里过安生日子，可是我爹又要叫我回去，你们看这怎么办呢？
老二	别回去，到岗楼自首去。
大刚	自首？
老二	到岗楼领个居住证，回来住着就不怕他们来检查了。
大刚	那行吗？二叔！
二妻	行，有你叔叔婶子给你做主，管你爹娘愿意不愿意，待一天是一天，待一会儿是一会儿，待长了不怕他们不愿意。
大刚	就这么办吧！那二傻兄弟呢？
老二	二傻我打算就这么办。
二妻	对，二傻也打算给他这么办。
老二	哎！大刚，心里这么想，嘴里可不能这样说。
二妻	大刚，千万可别说出来。
大刚	叔叔婶子，这么办行吗？
老二	那有什么不行的！

二妻　行！

大刚　就这么办啦。

老二　对。

大刚　（突然把绳子弄开，大声叫）老福叔，进来吧！咱们的估计完全对了。

老二　怎么啦？大刚你这孩子！

二妻　唉，你看你，你都说出来啦。

[老福、老大夫妻笑着上。

老福　装得好像呢，待一会儿就走，吃了饭就走，哈，早就知道你们心里想的是什么了。

老大　大刚，好孩子，爹打疼你了吧？

大刚　不疼，爹。

大妻　好孩子，你真能干，会想法子，娘可把你错怪了。

老大　刚才你老福叔跟我说了，我才知道，你真是个好孩子，你回来得正好，给爹解决了一个爹不能解决的问题。老二，怎么办呢？让他们赶快回队伍吧！（老二低头不语）

大刚　二傻，怎么你真把那傻劲拿出来啦，那天我看你接到这里的信，你就真跑回来了。想回家过安生日子，安生日子在哪儿啦？你不把日本鬼子打走，就有安生日子给你过啦？你也不打日本，我也不打日本，全中国都像你，那日本就能打出去啦？你好好地想想吧。把眼光放远点，打走鬼子再回家，到那时候才会有安生的日子哪。

二傻　（知道自己错了）爹，娘，我是该回队伍去啦。

二妻　你不能走，说什么你也不能走。

大刚　叔叔婶子，我是他的哥哥，在连里我是他的班长，我要对他负责任的，他这回偷跑回来，他跑到哪儿，我也得把他找回去。

二傻　　爹，娘，我走了。

老二　　你不能走。

大刚　　二傻你还待在那儿干什么呀！还不快走，爹，娘，叔叔，婶子，老福叔，反攻的时候再见！

（老二夫妇抓住二傻不放）

老大　　（气极）老二我跟你拼了。

二妻　　拼了吧，拼了吧！

〔大刚二傻刚出门，外面就嚷起来了"皇军来了！皇军来了！"老福急出门看，急回。

老福　　不行了！不行了！已经到了胡同口了，出不去了。

众人　　怎么办，从哪儿走？（大乱）

老大　　快跳墙！

老福　　（在门口望着）跳墙也来不及了。

老大　　老二，你看你干的什么事？咱们这一家子都要死在你手了。

大妻　　别埋怨了，快想法子吧！

老大　　赶快进屋去，藏着，别出来，老二都进去。

（老二夫妻、二傻进屋）

大刚　　爹！我还是冲出去吧。（把盒子枪掏出来）

老大　　先进去，看爹眼色行事。（老大妻、大刚进）

老大　　（走到老二门口）抗日不抗日，坚决不坚决，就看这回了。

老福　　谁要是不抗日，就是汉奸！谁当汉奸我们就得制裁谁！

〔伪军穿便衣，带短枪上。

伪军　　别动，举起手来，动一动就出危险。

［老大、老福把手举起来，日官穿便衣上。

　　　　（日官四面看了一下，又看老福和老大的脸色，想进老大屋，又有点犹疑）

老大　　（镇静地）请进……屋里炕上歇会儿，太君累了吧，到屋里休息休息，躺一躺，抽袋烟。

日官　　你的好的。

　　　　（日官又到老二门口，刚要进去，老二由内冲出）

老二　　老爷，老爷，别进去！

日官　　（吓得往后退了几步，掏出手枪）什么的干活？他的什么的干活？

老大　　他是疯子，疯子！

日官　　疯子？疯子的出去！（往外赶二，连打带推）

老二　　我不是疯子，我给你说。

老大　　（骗日官）太君，他要打人了。

老二　　老爷，我不是疯子，我有话给你说。

　　　　（日官连打带推地往外赶二，但是老二却跑到他自己屋里去，日官也跟进）

老大　　（低声）哎呀！大刚，大刚快出来，快走。

大刚　　（急出，看见伪军欲使枪打）

老福　　（低声）哎，自己人，不要紧，快走吧！

［大刚急下。

老福　　（对刚）出去小心，大嫂，你跟着去吧。

［大妻也下。

日官　　（在内大声地）啊，八路的，八路的，出去，出去。

　　　　（二傻手里还拿着铁锨，被日官推出）

老二　　老爷，你饶了他吧，我说实话。

伪军　　去你的，疯子，不准胡说，说错了我拿枪打死你，滚回去！（把老二吓进屋去）

日官　　你的什么干活？不说死了死了的！

老福　　（示意二傻）苦力的，（对日）他的苦力的干活。

日官　　（对二傻）你的说，什么的干活？

老大　　说呀，怕什么，你不是个苦力的干活吗？

二傻　　（慢吞吞地）苦力的干活。

日官　　苦力的干活，给我你的手。（摸二傻的手摇了摇头）你的，好的，走了走了的。

二妻　　老爷，我说实话。（日官回）

日官　　啊，我问你，他是你的什么人？

二妻　　他，他，他是……（看看大家）

伪军　　你这个臭娘们，别乱说，说错了，皇军不饶你。

日官　　快说，他是你什么人的？说。

老大　　怎么吓得连话也说不出来啦，他不是你家的短工吗？说呀，在皇军面前不要怕。

老福　　说吧，不要紧，是短工就说短工。皇军又不难为你。

日官　　不要怕，说，是你家的什么人？

二妻　　短，短工。

日官　　短工？（怀疑地）

伪军　　对了，我还见过他那天在岗楼北边，修汽车路来着，一镐一镐地挖土，是你不？（问二傻）

二傻　　（点头）是我！

伪军　　（对日）太君，就是他，短工，没错。

日官　　（掏出日记本找了半天）噢，名字的没有。

老大　这是——

老福　老大，这跟你没关系，你让我说吧。(对日)这是我的错，这花名册是我报的。太君，他是当短工的，今天在这村，明天在那村，今天在东边，明天又跑到西边去了，不知道往哪家填他的名字好，我就没填上，太君，这是我的错，与他没关系，(把二傻推开)要打打我，要罚罚我。

日官　要罚的，明白？这个的。(用手比钞票)

老福　明白，明白，金票的，金票的。

日官　明白，走的。(拉老福同下)

伪军　(下又上)同志你哪一部分？在哪里待着不好，回来受这个罪？我还想过去呢，可是没有法子。上次有个开小差回来的，到岗楼上自首去，日本人说："八路都是坚决的，一个半个跑出来都是吃货，八路军不要的，我们也不要的。"当天夜里就叫小队长拉出去枪毙了。

众　哎哟。

老大　(向二傻)听见没有？

伪军　(稍停)同志，回去给咱们联系联系，在那边给咱们说几句好话，等到反攻的时候，咱们也是一份力量，我叫王得胜，我走了。(下)

老大　不送了，慢着走。

伪军　(又回)哎，我忘了，你们知道这回是有人向日本人报告了，就是村东头那个细高条，脸上有麻子的那个家伙，这家伙可得想法儿除了他，不除了是个祸害，有他在，咱们也麻烦。

老大　哎，是，是。

伪军	哎，这话可不能给外人说。
老大	知道，（又给钱）再拿上几块零花吧。
伪军	不能，不能。这回可不能再要了，不能跟那些人学，咱这是替自己人办事，不能爱那点小便宜，咱们得把眼光放得远点，你们歇着，我走了。
老大	不送了。（伪军下，正碰到老福）
老福	不歇会儿？老总。
伪军	（在外）不了还得到别家去呢。
老福	要钱，要钱，又是要钱，要好几百块哩。
老大	要钱，唉，咱家哪有钱呢？二傻你还不快点走，这是拼着咱们一家人的性命把你救出来的，快走吧，还待着干什么？
老福	二傻，这是拼着咱们一村子人的性命把你救出来的，回了队伍可不能再想家啦！（二傻走）
老二	二傻！（欲过去拉）
老大	老二！（瞪了一眼）二傻回来，（二傻又回）这回回去，可要好好地学习，好好地抗日，再不长进，我就一铁锨拍死你，听见了不？
二傻	听见了！
老大	走吧。
老福	走，我送你去，大刚还等着你呢！回去可得好好地干，别再干这种事，对不起乡亲们。嗳！老大，还有鬼子要的那笔钱，我看就老二出吧，还得快点送去！鬼子逼得可紧呢！（二人下）
老大	对，我一会儿就送来！
大妻	（对老二）好啦！快拿钱去吧，去晚了老福可受不起，

快去拿吧!

老二　拿哪一罐呀?

二妻　拿准备票嘛!

大妻　拿什么准备票,准备票不吃香了,连他鬼子自己都不大用了,给他们也准不要,还是拿边区票吧!

二妻　那就拿边区票吧!

大妻　哎!快去拿吧,慢了老福又要受折腾了。

老二　好,我就去拿。(拿铁锹)

大妻　快着点吧!

老二　快!快!

二妻　唉,老天爷,这真是……(跟下)

大妻　我把大刚送到村东头小庙前边,他说他要等二傻一块回去,你看大刚这孩子真是有办法!

老大　这孩子也学得能干了,这还不是在八路军里才这样的!(向外)老二快拿来吧!

老二　(在外)快!快!不挖自己就出来啦。(抱罐上,把边区票从罐里拿出来,数钱)

二妻　数了,反正就是这么多,数还能再变多了?

老大　(安慰地)老二不要紧,钱去了还会再来,保住了就算好,你好好地想想,咱们做事可得往远里想。(拿钱出)

老二　(对二妻)哎,闹了这么大的乱子,花了钱,险些儿还把大伙的命都丢哪,你说这怨谁?

二妻　怨你!

老二　怨你!你不写信他就来啦?!

二妻　写信还不是你出的主意?怨你!怨你!

老二	唉,别说啦,别说啦,这还怨谁,还不是咱俩都想不开,才把二傻叫回来的。
大妻	对,谁也不要埋怨谁,谁叫咱们脑子糊涂哩,要二傻回来过什么安生日子,这回可清楚了吧?不打走鬼子哪儿有安生日子过?我看你们两口子还是好好地开个会检讨检讨吧!

(选自《中国人民文艺丛书·把眼光放远一点》新华书店一九四九年五月版)

周而复苏一平

牛永贵挂彩①（秧歌剧）

人物　牛永贵　晋察冀某分区二团一营三连一班的战士

赵守义　河北满城县的农民，年约五十余岁

黑铁他妈　赵守义妻

老李　三连侦察员

老王　三连二班班长

战士数人

敌军军曹（以下简称敌军曹）

敌兵甲

敌兵乙

伪军

第一场

时间　1940年初冬，拂晓以前

地点　晋察冀边区所属满城县（敌占区），城里竹柳巷附近

〔牛永贵上。他是在这一次袭击满城县的时候，在伪县政府前挂了花的英勇战斗员。由于当时情况急迫，他右腿上受伤，未能跟随队伍一同前进。现在手持大枪，忍受着腿上的痛楚，焦急地在追寻队伍。他以大枪作为手杖，很吃力地一边走上一边唱。

牛永贵　（唱〔山茶花调〕）

---

① 这是继《兄妹开荒》之后出现的又一个成功的秧歌剧。与《兄妹开荒》不同的是，它已发展为多场剧，不论在剧本题材的选择、情节的安排、人物的刻画、语言的运用等方面都有了新的开拓。1943年和1944年，它曾与《兄妹开荒》一起在重庆演出，引起强烈的反响；1949年中国青年艺术团出国参加第二届世界青年联欢节时，又演出过该剧，受到世界各国青年的热烈欢迎。

战斗中挂了花,

昏沉沉倒地下,

眼看着同志们,

个个冲锋前进。

右腿上伤口重,

我不能跟上。

寒夜里,北风起,

望东方,天快亮。

一阵阵,伤口痛,

城外枪声又起,

找不见队伍心中好焦急!

(白)我,牛永贵,三连的战士。今天夜里,跟随陈连长和咱们连上的弟兄,打下了满城县,咱们一班担任突击,一直冲进了伪县政府,就在那当口,我就挂了花,掉了队。(以左手按伤口,做痛苦状,倒在地下)怎么的,腿不管事哪,走不动哪。咳哟,好渴呀,有口水喝就好了。(抬头一看,见不远处有一家人家,大喜)哦,再走两步,就到那家门口了,我进去要点水喝。(下)

[赵守义上。

赵守义 (唱〔勾调〕)

一夜里枪声响,噼啪不停,

八路军打死了盖子名。

提起了盖子名,我心恼恨,

抓去了我小子,逼他当兵。

他不愿当伪军,关在牢里,

活活地打得他，一命归阴。

（白）我，赵守义，河北满城人。身边有两个小子，前年秋上，大小子叫汉奸盖子名抓去了，逼他当伪军；大小子有骨气，不愿替日本人做事，叫汉奸盖子名活活打死了。就在那时候，我把二小子黑铁，送到边区去参加八路军；要不，留在家里，还要叫鬼子抓去的。昨日个夜里，八路军攻下了县城，把汉奸盖子名给杀了，总算替我们大小子报了仇。（对里面高声叫）黑铁他妈，黑铁他妈！

[黑铁他妈上。

黑铁他妈　（唱〔勾调〕）

　　八路军，处处是，为咱百姓，

　　报了仇，雪了恨，我心高兴。

赵守义　你以后不要再哭哭啼啼的了，八路军替咱们报了仇哪。

黑铁他妈　（点头）总算报了仇哪。这都是八路军的恩德！……提起大小子，我就忍不住要流泪。（哭啼拭泪）

赵守义　快去做早饭吃吧。

[牛永贵上。

牛永贵　噢，到了那家门口了，我进去要点水喝，打听打听队伍的消息。（慢慢地走到门口，抬起手来敲门，随即晕倒）

赵守义　外面有人叫门，不知是谁，我去开门看看。

黑铁他妈　不要是鬼子来了？

[赵守义向黑铁他妈示意，令其避退。赵守义去开门，低头一看，见牛永贵，发现戴一个臂章，知是八路军的受伤战士，惊喜万状；他弯下腰，扶着牛永贵，低声叫唤。

赵守义　（惊喜地）八路同志！（对黑铁他妈，喜悦地）是八路同志！

［黑铁他妈出来，欲和赵守义把牛永贵扶进门去。

牛永贵　（被扶起，渐清醒，一看是陌生人，大吃一惊）你……你们是谁？

赵守义　我是老百姓。

黑铁他妈　是自己人。

牛永贵　我渴得很。

黑铁他妈　你进去，给他烧点水喝。（下，去烧水）

赵守义　八路同志，你怎么没走？八路军都拉出城去了，就剩下你一个人？

牛永贵　怎么，八路军都拉出城去了，真的吗？

赵守义　可不是，八路军就打我们门前过，从西门拉出城去了，你不知道吗？

牛永贵　我不知道。

赵守义　怪不得！早一会儿，八路队伍在咱们胡同口集合，短了一个人，找了半天，没找到，后来跟鬼子在城外打起来了，就走哪！

牛永贵　啊！队伍都拉走哪？（唱）
　　　　一听见老乡说队伍撤退，
　　　　急忙忙拿起枪，赶紧来追。

赵守义　（唱）鬼子兵，正搜查，捉到就杀，
　　　　好同志，你赶快藏到我家。

牛永贵　（唱）我牺牲不要紧，枪要保存。

赵守义　（唱）人和枪，我保险，请你放心。
　　　　（白）八路同志，你走不得，现在正是四门闭紧，鬼子

在搜查八路军哩，你往哪儿走？

牛永贵 （一愣，失望地，但旋即打定了主意，勇敢地）我还是要走！（举枪）我有这个家伙，不怕他，打死一个够本，打死两个赚一个。（坚决地要走）

赵守义 你怎么也不能走，八路同志。这样，你不是自己去送死？

〔黑铁他妈上。

黑铁他妈 同志，可不能走！水烧好哪，黑铁他爹，把他搀进去。

赵守义 哦，你拿把扫帚，到外边把血迹打扫干净。

〔黑铁他妈下，取扫帚去。

牛永贵 嗯，老乡，咱们当兵的，不能离开队伍的，我还是要走。

赵守义 难道你怕我害了你吗？

〔黑铁他妈持扫帚上，到门外打扫血迹。

牛永贵 不是的。这样好了，你借给我一件衣服，把枪藏在你这儿，让我找队伍去。

赵守义 不要这样。鬼子来了，我保护你，有我们就有你。

〔敌人搜查声音渐近。

黑铁他妈 鬼子来了，鬼子来了，快进去！

〔牛永贵把子弹推上膛，欲和鬼子拼命。

赵守义 （阻止）使不得，使不得！快进去，快进去！没说的。

（急搀扶牛永贵下）

第二场

时间 紧接上一场

地点 原地附近

［伪军狼狈不堪，扭秧歌舞上。

伪军 （数快板）

昨夜皇军在梦中，猛听喊一声，

糊里糊涂被惊醒；

慌里慌张，寻不着衣领，找不见裤子，捞不着鞋子，摸不着枪柄，

战战兢兢不知道啥事情，啥事情。

他们正在慌乱中，

八路军已经冲进城。

我一听事不好，

我提着裤子向外跑，

跑了没有几步远，

迎面来了两个八路军，

噼里啪啦枪声响，

差一点我的脑袋穿了一个大窟窿。

幸亏天黑没有被打倒，

我迷迷糊糊懵懵懂懂爬过了墙，

东倒西歪，逃出了这满城。

城内皇军五十个，

只有一个、两个、三个、四个，零零落落，

缺胳膊少腿出城逃了生。

还有咱们伪军四十名，一见了八路军，

大家心里真高兴，

举起了枪，三十九个投降了八路军。

我为了逃命只顾跑，

公路上汽车呜呜叫，

原来是保定城里派来援兵。

上了汽车再回满城道，

增援的皇军五百个，

团团围住了这座城。

皇军以为八路军这一次活不成，

谁知道打进城，

扑个空，扑个空，

八路军是神兵，

来是无影去无踪。

〔敌军曹与敌兵甲上。

敌军曹 （焦急无可奈何地）你找到八路军没有？

敌兵甲 没有。

伪军 半个也没有看见。

敌军曹 再找。

〔三人做寻找状。敌兵甲走到一摊血迹上，差点被滑倒了。

敌兵甲 报告，这地上有摊血，还没有干！

敌军曹 （仔细审视，跟着血迹向前看去）怎么，奇怪，进了巷里，血迹就没有了？这地方离县政府很远，怎么有血迹？这一带一定藏着受伤的八路军。这一次皇军吃败仗，都是因为老百姓通八路。现在挨家挨户搜查，搜到一个八路军，准叫他全家老少，杀得一个也不留。

〔三人同下。

第三场

时间 同日上午

地点　　赵守义家

［黑铁他妈扭慢速度的秧歌舞上。

黑铁他妈　（唱〔十里堆〕）

　　　　一清早，蒙蒙亮，

　　　　留下八路军，

　　　　流血过多，伤势真不轻，

　　　　我拿些香灰涂在伤口上。

　　　　八路军真英勇，为百姓，

　　　　哪个百姓不领情。

　　　　我家没有好吃的，

　　　　只有那一只正下蛋的老母鸡，

　　　　捉住它，杀掉它，

　　　　慰劳咱们的八路军。（唤鸡，把鸡捉到手里）

　　　　（白）我可把你捉住哪！（用手抚摸鸡）我呵，只剩下这一只老母鸡哪。那日本鬼子来，我都把你藏起来了。你呀，真命大！这次为了八路军，我可要把你杀哪。

　　　　（拾起地上的菜刀，做杀鸡状）

［敌人走近的声音。黑铁他妈扔下鸡和菜刀，开门出去看。敌人走近的声音更高。黑铁他妈急进，关门。

黑铁他妈　（对里面）黑铁他爹，黑铁他爹！

［赵守义扭快速度秧歌舞上。

赵守义　（惊问）你鸡毛蒜皮咋咋呼呼地干什么？八路同志刚睡觉。

黑铁他妈　鬼子来了，正在隔壁搜查，要把他查出来怎么办？

赵守义　啊，鬼子来了，咱们把他藏在什么地方？

黑铁他妈　这……我可就没有法了。

赵守义 （沉思）我说把他藏在地窖子里。

黑铁他妈 对啦，就藏在地窖子里，上面多盖些草。打个马虎眼，就混过去了。

赵守义 （对里面）八路同志，八路同志！

［牛永贵改了便装，仍拿着那支步枪，血已不流，伤口给包扎好。痛楚渐减，精神很好，沉着地上。

赵守义 （唱〔勾调〕）

眼看着鬼子兵要查我家，

叫同志，你赶快藏到地下。

牛永贵 （唱）叫老乡，莫着急，不要害怕，

我出去，免得要连累你家。

黑铁他妈 （唱）鬼子兵，人众多，阴险毒辣，

你带伤冲出去，定遭他杀。

牛永贵 （唱）日本兵，人虽多，我有枪不怕，

我不能为自己害你全家。

赵守义 （唱）八路军，老百姓，就是一家，

听我说，你赶快藏到地下。

［敌人快到来的声音渐高。

黑铁他妈 哎哟！鬼子来了，快下去，快下去！

牛永贵 现在已经来不及了！

赵守义 快点！呵，你等一等，（对牛永贵耳语）……你再上来啊。

［牛永贵下地窖子。

赵守义 （对地窖子）喂，同志，一直往里走，走到尽头，就往东拐弯，就是那个小洞。（和黑铁他妈把地窖子口用板和石头盖上，上面又堆上一大堆谷草）

［敌军曹、敌兵甲、伪军上。

敌军曹　到这一家还是要打的！

伪　军　刚才把那一家小伙子，打得站不起来，不是也没有八路军吗？（出示手中血淋淋的打人的木棍子，棍子打得快断了）

敌军曹　（看了看）不管有没有八路军，都是要打！老百姓不打是不肯说的。给我叫门！

敌兵甲　（对伪军）叫门！

［伪军踢门。

赵守义　（对黑铁他妈）鬼子来了你可少说话！

［黑铁他妈点头。

赵守义　谁？

敌兵甲　快开门！

［赵守义开门。

敌军曹　（在门外，警惕地）小心八路！

［敌军曹、敌兵甲、伪军注视门内，入。

敌军曹　搜！

敌兵甲　哈伊。

［敌兵甲、伪军到各处搜查，下。

敌军曹　（以手枪对赵守义）你把八路军藏在什么地方？

赵守义　找什么？太君！八路军，这里没有。

敌军曹　呃！

［敌兵甲、伪军又上。

敌兵甲　阿力马生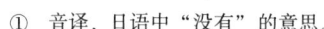！

伪　军　没找到。

---

① 音译，日语中"没有"的意思。

赵守义　太君,你要鸡吗?

敌军曹　我不要鸡。(对黑铁他妈)你的说话?

[黑铁他妈不语。

赵守义　(插上来)八路军不是叫皇军杀光了吗?

敌军曹　胡说!驻扎在城里的皇军叫八路军杀……杀光了……(没说下去,怕伤了皇军的威风)八路军逃走哪,有人报告你家窝藏八路军,快说!不说,就打死你!

赵守义　太君,哪次来空着手回去?要鸡就是鸡,要钱就是钱。这次您要八路军,我可没有法子,我又不能变一个八路军给您,太君,您别家去搜查吧。

敌军曹　你藏着八路军不说,你想混过皇军吗?你不说,马上就打你!

赵守义　你打死我还是没有八路。

伪军　老乡快说吧,不说,可要吃亏了。

敌军曹　(过去抓着赵守义的领子)你说不说?

[赵守义不答。

敌军曹　(给赵守义一个耳光,一脚踢倒地,对敌兵甲)打!

敌兵甲　(对伪军)打!

[伪军打,赵守义痛得惨叫。

黑铁他妈　太君!

[敌兵甲顺便一脚把黑铁他妈踢倒。

黑铁他妈　(站起,跪向敌军曹)太君,打不得了,不能再打了。

[敌兵甲过去亲自重重地打赵守义,赵守义将不支。

敌军曹　你说了,我就不打。

黑铁他妈　太君……

赵守义　（对黑铁他妈看了一眼）你就是把我打死了，也还是没有八路军。

敌军曹　（对敌兵甲）打！（他自己又解下腰里的皮带，重重地赵守义头部打去）你说不说？

[敌军曹和敌军甲越打越重，赵守义渐渐被打昏过去。

黑铁他妈　（在旁边偷偷流泪，慢慢哭出声来，心上一阵阵难过，但又不忍把牛永贵说出来，不知如何方能两全，仍向敌军曹哀求）太君，不能再打了。

敌军曹　你不说，我就把他打死！（举战刀，以砍死赵守义来威胁黑铁他妈。）

黑铁他妈　（打了主意地）好，我说。有八路，有八路！

敌军曹　你说你把八路藏在什么地方？说出来，皇军大大地奖赏你。好，你说……

黑铁他妈　就算我是八路，你把我带走吧！

敌军曹　（踢倒黑铁他妈，忿忿地）"八格亚鲁"！

[敌兵甲又狠狠打赵守义一阵，并用脚踢他一下，也不怎么动弹。伪军低下头去看看，见赵守义呼吸很微弱，马上站起，立正。

伪军　报告，打得他快没气了。

敌军曹　到隔壁搜查去！

黑铁他妈　（听见伪军说赵守义打得快没气了，急走向赵守义）啊?!

[敌兵甲过去用脚把黑铁他妈踢倒，拣起地上那只没杀掉的鸡，和敌军曹、伪军扬长而去。

黑铁他妈　（被踢得浑身酸痛，有点站不起来，就在地上爬向赵守义，边爬，边叫）黑铁他爹，黑铁他爹……

[赵守义不答。

黑铁他妈 （唱〔西京调〕）

  一声声叫他爹，声声不应，

  你怎么就这样丢下了我！

  弯下腰忙扶起黑铁他爹，

  忍不住热泪往下流。

  日本兵蛮无理，活像阎罗，

  他不是父母养，好比畜生。

赵守义（渐渐苏醒，慢慢地站起来，唱）

  鬼子想我吐真情，

  皮鞭打得我浑身痛，

  骂声鬼子兵，

  你把眼睛瞎！

  打死我也不会说实话。

  一心为着八路军，

  只要他生命保全。

  浑身痛，不要紧，

  就是打死也甘心。

  （低音轻奏〔哭皇天〕① ）

赵守义 总算熬过去了。

黑铁他妈 那只鸡叫鬼子抢去了。

赵守义 八路同志饿了一宿，没有吃饭，家里不是还剩下几个鸡蛋吗，赶紧拿出煮煮，给八路同志吃。

黑铁他妈 好。(下，走到半路上又转回来) 哦，该把他叫出来，透口气。

---

① 赵守义唱完，即开始奏此曲，重复地奏，直到牛永贵从地窖子里上来唱"紧西京"时方止。

〔二人走到洞口,刚拿去上面一大堆草,敌军曹、敌兵甲和伪军又急忙忙上。

敌军曹　那家有一个地窖子,这家恐怕也有,刚才你为什么没查出来?

伪军　　忘啦!

敌军曹　浑蛋,再去查!

〔敌兵甲以脚踢门。

〔赵守义连忙把草盖好,又躺在地上,黑铁他妈去开门。敌军曹、敌兵甲及伪军入。

敌军曹　(气冲冲地)你家有个地窖子,为什么不报告?

黑铁他妈　(惊异地)地窖子……

敌军曹　你把八路军藏在地窖子里,以为我不知道吗?

赵守义　(站起,急接着说)地窖子倒有一个……

敌军曹　(惊诧地插上来)啊!

赵守义　里面藏的尽是萝卜,太君要看吗?

敌军曹　在什么地方?走!

〔赵守义、敌军曹向地窖子走去。黑铁他妈亦赶上,心中有点慌,想设法混过敌军曹,敌兵甲从旁一脚将她踢倒。

赵守义　(走到地窖子前,将草等移去,指着洞口)你看吧,里面全是萝卜。

敌军曹　下去看看。

敌兵甲　(对伪军)你下去看看!

伪军　　(胆怯地,走过去一看)报告,没有。

敌军曹　(对敌兵甲)你下去看看!

敌兵甲　我?

敌军曹　去!

[敌兵甲怯生生地走到洞口向下面看。

赵守义　下面可脏啊!

敌兵甲　(更怕,稍稍用眼睛向下面扫了一眼,马马虎虎地看了一看) 报告,没有!

敌军曹　看清楚了没有?

敌兵甲　看清楚了,下面黑咕隆咚的,全是萝卜。

敌军曹　(不信任地,思索着) 我来看。(可是他也不敢下去,以手枪对着洞口,远远地向下望了望)

黑铁他妈　(走过去) 我说没有吧,太君!

敌军曹　(以手推黑铁他妈到一旁) 少啰嗦!(想看,又怕,注视赵守义一会,马上抓住赵守义的胸口,拉到离地窖子五六步远的地方) 给我叫!

赵守义　叫什么?

敌军曹　你叫:八路同志,日本兵走了,你上来吧!

赵守义　干什么?

敌军曹　(以枪对赵守义胸口) 不要你管!

[赵守义等走到洞口,敌军曹以手握紧赵守义右手,把它背过来,自己躲在赵守义背后,以枪口对地窖子,命令赵守义喊话。

赵守义　(无可奈何地) 八路同志,日本兵走了,你上来吧!

[稍停,敌军曹见无动静,又等了一会儿,没有人上来。他把赵守义拉开,对洞口放了几枪。

敌军曹　真的没有。(对赵守义) 以后有八路军来,要马上报告皇军!

黑铁他妈　那当然,那当然。

赵守义　谁敢窝藏八路军,那他就不要脑袋了。

敌军曹　走!(下)

[敌兵甲、伪军随下。

黑铁他妈 （欢天喜地）你的胆子真大啊，叫鬼子下去看，可把我吓坏了。

赵守义 这也叫做没法。鬼子就是这样，你不叫他看，他偏要看；叫他看，他偏不看，我就料他不敢下去。哪一次鬼子下地窖子，不让八路同志打死几个！咱们快点叫八路同志上来吧！（走至地窖子附近，用脚在地上跺了三脚，这是叫牛永贵上来的暗号）

[一会儿，牛永贵持枪上。

黑铁他妈 把你吓坏了吧？八路同志！

牛永贵 没有。我一下地窖子，就上了顶门子。只要鬼子一下去，我就给他拼哪。后来我知道是鬼子叫大伯叫我，又听见鬼子放枪，我就知道鬼子不敢下来。咱们约好了暗号，大伯在上面跺三脚才上来哩。

黑铁他妈 哦。

牛永贵 （发现赵守义身上伤痕，头部被敌军曹打得流血，一惊）你怎么啦？

赵守义 这……

黑铁他妈 鬼子打得他这样的。

牛永贵 （唱〔紧西京〕）

见大伯被打得皮开肉烂，
爱护咱这恩德终生难忘。
为了咱，他自己挨打受苦，
我这里谢谢你再生爹娘。
恨鬼子，恨得我心头冒火，
我一定替你们报仇雪恨！

赵守义　对，先在咱们家里住下。等伤好了，过两天让风声稍微松一点，给你找个"良民证"，我引你出城去找队伍，打鬼子！（忽然身上一阵酸痛）唉哟……

牛永贵　大伯，你先进去躺一躺，看鬼子把你打成这样。（和黑铁他妈扶赵守义下）

第四场

时间　三四天以后，下午

地点　满城城内

[敌军曹上。

敌军曹　（数快板）

这几天到处查得紧，

捉了三十多个八路军，

仔仔细细一审问，

原来都是老百姓。

老百姓，八路军，

八路军，老百姓，

叫我皇军看不清来分不清，

急急忙忙查岗去，

叫那些哨兵要小心，

不要放走八路军，

不要放走八路军。（下）

第五场

时间　三四天以后，黄昏

地点　赵守义家中

〔牛永贵化装成一个农民,头上扎着一条白手巾,短打扮,腰里扎了一根粗腰带,别着一根旱烟袋。黑铁他妈拿着一个梢袋,梢袋上边一面写着"河北满城",一面写着"万成堂李",袋里装着二斤烙饼,同赵守义愉快地扭着秧歌舞上。

赵守义 (唱〔勾调〕)

　　八路军,为百姓,爬山越岭;

　　打鬼子,杀汉奸,不顾性命。

黑铁他妈 (唱)烙些饼,表示咱一点意思。

　　出城门,有鬼子,千千万万要小心。

　　(奏〔茉莉花〕①)

黑铁他妈　同志,我给你烙了二斤饼,带在身边留在路上吃吧。

(把梢袋递给牛永贵)

牛永贵　这,这怎么好呢?我在家住了几天,天天给我上药。现在伤都快好了,临走的时候,还给我带些饼,这……

赵守义　这不算什么,你收下。

牛永贵　好,大妈,谢谢你!(接过梢袋)

黑铁他妈　你的伤口怎么样呢?

牛永贵　快好了。

黑铁他妈　能走吗?

牛永贵　能走。

黑铁他妈　你走给我看看。

〔牛永贵走,赵守义、黑铁他妈看,喜。

黑铁他妈　你走快点我看看。

〔牛永贵走得更快。

赵守义　真的快好了,不像有伤的样子。

①　黑铁他妈唱完即开始奏,直到赵守义、牛永贵下场为止。

牛永贵 看不出来吧？

［赵守义、黑铁他妈又看。

赵守义 看不出来。

黑铁他妈 你回去好好养伤呵！

牛永贵 好。（思索）大伯，（从身上取出"良民证"）这个"良民证"的照片不像我吧？

赵守义 不要紧，天快断黑了，一混就混过去了。

牛永贵 今天出城的时候，咱们还是小心点好。

赵守义 不要紧，一百八十斤的担子，都放在我的肩上。出城的时候，我先去找鬼子查我，让黑狗子查你，黑狗子松些。

牛永贵 大伯，就这样好啦，咱们出城的时候，装作不认识好了，免得出了岔子，连累了你。

赵守义 （笑）好，你想得真周到，处处都是为咱老百姓着想呵。万一出了岔子，你就说我是你的姑父，我保你。

牛永贵 唔。

［赵守义和牛永贵走到门前，为黑铁他妈阻止，二人站住，后退两步。她在地上拿起一盆洗脸水，开门，借倒水为由，乘此向巷子里四面看看，有无敌人和汉奸。一见没人，回来向他们招手，示意门外无人。赵守义、牛永贵向门外走去；她回来，到门口，又追上他们。

黑铁他妈 （对牛永贵耳语）出城的时候，要小心！

［牛永贵点点头，随赵守义走去，刚走了没两步，又被黑铁他妈叫住。

黑铁他妈 （远远以手招呼）嗳！多送大伯一段路呵。

赵守义 （远远地答应）我知道，用不着你操心。

牛永贵 （远远地）你进去，大妈，不用你费神。

[黑铁他妈关门进去。

[赵守义、牛永贵二人,一走出巷口,就装作不认识的。赵守义在前面领路,牛永贵在后面跟着走,向城门口方向去了。二人同下。

第六场

时间　紧接上一场

地点　城门口

[敌兵乙趾高气扬,伪军精神不振,扭慢速度的秧歌舞上场。

敌兵乙　(数快板)

　　池田队长下命令,

　　加紧盘问不敢放松,

　　谁要放走八路军,

　　打了屁股还罚苦工。

伪军　(数快板)

　　当伪军为了混饭吃,

　　稀稀拉拉支应差事。(指着敌兵乙脊背)

　　只要你皇军看不见,

　　还不就是那么一回事。

敌兵乙　呵!

伪军　是!(连忙跟上敌兵乙,向城门口走去)

[敌兵乙、伪军二人在城门口站住,拿下肩上的步枪。

敌兵乙　你要注意点!不要放走一个八路军。

伪军　错不了,保你半个八路也跑不了。

敌兵乙　刚才捉到三个八路军,你送到宪兵队里去了没有?

伪军　送是送了,不过,我看有点不像八路军。

敌兵乙　什么像不像!(气愤地走到伪军面前)我说他是八路

军，就是八路军。

伪军 （吓得不得不承认）是，是八路军。

［敌兵乙退回原位，端起枪，一脸杀气地注意着城外。

［伪军吊儿郎当地也望着城外。

［赵守义，牛永贵扭着秧歌舞上。奏〔茉莉花〕到赵守义受检查为止。

赵守义 （对牛永贵耳语）快到城门口了，我怎么做，你怎么做，可不要乱动啊！

牛永贵 不要紧，出了城就是咱们的天下了，咱们侦察员天天在城外面活动。

［赵守义向城门敌兵乙面前走出，牛永贵蹲下来在半道上抽旱烟。赵守义取出"良民证"，递给敌兵乙。

敌兵乙 （仔细检查赵守义的手，看他是不是农民，又推上帽子，看看他的额头，看是否有戴军帽的那道印子，此后又仔细检查他的身上，看是否带有武器。再持"良民证，望着上面照片，对赵守义的面孔，看像不像，最后转到赵守义身后再看看，忽然像发现什么似的，大声诈他）你是八路军，逃到哪里去？

［牛永贵在后面吃了一惊，旋即镇定下来，走向伪军把"良民证"给伪军看，伪军马马虎虎检查一下牛永贵的身上，看了看"良民证"。

赵守义 （沉着地）太君，你认错人了，你再看看，我是好老百姓，住在城里竹柳巷三十二号。我在城里住了三十年，谁都认识我赵守义。（对伪军）这位老总就认识我。

敌兵乙 （对伪军）你认识吗？

伪军 （将"良民证"交牛永贵，推牛永贵一下）走！（旋即走过来向赵守义望了望）是的，他叫赵守义。老百姓。

（在敌兵乙前伸出大拇指一晃）

［牛永贵、赵守义都走出城去。

敌兵乙　（突然地）站住，回来，那个也回来，统统都回来！

［赵守义、牛永贵都站住。敌兵乙见他们不动，上去把子弹推上膛，以枪对着他们。伪军也用枪对他们。赵守义先往回走。二人被逼回城去。敌兵乙和伪军退回到门口岗位上。

敌兵乙　（神气十足地）看见皇军为什么不敬礼？

［赵守义连忙脱下帽子，走过去，向敌兵乙敬了一礼。牛永贵也照样敬了一礼。出城，牛永贵先走，他一人下场。

敌兵乙　（发现牛永贵行动有点慌张，惊疑地）我看那小伙子，有点慌慌张张，不要是八路军吧？（对伪军）你认识他吗？

伪军　（若有所悟地）有点面生。

敌兵乙　嗯……

伪军　（畏缩地）我可不认识，我可不认识！

敌兵乙　那一定是八路军，赶快把他叫回来！（对牛永贵去的方向）回来，回来！（一边跑去）

［赵守义在半道上有意阻止敌兵乙。

赵守义　太君！

［敌兵乙推开赵守义，和伪军追赶牛永贵去了，一会儿工夫，后面枪响。

赵守义　怎么，开枪哪！（急下）

第七场

时间　　紧接上一场

地点　　城外

〔侦察员老李，便装，持驳壳枪。牛永贵持日本的三八大盖枪，愉快地、胜利地扭秧歌上。

老李　（唱〔紧符调〕）

　　　　自从你掉了队，全连关心，

　　　　陈连长下命令叫我打听。

　　　　我看见城门口出来一人，

　　　　后面有鬼子兵追赶得紧。

牛永贵　（唱）我听得鬼子兵后面喊叫，

　　　　急忙忙撒开腿赶紧就跑，

　　　　差一点被鬼子把我捉住，

　　　　幸亏你开了枪把他打倒。

老李　（唱）那伪军见了我回头就跑。

牛永贵　（唱）鬼子的这条枪，被我拿到。（出示手中的胜利品）

〔老李和牛永贵胜利地相视而笑。

〔赵守义气喘喘急上。

赵守义　牛永贵，牛永贵！

牛永贵　大伯，你亲自赶上来干什么？

赵守义　我看见鬼子追上来了，知道事情不好，想拦住他，他就把我推开了。后来我听见开枪，以为鬼子把你……

牛永贵　不是，那是咱们侦察员老李，（拍老李肩膀）开枪把鬼子打死了，我把鬼子的枪夺过来了。（示枪）老李，这就是救了我的命的大伯，我的枪还在他家哩。

老李　好，大伯，牛永贵掉了队，咱们到处找不到他，以为被鬼子捉去了，原来是你把他掩护哪。

赵守义　那么，快走吧，鬼子兵要追上来的。

老李　不要紧，前面村子就有咱们一班人，听见枪声，他们会来的。

牛永贵　大伯，你真关心我。

赵守义　咱们都是一家人，赶快走吧。（唱主题歌〔一〕）

八路军老百姓是一家人，军队百姓一家人。

八路军是老百姓的队伍，打鬼子，爱百姓，春耕秋收，

帮呀哟帮助咱！嗨嗨嗬，自己的亲骨肉，怎能不爱他！

〔在赵守义唱完第四句时，老李、牛永贵插一句话："应该的，应该的。"

牛永贵、老李　（唱主题歌〔二〕）

八路军是老百姓的子弟兵，

老百姓的子弟兵。

老百姓是八路军的亲爹娘，

给咱吃，给咱穿，

帮助咱来哟，爱呀哟爱护咱，

嗨嗨嗬，

咱们拿起枪保呀哟保卫他！

〔班长老王上。

老王　看，那不是牛永贵！

〔一班八路军蜂拥而上。

众人　（围在牛永贵周围）牛永贵！牛永贵！牛永贵……

老王　你怎么回来的？

老李　是这位老乡把他送回来的。

众人　（全跑到赵守义面前）好！好老乡，咱们大家都感谢你。

赵守义　这不算啥，这叫军民合作嘛！

〔众人笑。

全体　（唱主题歌〔三〕）

　　　　　　军民合作力量大，

　　　　　　军民合作力量大，

　　　　　　天不怕来地不怕，天不怕来地不怕。

　　　　　　人民一滴汗，战士一滴血，

　　　　　　大家流血汗，保卫咱的家，嗨嗨嗬！

　　　　　　大家流血汗，保卫咱们的家！（重复唱）

〔众人扭秧歌舞下。

（剧终）

孙犁

比武从军（梆子戏或二黄）

（作者声明：本戏欢迎村剧团及旧戏内行，在不伤害原则精神下，变动唱词，以便演唱。）

人物　　郭武　村武委会主任，二十岁

　　　　郭母

　　　　郭金兰　村妇女自卫队指导员，十八岁

　　　　杨素英　村妇女自卫队大队长，十九岁

　　　　藏夜壶　村里的地主流氓，二十五岁

［郭母上。

母　　老身刘氏，所生一儿一女，儿子郭武现在村担任武委会主任，工作很忙，不常在家；女儿金兰，今年一十八岁，甚是聪明伶俐，柔和孝顺。老身中年寡居，房无一间，地无一垄，受尽苦楚拉扯大两个孩儿。自从八路军到来，改善穷人生活，组织人民生产，生活才见富裕。今年斗争本村地主恶霸藏夜壶，又分得这两间坯房，三亩梨园，从此不愁吃穿住处，正好快快活活度此晚年。正是，要是没有共产党，哪能有地又有房；要是没有毛主席，哪能有房又有地。现在时间不早，不免叫出金兰一同纺织便了。金兰，涮洗了锅碗，赶快来织布吧！

［金兰上。

金兰　　（唱）自幼儿　生长在　贫穷小户

　　　　　　　　又会织　又会纺　全都练熟

　　　　　　　　田里来　地里去　不怕受苦

　　　　　　　　到夜晚　抽时间　还要读书

涮洗了 锅和碗 机房来入

擦擦手 梳梳头 又扫当屋

（扫地介）

母　　不要这么穷干净了，快织完你那个布去吧。

金兰　是！（唱）扫了地 又忙把 机杼来上

清早的 太阳光 照在前窗

推杼板 踩脚踏 挺拍乱响

看一看 这匹布 实在漂亮

母　　（唱）小金兰 在那里 机杼乱响

我这里 摇纺车 赶快跟上

明年的 大生产 我要上榜

不第一 就第二 远近传扬

（白）我说金兰，今年斗争得了果实，我们有了房住，有了地种，我们娘俩又这么加紧生产，生活我看是不成问题了，我就是还有一桩心事，有些烦恼！

金兰　什么心事？什么烦恼？

母　　咱娘俩织着纺着嘴也不要闲着，你就凭你那七十二个窟窿，三十六把转轴的小心眼儿猜一猜吧！

金兰　娘的心事女儿知，我一猜就着。

母　　你猜猜。

金兰　一定是那年母亲得病，害怕死去，自己在药王爷前许了心愿，三月十五去上布施又怕女儿批评——这猜对了吧？

母　　猜得不对，你太把老娘看得封建顽固了，再说药王庙全拆了，给抗战烈士们立了纪念塔，我还上哪里去上布施呀？

金兰　不对？

母　　不对，另猜。

金兰　有了。你是说咱今年有了地种，有了房住，就是还缺一房媳妇——这猜对了吧？

母　　猜错了。你哥哥大了，他又在村里当干部，自然有情投意合的女同志，和他自由，咱当娘的，用不着去为这事瞎操心，再说我早就看出他和一个姑娘好了！

金兰　和谁？

母　　我看他和你们妇女自卫队大队长杨素英顶好。

金兰　（笑）怎么母亲的眼光这样尖，你倒看出来了，可不是他俩不错，好得很哩！

母　　你娘又不是睁眼瞎子，为什么看不出来？我看那孩子就不错，敢说敢做，拿得起来放得下，赛过一个男子。常言说，老百姓的眼光是亮的呀！不用说你哥，就是另一个人和谁好，我也看出来了！（偷看女儿）

金兰　（红脸低头不语）

母　　怎么不言语了？

金兰　人家断了头了，等人家接上了呀！

母　　好好，接上头，另猜吧！

金　　（撒娇）不猜了，人家织布哩，老是叫人家猜这个，谁知道你是什么心事，我又不能钻到你心眼儿去看看！

母　　你不猜拉倒，再猜一下准猜着了，再猜一下看看。

金兰　不猜了，看又断了头！

母　　不猜也罢，我和你实说了吧！

　　　（唱）当娘的　这些时　有些愁闷

　　　我害怕　你的哥　挑战从军

从今年 咱家里 有房有地
有吃的 有烧的 再不求人
咱娘仨 在家中 平安度日
他娶妻 你出聘 过好光景
为娘我 就愿意 这样下去
谁料想 不和平 又要扩兵
你哥哥 是干部 应该模范
我怕他 报上名 前去出征

金兰　（唱）听一言 不由我 又气又笑
尊一声 老娘亲 你太唠叨
你只知 有地种 自己过好
全不念 穷人们 翻身根苗
穷人们 大翻身 怎样来到
还不是 八路军 汗马功劳
共产党 叫我们 穿暖吃饱
共产党 把我们 放出笼牢
共产党 带我们 革命作战
为的是 把果实 保住不消
分果实 你知道 往前面跑
拿枪杆 保饭碗 你想脱逃
这叫作 自私利 大义不晓
到街面 说出去 众人耻笑

母　你看你倒教训起我了，你娘怎样落后，也参加过九年妇救会了，这点道理我还不明白！我是说我心里有这么个问题，有这么个解决不了的矛盾，想和你学学，叫你给我解放解放，你看你就连说带唱这么一大段。

金兰　不说自己落后，倒怨别人批评，这有什么矛盾的！我们有地种，有房住，生活改善了，这是怎么来的？这是毛主席领导的，八路军打出来的。可是再想想，蒋介石要过来了哩，地你还种得成，房你还住得下！

母　　那自然，蒋介石和财主们是一胎所生，自然是和我们穷人作对，他要过来，我们就苦了。

金兰　这不结了，要想不叫他过来怎么办？

母　　青壮年踊跃参军，上前线，去打击敌人，保卫家乡，保卫既得的利益。

金兰　对嘛！那我哥哥去参军，你还有什么意见？

母　　不过，当娘的总有点护犊，他去当兵，过几年你再出嫁，谁还和老娘做伴？我是为这个发愁。

金兰　这个用不着发愁，哥哥出征，打走了敌人，自然来看望母亲；我年纪还小，还可以侍候母亲几年，等哥哥回来，再谈我的问题也不为迟晚。可是，假如老蒋过来了，不但庄园地土保不住，就是哥哥和我，母亲也难以保得安全，那个愁可就大发了！

母　　你的话语，我明白了，从此不再为这件事焦心。据我看，你哥哥这回好像也不很积极，有点害怕，早清儿他和我说，村里就要扩兵，他是武委会主任，自然应该起带头作用，可是他想到他一走，留下你和我，家里的生活就更困难了，他有些犹豫不决的样子。

金兰　据我看，他哪里是为娘和我的生活担忧，是有一条线牵住他了。关于此事，还要找郭素英劝他才好！

母　　我看也是。天快晌午，我去借个落车，你也去做饭吧！

［母女分下。

[藏夜壶上。

藏夜壶 （数快板）

我藏夜壶，滑不溜丢，

今天到集上去溜了一溜，

吃了点肉，喝了点酒，

喝得这么东倒西歪胡不溜丢。

花布市线子市里出溜两出溜。

为什么要到线子市上去，

为的是，那里尽是些花不溜丢，

这么一出溜，那么一出溜，

出溜够了，我往回溜。

今天集上听个新消息，

说是老蒋的军队往延安溜。

这个怒，那个愁，

只有夜壶心里凉不溜丢。

他打就打，溜就溜，

这才给我夜壶报报仇，报报仇！

（白）我藏夜壶，原是本村大地主，事变前财大气粗，事变后，搁不住穷小子们人多势众。事变前，我街上站，人称先生；事变后，我街上一走，人叫夜壶。事变前，我说话像打雷，谁敢不听，我跺脚四街颤，谁敢不怕；事变后，穷人翻身，把我翻在下面，缩头缩脑，见人低头。事变前，我是花花公子，大街小巷，游来游去，自有那些花姑娘爱我；事变后，臭名远扬，就是我的糟糠老婆也提出和我离婚。经过追优先权、反黑地、土地改革三次斗争，我的大势已去，寡人的江山难保。

不得已，我只得卧薪尝胆，等待时机，在众人面前，我假装开明，表现不错；暗地里我把他们恨入骨髓，愿得生而吃之。眼看有钱也落不住，我就大吃大喝，得过且过，今天到集上吃喝一顿回来，并且偷偷地割了五斤肥猪肉放在口袋之内。听人说中央军进攻延安，我在众人面前骂了老蒋两声混蛋，其实心里暗暗喜欢，但愿老蒋军队从天而降，保我再坐江山，收回我的土地，好不想煞人也！（唱）

一路走来暗思想，

老蒋到来我沾光，

但愿老蒋从天降，

你要不来，我就谢孝叫了娘！

（白）远远看见两位大姑娘到来，我不免躲在梨园细细偷看。

[金兰，素英同上。

金兰　（唱）西风吹 梨叶落 飘飘荡荡

素英　（唱）黄一片 红一片 大好风光

金兰　（唱）在以前 我只能 偷偷观望

素英　（唱）地主们 狼心贼 霸占一方

金兰　（唱）到如今 地归我 随便来往

素英　（唱）毛主席 解放我 大恩难忘

金兰、素英　（合唱）但愿他福寿齐，永远健壮；

出智谋，带我们打败老蒋。

金兰　素英姐，想以前这些梨树园子，全归地主所有，我们年轻妇女，连敢在这里过一下都不行。你在他园子旁边过，他就随意给你安赃，说你偷了他家梨子，轻着罚你，重着捆打送官,有时遇见那些浪荡公子,还要百般侮辱,尽情调戏。那一年我在他家梨树下扫了一些树叶,就被王八蛋藏夜壶捆在树上,现在想起,我还后怕。

素英　后怕什么,现在我们穷人翻身,这三亩梨树已经归了你家,正该快乐。不用说是今天,就是那时,我也不怕他狗杂种们。藏夜壶在我面前,总像老鼠见猫一样,溜溜而过,他敢怎样?但不知你叫我出来,有什么事情?

金兰　今天风大,母亲要我到梨树园子扫树叶子,我想上级正号召参军,前方既是那样紧张,这一点梨树叶子又算什么,扫它干吗!

素英　不是这样,越是前方紧张,青壮年参军作战,我们青年妇女越要注意生产,安顿家庭,以免他们后顾之忧。好在树不多,我来帮你打扫打扫。

金兰　(笑)不是为这个,有一件事情要和你商量商量,不知你肯帮忙不?

素英　干吗,找个婆家?你这人说话总是这么拐弯抹角,有什么事快说吧!

金兰　难得你这人敞快,就是因为这回上级号召参军,我哥身为武委会主任,自然应该起带头作用,在以往他是很积极的,不知道为什么,这次他有些犹豫不决。

素英　真的吗?

金兰　谁还哄你,因此我叫出你来,商量商量,怎么着把他劝说劝说才好,不知道你有什么意见?

素英　我有什么意见?现在蒋介石进攻延安,保卫延安,保卫毛主席,是我们青年的责任,我很愿你哥即日从军远征,立功战场。我想家里活也不多,我们还可以告诉你母亲，你哥哥走后，家里一切事情，全由你我来做，连村里都用不着帮忙，好叫她老人家安心，送儿上战场。

金兰　这自然是我母女盼之不得的事，有你帮忙，不但家里的活不愁，就是地里的活，你也是绰绰有余的。

素英　就是这样决定。我们来扫叶子吧。

金兰　可是怎样劝说我哥哥哩？

素英　你不用急，回头他就要找我商量的，我们先扫叶子吧！

金兰　扫起来！（唱小调）来到梨园把树叶儿扫

扫回树叶儿当柴烧

大风助我一把劲

黄叶堆过了我的脚

素英　（唱）黄叶堆过了我的脚

大风吹树树猫腰

但愿明年梨儿长得好

去到前线来慰劳

金兰、素英　（合唱）甜甜的梨儿谁先尝

自然是那些英雄尝

问一声梨儿香不香

梨儿也香战争也正忙

叫一声送梨的人儿回去吧

打败了敌人我就回家乡

藏夜壶　好

金兰、素英　（齐惊）谁在那里叫好？

金兰　（作寻找状）原来是他！

素英　原来是臭而不可闻的藏夜壶！

藏夜壶　你怎么知道我臭？

素英　　放你娘的屁，你偷听我们干吗？

藏夜壶　我偷听你们？我先来的，你们还是偷听我哩！

金兰　　你先来的？你跑到我们地里来干什么？

藏夜壶　你们的地？

素英　　不是我们的是谁的？你还说是你的吗？

藏夜壶　以前是我的。

素英　　以前，以前你媳妇还没嫁人哩！以前的事不用提了！

藏夜壶　你不要刺激我！

素英　　刺激你什么？我们在这里谈问题，你偷听了报告谁去，说，非叫你坦白不行！

藏夜壶　（怕）我不是偷听，我是偷看！

素英　　你偷看什么？

藏夜壶　不，我是赶集回来走得累了，休息休息。你知道这块园子以前是我的，每逢赶集回来，我就在这里歇歇脚，这么惯了，不想就碰见了你们。这怨我倒霉！

素英　　你不要胡说八道，走，到民兵队部去！

藏夜壶　你和我一样干吗，把我放了吧！

素英　　金兰把筐上的绳子解下来。

藏夜壶　（忽然硬起来）给你绑，给你绑，非治安部门没有绑人的权力。（但躲着走）

金兰　　素英姐，叫他走吧，和他捣鼓什么。

素英　　他一定是敌人的内奸。回来，回来，你背的那是什么？

藏夜壶　咳，别提了，你们清算了我，没有吃的，我刚到集上去量了点粮食。喂，我告诉你们个消息，听说老蒋那王八蛋要进攻延安哩，五路围攻，啊，我们要动员起来，为保卫延安而奋斗，你说是不是？（没人理他，下）

素英　　金兰，你不知道，这些坏蛋分子的种种阴谋诡计，真要是老蒋来了，他们的爪牙立时就露出来了，不要可怜他们！

［郭武上。

郭武　　（唱）我郭武，从来是斩钉截铁，

　　　　为什么这一次，犹疑不决？

　　　　（白）我郭武担任村武委会主任，从来作战勇敢，是全村民兵表率。这次敌人进攻延安，上级号召干部参军，这本是我的职责，也是我的凤愿。可是自从和素英订下婚约，不知怎么总像有一条线在那里牵着，往前一走，就觉头痛，现在全村干部都到区上开会去了，我托词告了假，赶紧去找杨素英商议商议，听听她的口风，看看她的意见。听说她就在梨树园子里，啊，就在那里，咳，怎么我妹妹也在那里，真是不凑巧，待我转身回去了吧！时间又不容许，喂，你们两个在这里？

素英　　你来干什么？

郭武　　这个……

素英　　你碰见藏夜壶了？

郭武　　这个，我走得匆忙，没有看见，你问他干什么？

素英　　我看他鬼头鬼脑，从集上回来，又偷听我和金兰说话，想是不存好意。

郭武　　谅他不敢！他是叫我们斗争怕了的人，兴不了什么风，作不了什么浪！

素英　　不能这样粗心大意，全村干部都去开会，你怎么有空来到这里？

郭武　　我有些头痛，已经请假。

素英　头痛就该在家休养，野外这样大风，你倒出来转悠！

郭武　我有些心事，非常烦闷，所以出来转悠。

素英　什么心事？

郭武　（恼）你为什么这样审我？

素英　莫非是听说敌人进攻延安，心中气恼，恨不能立时到前线杀敌，为人民效命，所以烦恼？

郭武　这个……

素英　除此以外，大敌当前，我们青年人还有什么苦恼？我替你说了吧，你听说干部要参军，你留恋家庭存心落后，你忘了共产党八、九年来对我们的教育，人民大众对我们的寄托；你忘记了你八、九年来光荣的历史，对人民所负的重大责任；你一步走错，后悔终身，错过这一个机会，你的前功尽弃，我说你要再思再想！

郭武　（羞怒）你怎么知道我落后，你太侮辱我了！

素英　这不是侮辱，只要你坚决从军，我们还是佩服你的！

郭武　愿意从军的很多，多我一个少我一个，没关重要，我在村里工作，还不是一样重要！

金兰　哥哥，这样说我不同意，大家都像你这样谁还去参军？

郭武　啊！他们不是干部，村里没有他们的工作，他们不去有什么理由？

素英　唉！这次参军，非同往时，我们穷苦出身的人责任特别的重大！我们是保卫毛主席，保卫冀中家乡，保卫我们既得的果实饭碗，我们穷苦出身的干部，要首先上前，以身作则，为人民表率，做大众的先锋！

郭武　我去倒是可以去，我是怕我一走，咱村的工作就要垮台！那损失就不小！

素英　你走以后，自然可以提拔出新武委会主任来。

郭武　咳，他们都不行，没有作战经验！

素英　这就叫自高自大，缺乏群众观点！

郭武　（大怒）你不要这样乱戴高帽，不用说别的，我们男同志都走了，剩下你们这群黄毛丫头屁事不顶。

素英　你敢和我比赛？

郭武　怎么说不敢，我还怕你，比赛什么？

素英　凭你！

郭武　先比教练，后比个人作战技术，刺枪投弹！

素英　样样凭你。但有一件，要是我赢了——

郭武　你赢了，我当场报名从军！

素英　空口无凭，立下军令状！

郭武　这里又没纸笔，就叫我妹妹作证见。

素英　好，我们到村里比赛。（唱）你我比武论刚强

郭武　（唱）男子大汉哪怕女红装

素英　（唱）如今你不能小看我

郭武　（唱）看了结果再嚷嚷

〔群众数人上，白："看比武的去了，看去呀，走，看去，看去！"

（素英教练妇女自卫队，班教练，排教练，队形教练，前进，冲锋，跳障碍，射击，投弹，各种动作，主要以舞蹈姿势出现，配以音乐，群众欢呼称好）

郭武　你光指挥别人，我和你比赛投弹。

素英　我还怕你！（唱）

　　　　听说是　我两人　比赛投弹

　　　　不由我　心内中　暗自喜欢

　　　　紧一紧　腰中带　袖口来卷

但愿这 第一弹 我就占先

（投弹介）

（报告：素英五十三米）

素英　你来！

（郭武投弹介）

（报告：郭武五十二米八，素英第一）

郭武　我和你比刺杀。

素英　（唱）听说是 又要把 刺枪来比

杨素英 把路数 记在心里

走上前 拿起枪 手中一比

但愿得 这一刺 就要赢你

（两人作刺杀介，素英一枪把郭武刺倒，群众喊好）

郭武　（立起来）咱这是闹着玩，怎么你来真的？得了，我输了！

素英　参军的事哩？

郭武　我是武委会主任，岂有不愿参军的道理？和你比赛，不过是看看你们妇女自卫队到底怎样，走着好放心，你们倒当成真的了。就此告别！

素英　做什么去？

郭武　前去报名，你有什么意见？

素英　完全同意，有一句话你记下了——

（唱）九年来你在村，功劳不小

全村的，男和女全都知道

但愿得到部队更进一步

不要把光荣史一旦轻抛

郭武　记下了。

素英　　（唱）男子汉 大丈夫 功名要紧

　　　　　　更何况 我们是 贫穷出身

　　　　　　到部队 勤学习 更要团结

　　　　　　绝不要 自高大 瞧不起人

　　　　　　作战时 要勇敢 细心胆大

　　　　　　要坚决 要干脆 消灭敌人

　　　　　　我和你 是同志 一切不论

　　　　　　比输赢 不过是 鼓动人心

郭武　　（唱）杨同志 不必要 仔细叮咛

　　　　　　我郭武 岂是那 胆小毛虫

　　　　　　此一去 到前方 杀敌制胜

　　　　　　到那时 你和我 再论头功（下）

［金兰上。

金兰　　（唱）服侍着 老娘亲 安歇睡好

　　　　　　我这里 进机房 把灯点着

　　　　　　我哥哥 到区上 把名去报

　　　　　　等候他 回家来 详细告学

　　　　　　但只见 月亮升 窗棂照亮

　　　　　　我这里 替哥哥 打点行装

　　　　　　黑布鞋 千层底 新兴式样

　　　　　　到明天 上前线 叫他穿上

　　　　　　手枪套 本是我 加工细做

　　　　　　这一次 我把它 送给哥哥

　　　　　　但愿他 到战场 扩大战果

　　　　　　缴获的 长短枪 一定很多

　　　　　　一桩桩 一件件 细心打点

这礼物 哥哥见 一定喜欢

我这里 且把这 油灯剔亮

等候了 哥哥回 细说衷肠

〔郭武上。

郭武 （唱）区队部里报了名

看见妹妹点上了灯

（白）妹妹开门！

金兰 来了。哥哥回来了？

郭武 回来了。

金兰 报名的事情如何？

郭武 区里已经答应我参军，我回来又动员了几个民兵同志，一同参军，今天晚上就到区里集合。这是什么？

金兰 这是平日妹妹私下做的针线，现在哥哥从军，就此带到战场，但愿旗开得胜，马到成功，千万莫辜负妹妹对你的希望，我并有几句言词，哥哥听了——

（唱）想当年 我兄妹 出身贫贱

又没地 又没房 缺吃少穿

娘为这 终日里 泪流满面

带领了 我兄妹 各处流连

哥哥你 替人家 做工打短

妹妹我 拾柴火 数九寒天

那一日 大风雪 找我不见

娘和你在那茫茫黑夜

冒着风寒一走一滑一步一跌

哭哭啼啼寻找在田间

好容易才把我寻找得见

我已经冻僵在大树旁边

大风雪埋得我几乎不见

只还有一口气没到阴间

你和娘齐把我抬回村里

放在了土地庙烂草里边

娘和你围着我哭声叫喊，

那时节，那些有钱人家正在一家团聚，说说笑笑，

围炉取暖，哪个来可怜，

只说是这年月，无头无岸

共产党领导我又把身翻

有了房有了地吃穿不短

一家人正好比，拨云见天

毛主席好比那一轮红日

蒋介石他就是黑云一团

这几天蒋介石，黑云忽闪

我穷人要奋起保卫延安

这千言那万语叙说不断

但只愿我哥哥坚强勇敢

不屈不挠，再接再厉，勇敢向前

此一去，但愿你，把才能施展

妹妹我在家中听候好音

郭武 妹妹嘱托哥哥一一记下，永久不忘。天已不早，我们同去和母亲说一下，我就出发！

一九四六年十一月

（载《平原杂志》1946年第6期，署名纪普）

王雪波

宝山参军

人物	王宝山（以下简称王）　年二十三岁，新农会武装委员
	刘金莲（以下简称刘）　王宝山妻，二十一二岁
	小香（以下简称香）　宝山妹，十五岁
时间	一九四七年土地复查之后
地点	在一个失而复得的小乡村
幕开	［音乐起，刘金莲拿喂猪瓢上。
刘	（唱第一曲）太阳出来照满院，吃罢了早饭刷洗了锅碗，我先把猪来喂，我再把鸡来唤，扫净了院子我好做针线。我手拿着扫帚喜盈盈，穷汉子成了当家的人，都只为共产党领导咱，掀起那石板挖断穷根。土地改革实行了，庄户人家都有了地种，封建地主汉奸恶霸，扫除他一个干干净净。
	（白）说起这个土地改革来呀！我们村里做得还不坏，全村有二十多家贫农这次都上升成中农了，我家过去也是一亩田地没有，土地改革后，我男人，我妹子，我们三口人就分了二亩水地一亩旱地，三身新衣服，二只鸡，一口猪。我男人除了村里办工作，还天天下地生产，如今地里的棒子长得是黑油油的，比人还高呢！哎！这人啊，有地种啦！有房住啦！有了衣裳穿啦！哦！又有一个好男人，怎么不叫我高兴呢！（拿簸箕弄土）
	（唱第二曲）提起我男人王宝山，不由我心中好喜欢，

他今年二十三，文的武的两双全呀，文的武的两双全。新农会的武装委员，打游击来他占先，南沟里一个地雷阵，炸得蒋军人马翻天，炸得蒋军翻了天。从小没有上过学，又会写来又会算，开路条，打报告，样样工作都能干，样样工作都能干。中流的个子长得好，庄稼活能顶俩人干，只顾夸奖男人好，忘记做鞋送前线，忘记做鞋送前线。

〔转身下，不知妹子在那里偷听了半天啦，有些脸红。

香　　（故意学，又用手拨弄自己的脸蛋）不要脸。（跑）

刘　　（后追）你这个死小丫头。

香　　（跑）文武双全，能写会算。（跑到野外去，刘追下）

〔嫂子没追着又回来，口里嘟囔着："你甭跑，回来再跟你算账！"一面又转到屋里去拿麻和鞋去了。

〔香片刻又偷偷回来，四顾无人，才大胆地靠在树上做针线。嫂出来拿鞋、麻，见香在做活想去捉她，却被香发现了。香急跑。嫂假装说："咱谁也不兴再闹着玩了，赶快做活吧！"香也说："好咱赶快做吧！"各自都假装做事，互相又看了一眼，又都装起正经来。嫂子猛不防过去将香卡住。

刘　　你还俏皮不啦？

香　　不啦！不啦！

刘　　你再说我卡死你。

〔二人嬉笑一阵，渐静。

香　　赶快搓你的绳子吧，我不啦。

〔二人做活，嫂搓绳，香做慰问袋。

刘　　（唱第三曲）一缕缕麻丝白又光，我把它挂在小树上，撕一撕来批一批，批一批来撕一撕，搓两条麻绳把鞋绱。

香　　（唱）一根麻皮容易断，两根三根绝断难，千根百根搓成绳儿，百根千根搓成绳，它的那力量就大无边。

刘、香二人　（合唱）一家人过光景要团结好，不愁没有吃和穿。

刘　　（唱）军队百姓是一股劲，

香　　（唱）百姓军队一股劲，消灭那蒋介石就不费难。

香　　嫂子呀，听说咱们村里闹参军呢。

刘　　噢！我也听说啦。

香　　嫂子，这一次参军，说不定我哥哥还要报名呢，你愿意不？

刘　　（有些不好意思）我管着他啦，他去他去呗。

香　　你怎么也是不乐意哟！

[二人互相笑了一下，刘有些脸红。

刘　　我得赶紧绱这鞋呢，等他们要的工夫，就绱起啦。

香　　嫂子，你看我做的这慰问袋，怎么样？好不好？

刘　　好，一个的好。你是谁呀，妇女大组长，还能做坏了吗？

香　　别俏皮人，谁如你们那文武双全呢？

刘　　别捣乱啦，天不早啦，下午慰劳团还要出发呢，组长可得起模范作用呢！

香　　好，快做吧！

香　　（唱第一曲）榆树那开花一串串钱，

刘、香二人　（合唱）咱二人在院里做针线。

香　　（唱）我嫂嫂的手儿巧，

刘　　（唱）小香做得好看，

刘、香二人　（合唱）咱二人比比赛，挑一个战。

刘　　（唱）小香做个慰问袋，

香　　（唱）嫂嫂又做鞋一双。

刘　　（唱）慰问袋，

香　　（唱）鞋一双，

刘、香二人　（合唱）送给那战士好打胜仗。

香　　嫂子，这次咱村发动慰劳支援前线，我非争取个模范。

刘　　你争个模范，我是非争个第一不行。

香　　你甭想，我这就比你那好多呢。

刘　　你自己说好，也不行呀，瞎娘抱着个秃娃娃——人家不夸自家夸。

香　　咱比一比看谁的好。

刘　　比一比就比一比。

香　　你看（唱第四曲）边区的白洋布四寸三，做的那慰问袋真好看，六寸长，四寸宽，黑线切口红镶边嘿，绿头绳又把口儿来拴吧咿呀嘿。先做个"为"字在当中，一切哪为了人民战争。

刘、香二人　（合唱）为土地，为活命，打倒老蒋去当兵嘿，为国家为民族，不怕牺牲咿呀唉。

香　　（唱）第二个字儿做上个"人"，人民的军队爱人民，

刘、香二人　（合唱）人民军队人人爱，军队百姓一条心嘿，军民哪齐动员大反攻咿呀唉。

香　　（唱）第三个字儿做上个"民"，人民是国家的主人翁。

刘、香二人　（合唱）国家事，人民管，打蒋军人人有责任嘿，打倒那蒋介石才享太平咿呀唉。

香　　（唱）第四个字儿做上个"立"，好男儿哪要立志上前线去！

刘、香二人　（合唱）不怕苦，不怕难，坚决勇敢去杀敌嘿，要做那钢铁，不做稀泥咿呀唉。

香　　　　（唱）第五个字儿做上个"功"，人民的那功臣人人尊敬。

刘、香二人　（合唱）有了功，别骄傲，功军上边加功劳嘿，全心全意为了人民咿呀唉。慰问袋做上了五个字，"为人民立功"要记清，前方努力打胜仗，后方生产多劳动嘿，全面哪展开立功运动咿呀唉。

香　　　我这怎么样，比你的意义大得多吧！

刘　　　你想着吧！

（唱第四曲）你做的慰问袋真漂亮，我做的鞋子比你更强，千层底黑布帮，黑洋布又把口儿镶嘿，新兴的小圆口不短不长咿呀唉。帮上纳着整三行，口儿那密密地切两趟，底儿大，帮儿小，又结实来又跟脚嘿，谁看见都把我手艺夸奖咿呀唉。

香　　　（有些发急，唱第五曲）

你长着两片呱嗒嘴，说起话来脆又甜，你做的鞋好是好，伙里用布不体面。我自己纺线自己赚钱，自己买布四尺三，自己做成慰问袋，自己把它送上前线。

里边装上毛巾一条，纸烟人丹装它一个全。战士们口渴了，掏出来吃人丹；战士们疲劳了，掏出来吸支烟；战士们歇下来掏出毛巾擦擦汗。这些东西虽然少，里边的意义重如山，里边的意义重如山。

这些东西我自己买，从不用伙里一文钱，比起你做的那双鞋，光荣着万万千，光荣万万千。

刘　　　（唱）

黄毛丫头你嘴儿尖，说起话来不怕丢脸，穿伙里衣、吃伙里饭，自己生产自己赚钱，点点的年纪就自私自利，觉着自己是体面山，自觉着自己是体面山。

我的鞋做得鲜，谁看见谁也来称赞，走平路底不硬，爬起山来帮不软，又合脚又受穿，追击敌人就跑得欢！谁要穿上这双鞋，多杀敌人就不费难，多杀那敌人就不费难。

比你的慰问袋，好千倍来好万千，装人丹装纸烟，纸烟人丹多穷酸，你那些东西不用也可，谁也不能不把鞋来穿，谁也不能不把鞋来穿。

香　　（更急）你胡说！这是我纺线分红赚的钱，你为什么说我吃伙里饭给自己生产呢？

刘　　（故意急她）甭说，不光荣，又穷酸！

香　　你说谁？

刘　　我说你，你怎么样？

香　　（忽然想起对付嫂子的办法）就是俺们不光荣又穷酸，谁如你们那文武双全呢，一个人能顶两个人干。

刘　　（又被说得脸有些发红）你还胡说？

香　　（抓住弱点进攻）嫂嫂，你可光荣啦，等我那能写会算的哥哥来啦，给你写个报告。

刘　　（羞）你这死丫头！

香　　（跑，使鬼脸）没鼻子，不要脸。

刘　　你还说，你还说！

［二人打闹退下。王宝山上。

王　　（唱第六曲）

太阳出来一盆花，受苦的穷人把穷根拔，清算斗争开展得好，边区的农民当了家。当了家来做主人，保卫那果实有责任，带领民兵游击组，配合那主力打蒋军。一杆红旗大家扛，蒋军来了咱遭殃，为了消灭蒋介石，我报名入队上战场。

（白）自打土地改革以后呀，穷人们那劲不知打哪儿就来了。我过去，也是游击组员，打游击老是打不起劲来，今天翻身啦，干什么都有精神。新农会改选又把我选了个武装委员，短不了带着游击组去打击敌人，把敌人围困在据点里一步也不敢出来，地主们也不敢向咱们反攻啦。哎！今天开了个会，上级转达说是向敌人大进攻啦，号召青年小伙子们上前线去，还说干部们要起模范作用。我、我是第一个报名参了加啦！可就是怕我家里给找麻烦，不乐意，我得回去好好地做做这政治工作呢！（进门听见两个嚷闹，问）你们两个又吵闹什么呢？（说着，刘、香一个跑一个追上）

香　你的好？我看就是我的好！

刘　你好，你好不要脸！

香　（发现宝山）喂，咱叫我哥哥给评评看谁的好。

王　你们不好好做活干啥呢？

香　你看，我们这慰劳品，是我嫂子的鞋好呀，还是我的慰问袋好？

刘　你说是小香的慰问好呀，是我的鞋好？

〔王接过来，比一比，笑，不说话。

香　你说呀！可不许长偏心眼。

刘　你就公公平平地说吧！

王　（笑了笑）好！你们两个的都好！都是第一。

香　　不行！不行！你不该向我嫂子。

刘　　（学着小香的声调）不！不行！你不该向你妹子。

香　　（打嫂子）你说，哥哥。

王　　我说，你们两个好好地听着。我说一个是疥蛤蟆，一个是屎壳郎，疥蛤蟆长着满身疥觉着蛮漂亮，屎壳郎推大粪觉着喷喷香。你们两个呀，是自个觉着自个强。

香　　好，你骂我们，你说我们是蛤蟆屎壳郎！

刘　　你说我们都不好，你把你那好的拿出来，我们看看！

［香、刘二人耳语片刻。

香　　对！把你那好的拿出来，我们两个要和你比赛比赛呢！

王　　哎！这是你们两个的事，又连上我干啥。

香　　不嫌害羞，拿着自个是个干部说这话。

王　　这话怎么啦？

刘　　哼！整天价批评这个落后、那个不进步，这回可是秃子头上的虱子，露出来啦！

王　　说不说吧，反正比你们强就是了。

香　　强！比我们的脸皮子厚吧

刘　　这下可把你的嘴给堵住了吧！

王　　哼！我送的东西比你们那强得多，你们那算个啥！

刘、香二人　　你送啥呢？

王　　我不告诉你们说，你们猜吧！

刘　　你就没有，你说啥呢？

香　　（俏皮地）你不敢和我们比赛，我们就说你光说漂亮话，不做实际事，就不叫你能写会算、文武双全啦！
　　　（看了嫂子一眼）

刘　　（又打她）你个俏皮鬼！

香　　　脸红了，脸红了……（鼓掌）

王　　　（解不开其中意，只是看着笑）这是怎么回事？

香　　　我也不知道，我嫂子对你说吧。我去看看我们组的慰劳品弄起了没有，还去合作社买点东西，回来再和你说吧！（下）

［外喊：哥哥！小心着背乌龟哟！

王　　　甭着急，落不到你们后边。

刘　　　（止住笑）小香，可真是个俏皮鬼。

王　　　可是她最近进步挺快，工作也很积极。

刘　　　哼！积极，这会儿谁不积极，土地改革啦……

王　　　哦！你也积极，忘了你啦。

刘　　　（飞了他一眼）哼！说不说吧，（到一旁去绱鞋）不和你说啦！还赶紧绱我这鞋呢！

王　　　我也抽袋烟再说。（蹲在一旁）

刘　　　就是不要脸。

（过门起，唱第七曲）

菜籽油点灯灯花亮，庄户人有了地脸上发光。一针针一行行，"吱儿吱儿"把鞋绱，哎嗨哎嗨哟，我把它送到前线上。我这里赶快把鞋做起，下午就送到前线去，多生产来多劳动，慰劳战士理应当，哎嗨哎嗨哟，慰劳战士理应当。

王　　　（接唱）我这里抽着烟暗思忖，心里有话向她学说清，当前的工作有多种，报名参军最当紧，哎嗨哎嗨哟，报告参军最光荣。回过头我把金莲叫，听我把话说分明。

刘　　　（接唱）刘金莲我上前迎，你叫我有啥事情，哎嗨哎嗨哟，你叫我有啥事情。

王　　　（唱）多生产来多劳动，支援前线为何情？

刘　　　（接唱）请你不要费多心，我可不是那糊涂人，哎嗨哎嗨哟，我可不是糊涂人。

王、刘二人　（合唱）前方努力打胜仗，后方生产多劳动，保卫土地是大家的事，消灭蒋介石享太平，哎嗨哎嗨哟，消灭蒋介石才能享太平。

刘　　　（白）这次大规模发动慰劳，支援前线，你到底打算拿点啥呀？

王　　　这事儿，我正打算着和你好好地谈判呢！

刘　　　怎么你的事，还和我商量干啥？

王　　　现在是民主的年头嘛，什么事不和你商量就行啦。刚才新农会开了个会，说是向敌人大进攻啦，号召青年小伙子上前线消灭蒋介石去，还说干部们要起模范作用，我这么打算着……我打算……我打算报个名参加呢！你看怎么样？

刘　　　（思考）那怎么能行呢？

王　　　那怎么不行呢！

刘　　　不行就是不行呗！

王　　　到底是怎么不行，你也得说说呀！

[刘低头不语。

王　　　刚才说了半天，可就都忘啦！

刘　　　我不知道。（扭过脸去）

王　　　我说金莲，刚才你说这个积极，那个模范，什么支援前线，敢情这都是说的漂亮话呗！

[小香拿慰劳品上，听见哥嫂争吵，退后偷听。

刘　　　支援前线也不一定非到前线上去呀！在后方组织民兵打

游击多劳动生产，不和前方一样重要啊。再说咱村里人可多着呢，旁人不会去呀！

王　　（解释地，唱第七曲）

明白人你变成了糊涂人，你听我把话说分明。要不是前方打得好，后方怎能得安身，哎嗨哎嗨哟，劳动生产怎能安身。八路军是咱人民队伍，是咱穷苦子弟来组成，要是谁也不参加，咱靠什么打蒋军，哎嗨哎嗨哟，咱靠什么去打蒋军。

刘　　（唱）子弟兵是咱人民组成，咱家里只有你一个男人，今年增加二亩地，荒了地来也不行，哎嗨哎嗨哟，荒了地来也不行。

王　　（唱）叫一声刘金莲你糊涂虫，你白在边区做了几年人，拨工组代耕团，哪儿荒过地一分，哎嗨哎嗨哟，你见谁家荒过地一分。

〔刘无语可说，低头不语。

王　　我说你呀！好好地反省反省吧，刚才还说自己是第一模范，和人家挑战，这会儿怎么着，背乌龟啦？（学她的声调）这下子可把你的嘴堵住啦！

刘　　（不好意思地，唱第七曲）

叫一声宝山你少磨叨，你去参加好是好，我怕你年纪小经验少，当兵的规矩不知道，又爬山又下操，怕你身子受了劳，哎吆哎嗨哟，怕你的身子受了劳。

王　　（唱）你怎么说出这样的话，叫人家听见了多么笑话，这些事情你别牵挂，咱们的军队谁不夸，官兵亲爱像一家，你帮我来我帮他，哎吆哎嗨哟，过上几天就没什么。

[刘不理。

王　　哎！你们不是和我挑战啦！怎么不说话呀？这么好那么漂亮，哼！这可真是那秃子头上的虱子给露出来啦！

刘　　（把嘴一噘，扭转身）你这是刺激什么人呢！有意见就提出来吧！

王　　你看你又动了态度啦！有意见不是好好地谈吗！你看这是谁和谁呀，扭过脸来吧！（拉她）

刘　　（又一扭）俺们这落后分子，可不配跟你们谈。

王　　哈！又找别扭啦，扭过来咱们好好地谈谈。真不啊！你不过来我过来，（转到她对面）我今个是非对着脸不说话，长短算怨我，我的不对，我的错误！

刘　　又转到另一面，有些害羞，禁不住笑了一下。

王　　（有些难为情）你真不过来呀！……你真不？你真不呀？（举拳欲打）

[刘稍转一下看了王一眼，哼了一声。

王　　（见势顺手把手放到头上装做抓痒状）哎！这股子牛脾气又上来了啦，我得想法叫她欢喜了。

（唱第七曲）叫一声刘金莲你别翻脸，听我把话细说心间，政治上要开展，眼光要看得远，哎吆哎嗨哟，你也来一个送郎上前线。

这个夸来那个来称赞，报纸上又把你来宣传。一而十来十而百，百而千来么千而万，不到三五十来天，都知道有个刘金莲，哎吆哎嗨哟，都知道有个刘金莲。

一朵红花就戴胸前，你的美名就天下传，人人向你来学习，看你模范不模范，哎吆哎嗨哟，那时候看你多么喜欢。

|刘| (白)你好好地想想,转转脑筋吧,可别叫旁人说,谁谁是个拖尾巴货,那可是丢人啦……

刘　我这可不是拖尾巴,你可别给我扣这大帽子。

王　(嬉皮笑脸)是!是!那你为什么不让我去呢?

刘　你爱去不去,我管着你啦!(又闪一旁)

王　(有些生气)你尽耍态度!干脆说吧,你就是落后,吃米忘了种谷人,你忘了本啦!今天可露了馅子啦。(也扭一旁蹲下不语)

刘　(偷看王一眼,自语)他真的生气了……这我可怎么见人呢?(想一回走至王跟前)看你气得那个样,和个大肚子家雀一样。我和你开个玩笑吧,你就生气啦,我什么时候不让你去来着,动不动就拿你那脸来摔打人,我怎么算忘本啦?

王　(也转过身来)好!这是我的错误,报告!敬礼!对不起!

〔小香急上。

香　好!哥哥,干什么呢,没有顶灯吧?(笑。刘、王也笑了)

王　你们不是和我挑战吗?我说我参加去,你嫂子她就不乐意。

刘　你胡说八道,谁说不让你去来着。

香　怎么?你参加呀?

王　是呀!咱们看到底是谁背乌龟吧!

香　你真有决心呀?

王　当然啦!

香　那可不行。

王　　为什么不行啊！咱们不是支援前线吗？

香　　（学着嫂子的声调）支援前线也不一定非上前线上去呀！在后方组织民兵打游击，多劳动生产不和前方同样的重要吗？再说咱村里人多呢！旁人不能去吗？你说是不是，嫂子？

刘　　（没听出她的话来）是嘛！他那个死心眼就非去不行！

王　　怎么你们都是这个样啦！

香　　再说你年纪又小，经验少，当兵的规矩又不知道，又爬山又下操，嫂子怕你的身子受了劳。（与嫂开玩笑）你说是不是，嫂子？

刘　　（听出其中意）你个死丫头子！

〔王也笑了。

香　　好！嫂子真模范，我刚才在门外听着你动员我哥哥报名参加呢！真光荣……（鼓掌）

刘　　（羞）不和你们说啦，还赶快做我的鞋呢！

香　　咱也不说啦，还得赶快缝咱的慰问袋呢！

王　　（向香，急解释）哎！刚才这也不怨你嫂子的过，主要的是我这说话方式不好！

香　　（俏皮地）对！也是我的方式不好！（向嫂学着）报告！敬礼！对不起！

刘　　你甭那么会说，轮到你头上了，你也不乐意。

王　　（紧接）是嘛！一家人分开的时候，心里是不高兴，不过为了以后永远过好日子，非参加不可，要不啊，咱这房子地保不住甭说，我看是连锅带碗蒋介石得给咱拔走了，今个咱们是大小蒋介石一块打倒才行。

香　　对！你去参加我赞成！

王　　我也同意！

香　　你呢？嫂子？

刘　　我也没有说不同意呀！不过你哥哥刚才说我忘本啦，我可有点不赞成。

王　　是！这是我的不对！

香　　（看此情景，为留空叫哥嫂谈谈，借口下）不跟你们说啦！咱去装咱那慰劳品去。（下）

王　　唉！她老是想不开！（思索一会儿，想起了过去，以此使妻转变）

（过门起）

王　　（唱第八曲）刘金莲，

刘　　（唱）王宝山，

王　　（唱）你过来，

刘　　（唱）为哪般？

王　　（唱）叫你过来就过来，

刘　　（唱）莫非又要批评俺？

王　　（唱）我今天不把你批评，咱们把往事谈上一谈。

刘　　（唱）刘金莲听说不待慢，转过身子走上跟前。

王　　（唱）过去的生活怎么样？

刘　　（唱）一家那个老少受熬煎哪。

王　　（唱）为什么一家人熬煎苦？

刘　　（唱）都只为那地主剥削咱哪。

王　　（唱）种着周家三亩地，

刘　　（唱）租子要交整三石。

王　　（唱）风雹雨涝坏年景，

刘　　（唱）如数交清不能欠。

王　　　　　（唱）欠下租，记上账，

刘　　　　　（唱）五五加利往上算。

王　　　　　（唱）簸箕簸，扇车扇，

刘　　　　　（唱）一石只顶八斗半。

王、刘二人　（合唱）一家老少忙一年，打下粮食见不上面。

王　　　　　（唱）见不上粮食还有可！

刘　　　　　（唱）提起父母泪不干！

王　　　　　（唱）为什么提起二老泪涟涟？

刘　　　　　（唱）二老那爹娘死得惨。

王　　　　　（唱）那一年来遭大旱，

刘　　　　　（唱）没有粮食把租还。

王　　　　　（唱）腊月三十那一天，

刘　　　　　（唱）地主他把狗脸翻。

王　　　　　（唱）仗着鬼子发贼狠，

刘　　　　　（唱）又拔锅来又锁门。

王　　　　　（唱）你爹高声说了句话，

刘　　　　　（唱）叫咱全家坐牢监。

王　　　　　（唱）你爹死在牢监里，

刘　　　　　（唱）我娘瘟病死得更可怜。

王　　　　　（唱）丢下了你们怎么办？

刘　　　　　（唱）孤苦哪伶仃没人照管。

王　　　　　（唱）后来的日子怎么过呀？

刘　　　　　（唱）幸亏来了八路军搭救了咱！

王　　　　　（唱）打走了鬼子救了百姓，

刘　　　　　（唱）男女老少喜笑连天。

王　　　　　（唱）又贷粮来又贷款，

刘　　　（唱）找房找地找衣穿。

王　　　（唱）蒋介石他狗奸贼，

刘　　　（唱）又勾结美国打内战。

王　　　（唱）地主也参加了还乡团，

刘　　　（唱）不让咱们把身翻。

王　　　（唱）有仇报仇，有冤报冤，

刘　　　（唱）不杀仇人心不甘。

　　　　（过门）

王　　　（唱）雄鸡叫，

刘　　　（唱）亮了天，

王　　　（唱）太阳出，

刘　　　（唱）乌云散。

王　　　（唱）长水流，流到头，

刘　　　（唱）千年的深仇得清算。

王　　　（唱）有了房子有了地，

刘　　　（唱）有了吃来有了穿。

王　　　（唱）吃米别忘那种谷的人，

刘　　　（唱）别忘共产党搭救咱。

王、刘二人　（合唱）好男儿应当上前线，保卫土地保家园，保家园！

刘　　　（白）唉！刚才怪我想不通、糊涂，这会儿我心眼里可是明白啦！你去吧，你去报名吧！到前线你好好干，给爹娘报仇！

香　　　（上）哥哥，快去报名啦！可起个模范作用啊！

王　　　嘿！实话说吧，我早就报了名啦。

香　　　好！到底还是哥哥比我们见识高，我们可得向你学习呢!

刘　　那把这双鞋给你带上吧,慰劳前方我再做!

香　　这慰问袋也送给你吧,我再做一个送前方!

王　　可不用,咱们是自家人吗!我看是留着送给别人吧!

香　　咱们和八路军也是自家人嘛!

刘　　别客气啦,给你你拿上吧!

王　　(兴奋地,唱第九曲)

听了你们的话,我心里开了花。我把东西忙收下,到前线我定坚决把敌杀,坚决把敌杀。

刘、香　(合唱)你到前线把敌杀,我二人在后方种庄稼,家里家外都有我俩,你千万别牵挂。

王、刘、香三人　(合唱)要当英雄要做模范,样样的工作要加油干,前方后方那个配合好,胜利在眼前,胜利在眼前。

〔唱着跳着下场。

一九四七年八月

(录自《中国人民文艺丛书·宝山参军》,新华书店 1949 年 9 月版)

　　注:本剧由王莘作曲。

张学新

发土地证（快板剧）

时间　一九四八年秋

地点　土改结束后的老区某村

人物　老汉，老婆，干部，懒汉

第一场

〔老汉拿着镰刀，扁担走上。

老汉　我老汉，叫庆元，过去的苦水吐不完。脚踏人家地，头顶人家天，当长工，种租地，交不起租子扛利钱。一颗汗珠摔八瓣，年年粮食不见面。紧干慢干使劲干，免不了受罪又遭难。我只说咱一辈子跳不出穷人坑，谁料想共产党一来世道变。减租子，涨工钱，慢慢吃饱了糊糊饭。种地咱有永佃权，买地咱有优先权。我勒紧腰带咬牙干，攒下小米整四石。买下那六亩租子地，从今有了自己的田。红契文书拿到手，真比那娶媳妇坐轿还喜欢。去年冬天闹土改，咱也参加了贫农团。今年又分给咱三地，一亩园子二亩旱。有房有地有吃穿，以后的日子就不困难。过光景，靠生产，搭早起，我恋黑干，要吃饱饭汗珠换。地里活儿都干完，割草压肥垫猪圈。卖劲受苦咱不怕，有件事儿不耐烦。有心多沤几圈粪，又怕明年土地不归咱。只得种了一季说一季，过了一天说一天。吃过早饭上南山，心里有事走得慢。（下）

〔懒汉醉醺醺的，提着半瓶酒上。

懒汉　我淘气，是懒汉，吃喝耍钱不正干。父母爹娘下世早，一份家业踢踏完。东凉里歇到西凉里，拐弯抹角不生产。干部也曾把我劝，叫我生产快转变。哼！转变不转变，不用他们管，反正歇着出气匀，生产就得多流汗。贷粮贷款我全花完，想叫我生产难上难。闹斗争、闹清算，这些事儿我爱见。年上冬天闹平分，我也参加了贫农团。查阶级、分土地，样样工作干得欢。分配果实要双份，我得先把好的拣。要了好地四亩整，带着麦苗一亩半。分了小米三斗二，分了麦子二斗半。有了麦子推白面，烙大饼、炒鸡蛋，羊肉饺子蘸辣蒜。小米也能换烧饼，不动烟火也吃饭。我大吃大喝不生产，吃喝完了再清算。"土改"要一年来一回，我就不愁吃来不愁穿。刚才喝了半斤酒，浑身没劲又头旋。天也转、地也转，腾云驾雾上西天。我坐着飞机回家转……（老汉低头上，二人撞着）什么东西把我绊！

老汉　　走道往人身上撞，你眼睛长到屁股上！你脸像地皮眼发红，又到哪里发酒疯？

懒汉　　（嬉皮笑脸地）三天不喝馋得慌，小酒铺里喝了四两。这里还有半斤酒，庆元大哥尝一尝。

老汉　　叫声淘气别胡闹，你年纪大，个儿不小，以后也该学学好。吃了没事闲得慌，你也到地里瞧一瞧。看你养种的那四亩地，哪能分出草和苗？又不锄、又不浇，冬天挨饿你怎么着？

懒汉　　庆元哥，听我说，吃点喝点怕什么！一年一平分，二年一改革，年年都分胜利果。咱贫雇农攒好劲，但等秋后再拾掇。（踉踉跄跄下）

老汉　　（目视淘气下，气愤地）贱淘气、无赖皮，正经不是好东西！都学你胡糟不生产，叫你秋后拾掇个屁！哎，何必和他生闲气，我赶紧上山割草去。（走两步停下）一边走，一边想，左思右想没主张。秋后土地有变动，割草上粪为谁忙？还是歇歇不使得慌，不如回家上炕躺一躺。（返回，下场）

［老婆上。

老婆 我老婆，五十一，老头子姓张我姓李。过去咱是受苦人，如今有房又有地。够吃够喝够养种，怎不叫老婆心欢喜。七月里，好天气，老头子恋黑搭早起，下地干活一百一。栓柱天天去上学，我在家里做饭、纺线、喂猪又喂鸡。吃过早饭刷了碗，搬出纺车来纺纺线。哎，他爹怎么不生产，耷拉着脑袋回家转？

［老汉上。

老汉 回家转，我不干活，热炕头上我坐一坐。

老婆 立了秋，大忙天，家家户户忙生产。怎么你倒歇了工，躲在家里当懒汉？今年咱分了好水地，养种不好人家笑话咱。

老汉 哎，谁耍奸，谁偷懒？谁说我在家当懒汉！你说什么活儿我不干？

老婆 那茄子、辣椒你浇了？

老汉 浇了！

老婆 白菜、萝卜种上啦？

老汉 种上啦！

老婆 荞麦锄了？

老汉 早就锄了！（接说快板）老婆子，少麻烦，你到地里看一看。棉花掐了尖，山药翻了蔓，玉茭过了垄，谷子锄

　　　　三遍。你说地里活，哪样没干完！当你们妇女臭裹脚，可缠可缠缠不完！哎，挂了锄，我歇两天，单等秋收再开镰。

老婆　　老头子，你是听，种地全凭要勤谨。地里活儿全干完，背上粪筐去抬粪。

老汉　　我不知道拾那有啥用！

老婆　　你看你这糊涂虫，越活越老死脑筋。常言说：巧做不如拙上粪，种地不上粪，等于瞎胡混！

老汉　　数你精，数你能，这些事情我不懂！唉！（发愁地走到一边）

老婆　　今年雨多地皮阴，正好多把麦子种。不割草、不上粪，供应不上怎么行？

老汉　　多种麦、多上粪，你白天睡觉做大梦！今年咱得了几亩地，谁知明年叫谁种？这会儿没个准章程，三年一复查、二年一平分，年年都得闹斗争，种麦上粪有什么用！

老婆　　这个话我不信，人家不说要发什么……土地证。

老汉　　土地证，土地证，一回两回没动静。提心吊胆怎么能安生！

老婆　　（着急）这个事，怎么行？不种麦子不上粪，青黄不接吃不上，饿着肚子怎么成！

[懒汉拿着簸箕上。

懒汉　　胜利果实分得全，我一溜二三吃了个干。剩下小米二升半，早上又把烧酒换。回到家里去做饭，缸缸瓮瓮都扫遍，粮食没有一点点。就有二升秕高粱，老鼠尿尿有一半。麻糖篮子不赊账，烧饼铺里要现钱。肚子饿得咕咕叫，没有票子干瞪眼。我人越懒嘴越馋，光想大米和白面。左邻右舍都借遍，这家呲呲牙、那家瞪瞪眼，都说粮食有的是，喂猪喂狗不给懒汉。狗日的们别瞪眼，单等今年秋后看。都把你们划成富农，一个一个来清算。哎，庆元老实心眼软，我到他家借白面。（进门）进了门，用目观，两人都在正当院。我满脸带笑开了口，大哥大嫂听我言。家里今天来了客，没有顾上推白面。你们有面借二升，帮助兄弟解困难。

老汉　早上有钱打酒喝，这会儿就没钱称白面？

老婆　叫淘气，你看得清，咱就没有享福的命。咱没长着白面嘴，你快到别人家去问一问！

懒汉　庆元嫂子发善心，没有二升借一升。

老婆　一升也没有！

懒汉　（乞求）那借半升。

老婆　（坚决地）半升也没有！

懒汉　树要皮、人要脸，大嫂行事别太短。我不是崩、不是骗，今儿个借了明儿个还。眼看秋后又清算，胜利果实等着咱。你怕还不起你二升面！

老婆　麦夏后、秋收前，这会儿日子正困难。夏天打了二斗麦，三天两天早吃完。你听那小猪饿得直叫唤，喂好猪仔能踩圈。（下）

懒汉　（气极，又无法，自语）唉！真倒霉、真背兴，屎螳螂今天也蜇人。（问庆元）庆元哥，你不知情，大街上闹哄哄。都说咱村平分不彻底，秋后要闹个一般平。全村土地大平均，粮食衣裳全归公。夜里区长到咱村，就是为了这事情。

老汉　　这是真的？

懒汉　　这个事我看得清，区长去找乡主任。共产党、爱穷人，吃光喝光穷光荣。咱们早早做准备，秋后好把果实分。

老汉　　（不安地）唉！为人有懒有勤谨，哪时也难说一般平。老这么一回一回地闹，谁还有心过光景？哎，栓柱他娘去擀白面，咱也狠心吃一顿！

老婆　　（上）老头子，你发了疯！不干营生你收了工。又要擀着吃白面，你就不想过光景？

干部　　（高兴地吆喝着上）庆元嫂子庆元叔，快快开会快快走！

老婆　　呜呼呐喊吓死人！又有什么大事情？

干部　　到那一听就知道，保险叫你哈哈笑！

老婆　　你们开会我有事儿，今天我可没工夫儿。

干部　　庆元叔，听分明，这和往日大不同。夜黑区上来了人，要给咱发土地证。

老汉、老婆　　要给咱发土地证？

干部　　哎，咱村"土改"已完成，土地分配算一定。给咱们发下土地证，从今以后不再动。确定个人所有权，典当买卖全都行。

懒汉　　淘气我听罢这一句，又是恼来又是喜。恼的是以后不能再清算，喜的是土地随便能处理。回去我先卖二亩地，籴几斗麦子和大米，哎，人不该死总有救，我也赶紧开会去。（下）

老婆　　（高兴地）啊呀呀！这真是大旱年月下透雨，共产党真是摸到咱心眼里。为这事，他爹刚才还着急，这下解决了大问题。走，走，咱快领去！

老汉　对、对、对，咱快领去！

干部　哎，慢慢走，别着急。看把你俩高兴的！今个要发土地证，先到农会去登记。几间房、几亩地，男女人口登记齐。

老婆　这个事，好登记，咱不藏不瞒按实际。我今年五十一，你叔今年五十七。栓柱今年整十一，每天清早上学去。毛驴俺有一条腿，一头猪来三只鸡……

老汉　哎，老东西，瞎唧唧！人家问你人几口，你就说你那猪和鸡。（关切地问）叫山堂，我问你，这回土地来登记，新分的土地算不算自己的？

干部　新分的，旧买的，一切土地全登记。是水地，是旱地，几亩几分又几厘？前靠道，后傍渠，你和谁家打邻居？四至分明报清楚，一块一块写仔细。还有件事要注意，老老实实报黑地。这会儿要是不登记，再查出来不客气。

老汉　咱这几亩是明的，保险没有瞒黑地。

老婆　别啰嗦了老东西，走，咱们赶紧去登记。（三人下）

第二场

［后台屋顶广播声："咱村土地房屋登记完了。今天开大会，区长亲自给咱发土地证。大家拿着旧文书，赶紧集合哟！"

［老汉拿着一张红契上。

老汉　老红契，老红契，五十年受苦都为你。今天要把你交出去，心眼里有点舍不得。万一以后要出问题，你是我的老凭据，交好还是不交好，左思右想无主意。

干部　（上）庆元叔，干么哩！咱们这组全到了，点点人数就短你。

老汉　（把红契装起来）我，我，你看看，真糟糕，我的红契找不着。

干部　啊？老红契可丢不得，赶紧屋里找找去。拿上旧契换新契，免得以后出问题。

老婆　（上）栓柱他爹你老东西，你藏到哪个窟窿里？人家都去领土地证，你磨磨蹭蹭像个大笨蛆！

干部　你们那红契找不着，你快去帮助找一找。

老婆　啊？旧文书、老红契，夜儿个黑价就预备起。全都包在你那里，还能丢到哪里去。拿出钱包看看，你个老东西，真是没出息！

老汉　（无言答对）……

老婆　（已看出）哎，老东西，糊涂虫！你那思想还没搞通。你还迷着老红契，还怕土地证不中用。你想想，二十年前，地主恶霸占咱三亩田，咱有文书人家有钱，你输了官司还坐监。那世界是人家财主的，你有凭有据也不沾。（老汉点头）

干部　如今发下土地证，政府做主根子硬。大伙安心闹生产，发家致富有保证。

老汉　（拿出红契）我庆元为买这三亩地，卖了多少苦力气。你是财主刀把子，逼着我交租拿利息。我……我越说越有气，恨不得一下撕了你！

老婆　老头子，别着急，把它带到会场里。大伙一齐把它烧，烧了老契换新契。

干部　走，走，咱赶快去！（三人下）

〔锣鼓声中，老汉高兴地上。

老汉　天上日头明又明，戏楼底下闹哄哄，好像娶亲过喜事，一个一个都高兴。区长讲话真好听，一句一句讲得清。这回发下土地证，土地以后不再动。不清算、不斗争，有咱上级作保证。出租地、雇长工，自由买卖全都行。二流子懒汉不生产，暂且不发土地证。他号召咱们买牲口、拨换工，组织起来多劳动。多积肥多上粪，发家致富过光景。句句说到我心眼里，他是咱百姓知心的人。土地解放大翻身，旧文书旧契不顶用。一块点火把它烧，好像那封建剥削一扫清。

〔老婆上。

老婆　老头子，你是听，我可要把你来批评。春上剩的地没人要，我叫你多要你不肯。如今人家都抢着要，你想再要也不行。

老汉　老婆子、听我的，不能自私和自利。咱三口人九亩地，不多不少就可以。

老婆　哼！如今咱只一对半，添个孩子怎么办？

老汉　（开玩笑）老婆子，你五十一，你还想养男又生女？

老婆　老东西，该死的，我是说咱栓柱儿。再过十年娶媳妇儿，抱个又白又胖的小小子儿，到哪去要几亩地儿？

老汉　五年十年二十年，咱家光景一天好一天。开荒修滩不愁地，牛羊成群驴满圈。那时候咱们也痛痛快快过几年。

〔里边喊："张庆元，李老贵，快来领土地证！"

老汉　忽听学堂里喊一声，赶快去领土地证。

老婆　老头子，等一等，我看还是我去领。你心眼死，手脚笨，打个手印也打不正。

老汉　算了吧，少麻烦，这事哪能妇女办！连个大名也没有，趁早回家去做饭。

老婆　老东西，你不要脸，不能把妇女来小看。分地俺也有一份，不叫我去定不沾。

老汉　好好好，不要嚷，两个名字全写上。咱俩一块上前领，男女平等是一样。（二人下，懒汉上）

懒汉　淘气倒了霉，墙倒众人推。个个提意见，众人都反对，说我淘气是懒汉，二流子成性不生产。不给我发土地证，只有咱的使用权。不许当、不许卖，这下叫我傻了眼。我脸皮厚，舌头软，死皮赖脸再谈一谈。只要土地证拿到手，典当买卖全由咱。

[老头、老婆拿土地证，高兴地上。

老汉　土地证、真好看，鲜红官印盖中间。土地房屋有了主，出力使劲闹生产。

老婆　土地证，四方方，黑字印在白纸上。俺的财产有保障，怎不叫老婆喜洋洋。

懒汉　上去叫声庆元哥，咱们相好又不错。你给咱多把好话说，土地证发给我，从今以后定改过。

老汉　（讥讽地）噢！发下土地证，赶紧卖了土地换烧饼。哎！二年一清算，一年一平分，胜利果实吃不清，你还要什么土地证！

懒汉　（又走到老婆跟前）庆元嫂子听我言，我淘气以后要转变。要是发给我土地证，我一定好好闹生产。

老婆　哼！狗打千遍也吃屎，懒惰成性难转变。你这武大郎坐江山，没人敢保险。哎，老头子，给我那土地证，我再好好看一看。土地回家大团圆，老婆我越看越喜欢。

（故意气淘气）

干部　　（上）哎！看这一对老来红，高兴得不知西和东。

懒汉　　（上前请求地）叫山堂，好弟兄，会上错误我承认。我的思想早搞通，今儿个发给我土地证，一定生产好劳动。如今我生活太困难，你们大家多照应。

干部　　叫淘气，听明白，别在这里耍无赖。这二年你年年分土地，不是输了就是卖。你占了便宜还卖乖，这一套以后吃不开。告你说，一切的花样不中用，老老实实去劳动。只要你真正能转变，以后就给你土地证。再要偷懒不生产，这四亩地也不叫你种！（淘气低头）

老婆　　山堂，来给咱念念土地证，叫你大婶再听一听。（三人看）

懒汉　　（心中痛苦，内心斗争）哎，拳打肉皮痛，话说骨头疼。说得我心中好难过，二流子道路行不通。靠清算、靠斗争，胜利果实吃不成。卖房卖地全不行，苍蝇吃屁一场空。前边只有一条道，下地生产去劳动。咬咬牙、狠狠心，我还是个年轻人。从今后好好干，不信我就不如人！唉，我说这话也没人信，只能自己把自己恨！几十年我没掉过一滴泪，今个泪珠不住往下滚。

老婆　　（看土地证后，笑）写得好，写得清，老头子你可放了心。咱多割草，多沤粪，单等秋后把麦种。

老汉　　对！多种麦，多上粪，我还组织拨换工。从今土地不变动，安心生产过光景。（二人笑，淘气在一边哭出声来）

干部　　叫淘气，怎么的？有什么心事你提提。

懒汉　　（惭愧）淘气今天好惭愧，未曾说话把头低。人要脸，树要皮，淘气我一定争口气。再当懒汉不生产，我就是大闺女养活的!

众人	（笑）好，浪子回头金不换，咱们大伙都喜欢。只要你决心真转变，以后就给你所有权。
老汉	咱们组织拨工组，互相帮助把工换。
众人	（合）今天发下土地证，努力生产加油干。妇女也要去下地，二流子决心要转变。安心团结闹生产，发财致富万万年!

（完）

1948年7月于平山

丁里

子弟兵和老百姓（多幕话剧）

时间　　一九四三年秋，在敌寇残酷"扫荡"中
地点　　北岳山区阜平×村一带
人物　　刘来福　民兵中队长
　　　　来福妻
　　　　老汉　　老妖精
　　　　奶奶　　老汉妻
　　　　三妮　　老汉的孙女
　　　　村长
　　　　二嫂　　村长妻
　　　　银官儿
　　　　迷糊子　游击组员
　　　　老张　　退伍军人
　　　　长官儿
　　　　病人
　　　　小九子　羊倌儿
　　　　二排长
　　　　歪把子　李志强，机枪班长
　　　　文书
　　　　刘三顺　战士
　　　　王勇　　战士
　　　　枪榴弹　战士
　　　　张玉文　侦察员
　　　　通信员

伤员

刘玉玺　国特

敌寇司令官

参谋官

饭冢小队长

军官

军曹

侍从兵

卫兵

松井　　一等兵

龟田　　二等兵

战士若干人

民兵若干人

日兵若干人

群众

第一幕

[十月的天气，正是紧张战斗，抢收抢种的时候。

[村口。

[笑。鼓掌欢呼之声大作。幕启。

歪把子　好哇，好身段呵，哈哈……

来福妻　三妮呵，你看你爷爷，要人命了，像那十七八的一样！

三妮　（笑）真是！也不怕人家同志们笑话，叫我呵，哼……

文书　哈哈……老妖精，你可别把你的老腰扭断了，先提醒你——咱们卫生员可治不了。

众　好！

老汉　　（学女人的声音）好的还在后头呢！

众　　　（大笑）……

老汉　　（作态，硬咳嗽两下）头些会子在山沟里坚壁了几天，把嗓子给冻坏了，可不受听呵！

众　　　（纷纷叫嚷）……

歪把子　别嚷啦，听着来了！

老汉　　（作态，学女人的声音）来了……噢！（先用嘴打了一通锣鼓，接着用秧歌戏的调子唱起来了）

　　　　翠莲今年一十七呀，

　　　　再过上四年就二十一嗯呀！

　　　　咳，俺命不济呵，命不济呀……（抽噎）

　　　　一嫁嫁了个老女婿呀，哼——

　　　　（恢复原嗓）看吧，就像我这么大年纪，一个模子出来的。

三妮　　（跳着叫嚷）爷爷，你真不害臊！

众　　　（大笑）

老汉　　（接唱）

　　　　那个老东西，比我爷爷还大上十一呀，

　　　　活像个褪了毛的老公鸡！

　　　　嗯呀，你说我命呵，为什么这么不济？（向歪）你说？

歪把子　哈哈，不知道！

老汉　　（向来福妻）你说！

来福妻　（笑）随你便顺嘴胡溜吧！谁知道你怎么编排。

老汉　　（接唱）

　　　　你说我命呵，为什么这么不济呀！

　　　　只因为——（转快板）因为什么？听着！

帮助军队不努力，

抗日工作不积极，嗯呵！（众鼓掌叫好）

我的命呵真不济，就像是，就像是……像是……（渐恢复本嗓音。突然向来福妻大声地、粗声粗气地）就算是像你吧！……哈哈……

来福妻　哈哈……死不了的，……好！要真是我的话，我就把你这老公鸡杀吃了，还留到你这时候儿，哈哈……

三妮　对，对，可对着咧！

众　（大笑）……

老汉　完了完了，没有了，这不过是凑个热闹吧！对吧？同志们辛辛苦苦地打仗不说，还忙里偷闲，抽出空子来帮咱们老百姓们抢收抢种，忙活半天了，趁歇着的工夫，出个洋相逗大伙一乐呗，哈哈……

歪把子　好哇，我说老妖精，一般地说没问题呵！来！抽锅烟歇一下！

老汉　看你，同志！来抽我的，这是阜平有名的西庄烟，来，来。

歪把子　没问题。（接过老汉的烟荷包）得抽一锅！

老汉　你抓一把去吸吧！

歪把子　一般地说，这个可是有点……

刘三顺　歪把子，当心犯纪律呵！

众　（笑）

老汉　看你说的同志，这可不犯纪律！抓一把，抓一把，叫鬼子糟蹋了，咱谁都抽不上。来，咱们大伙儿抽，谁抽烟的算一份儿！要犯纪律的话算我犯的！对不对，二排长？

二排长　（笑，不语）

老汉　等你们再打了胜仗的时候儿，把鬼子的洋烟送咱两根抽抽就得了。

歪把子　没问题，两盒也没问题。

〔二人对火。

老汉　哎，同志，你叫歪把子？这我倒不知道，你不是叫李志强么？

歪把子　听他们瞎扯！

刘三顺　瞎扯？我说老汉，这是咱们机枪班长，外号人称歪把子，一挺歪把子机枪打得呱呱叫，就得了这个名儿，这是瞎扯啊？

老汉　噢，三妮，去看看家里水烧开了没有，抬来给同志们喝，叫同志们闹一套好的咱们听！

三妮　哼，人家不像你！（欲走）

老汉　别忙！来，我告诉你，（小声地）叫你奶奶拣两把枣儿烧烧煮了里头，叫同志们喝起来香香的，（啧啧嘴）甜甜的——去吧！

三妮　知道！（下）

老汉　同志们来一个吧，呵？

老张　对，欢迎欢迎，（指王勇）欢迎他唱一段……

老汉　噢，臭妮呵，可把他忘了，这不用介绍，从这么小看着长大的。

王勇　叫小名干什么呢！

众战士　（大笑）好，臭妮，臭妮，哈哈……给他记住。

老张　对，咱们不欢迎王勇啦！就欢迎臭妮唱一段黑头吧！这是咱们三连的大活宝，外号人称火车头的便是他！

众　　（欢叫）……

王勇　我说老张，你这家伙顶捣乱，你到底站在什么立场？

老张　群众的立场呗！

王勇　群众还不要你哩！你才退伍几天呵，就群众的立场呗，刚才你不是还站在军队的立场来么？

老张　同志哎，时间，地点——这条件不同了呗！喂，不管怎么说吧，都是一样，来来来，二话少说，欢迎呵！鼓掌呵！（自己鼓起掌来）

众　　（鼓掌）

老汉　看你，嗨，唱一个吧，臭妮。

王勇　看，又是——

老汉　怕什么？连你爹在的时候，我还喊他小名哩，叫小名才亲哩！（向大家）唱吧。

王勇　好，唱一段。这孩子是谁的？

老张　中国人的，别扯淡了，唱吧！

王勇　咳，真叫你们给闹昏了头了。二嫂，二嫂呢？来，来，给你孩子。

二嫂　你抱着吧！还累着你了？

王勇　你抱远一点吧！不是别的，唱好唱赖的不吃劲儿。别吓着孩子，快点，来！

二嫂　把孩子抱过来！

〔战士们把小孩传递着，有的"喷"地一声亲一下，……给了二嫂。

老张　听着呵！

〔三妮与奶奶抬水上。

奶奶　喝吧，同志们！趁着那热喝吧，这是枣水，里头煮上枣儿啦！……这会子那枣儿不是叫鬼子给踢蹬了么？打下来的给吃了，烧了，踩了……咳！连那枣树都给锯下来垒了那王八窝了，你们说，这不是骑着脖子拉屎，活作践人么！这不是，咳，往年哪，那枣儿往赖里说少着也打个几石子，屋顶上那枣儿一晒就晒个满满的，红彤彤的那么一大片，可这时候儿……

老汉　看你这个啰嗦呵，这个人家同志们还不知道？（向众）来，喝水吧，同志们！臭……噢！王勇同志，润润嗓子，来！

奶奶　你光说，吃点子枣儿，吃个一升二升的咱可不在乎，再说我小子也在队伍上，要不是鬼子狗日的……

三妮　别说啦，奶奶！

众　（喝水）

二排长　麻烦你啦，老太太！

奶奶　看这同志说的，这算得了什么，盼你们还盼不到呢，你们来了——我说同同（小声地）咱们百姓们可放心了，那鬼子狗日的，你光说，哎，我说同志，那鬼子……

三妮　奶奶，怎儿了，看你又说不完了，真叫败兴！

奶奶　你还管得住我？我像你这么大的时候，大人们说话，支棱着耳朵听着，看你这么点儿的黄毛丫头……

三妮　真是的！爷爷，你看奶奶。

来福妻　大娘，来，咱们到那边坐，听同志们给咱们唱戏，可别说话，一说话，同志们就不唱了。

奶奶　噢，噢，行了，不说话。嗯，不说话，可不能说话，听唱戏可就不能说话么，要是听唱戏，一说话……

王勇　（唱）俺李逵做事真莽撞！

众　　（齐声叫好）好……

老张　　好嗓子呵！

奶奶　　听，这嗓子真比那水桶都粗！

王勇　　（接唱）

　　　　也不知是何人假扮梁山一宋江。

　　　　太平庄，把人抢，

　　　　俺李逵一闻此言……此言，就隆格隆地咚，

　　　　身背着板斧来我把梁山上——梁山上。

　　　　杀死了日本小东洋，

　　　　问他敢不敢来"扫荡"，

　　　　俺要抗战保家乡！

众　　（叫好，鼓掌）

老张　　不赖，不赖

歪把子　　一般地说，基本上完成任务了！

众　　再来一个！再来一个！

二排长　　中队长来一个吧！

中队长　　不沾，不会闹！

来福妻　　他不沾，还是同志们闹一个吧！

二嫂　　你就向着你男人！

老汉　　文书，你不是带着个（作样）口琴来么，吹一个！

众　　好！好！

文书　　不沾了，口琴呵，口琴当了俘虏了，上一回作战的时候给丢了！

老汉　　啧啧，你看，那么，你唱一个吧！

文书　　不行……让我想一想，我看这么着吧，我唱一个。唱可是唱，咱们有一个条件，谁要会唱的就跟着一齐来。

众	行了，唱吧！
文书	（唱）子弟兵、老百姓——
众	（合唱）哎咳，子弟兵老百姓！

子弟兵和老百姓，咱们是一家人，

咱们是一家人来哟，才能打得赢呵！

咱们是一家人来哟，才能打得赢呵！

子弟兵、老百姓，

哎咳，子弟兵老百姓！

子弟兵和老百姓，咱们是一家人，

咱们是一家人来哟，打走那小日本呵！

咱们是一家人来哟，打走那小日本呵！ |
众	（兴奋叫嚷）……
二排长	好了，（看表）休息的时候不少啦，咱们还要继续工作。喂，村长呵——村长！
村长	二排长，忙什么，再歇一会儿……
二排长	不了，咱们就还剩下村北、坡底下那二十几亩地了吧？
村长	对，不大一点儿啦，同志们加油一突——就突击完了！
二排长	那好，同志们！上午的成绩还不坏，咱们下午要加油突击一下，今天一下子搞完，行不行啊？
战士们	行！
歪把子	没问题！
二排长	那还是分成两部分，一部分收庄稼，一部分种呵！工具不齐再想法去借，听清了吧？
战士们	听清了！
二排长	走啦。（稍停）李志强！
歪把子	有！

排长　　把这水桶什么的,给老太太送回去!

歪把子　是!

二排长　大家把工具带好,别落了东西!(下)

[战士们及村长、老汉、退伍军人、群众等携带着工具唱着退场。

奶奶　　给我吧,同志!我拿吧!你看这同志……

歪把子　没问题!老太太,你是住在那个大槐树旁边那个门儿吧?

奶奶　　对,门口有一棵大槐树——敢有个百十来年了!噢,给我拿吧,同志。

歪把子　行了。老太太,你很壮实呵!

奶奶　　噢,壮实?这两年不行了,叫鬼子给折腾得够受的了,说起来,真是亏了你们,你忘了?头些会子不是差一点叫鬼子给圈住……

三妮　　(赌气地)我不管了,奶奶,我走了。(向进街里的路下)

歪把子　咱们也走吧!

奶奶　　头些会子差一点叫那……(说着同歪把子进入街内)

来福妻　你不到地里去呵?

中队长　今儿该我值日,还有点子别的事!

来福妻　探信的还没回来?

中队长　敢是快了。

二嫂　　来福呵,鬼子还在刘庄是不是?

中队长　还在哩!

来福妻　离咱们这儿还有个三头四十里子路呢。

二嫂　　说远也远,说近也近,反正队伍住在口上,给咱们守住了,咱们也就放心了。

来福妻　没有队伍也不怕噢。

二嫂　　怎么？

来福妻　你看，有咱们民兵中队长在这儿呢。

二嫂　　（笑）噢，可是，看你们小两口儿可真叫带劲儿，真是好对象噢！

来福妻　差不了噢！感情么还有一点，对吧？

中队长　调皮鬼。

来福妻　好，好，不说啦，咱们也干咱们的去啦！（妻退场）

二嫂　　来福，你真有福，有这么个媳妇可强来，嘴快，手快，能说会干，我要是男人的话，早就跟她结婚了，就轮不到你了。

中队长　（笑）看你说的，你们净夸奖她，她要自高自大了！

二嫂　　那可没有呵，咱们小组长可就不自高自大，你可别背后里编排人家。

中队长　我，我是怕她犯了！

二嫂　　噢，这么说还差不多

［歪把子从村内扛犁耙登场。

二嫂　　哟，歪把子，扛那机关枪的人也扛了犁耙了？

歪把子　哎，这可不是犁耙呵！

二嫂　　怎么？

歪把子　这呵，这是苏联式的"重机枪"呵！

二嫂　　噢，你倒会说……这机枪可不能打敌人哩！

歪把子　（肯定地）能！——你看，把地耕得好好的，麦子打下来——你忘了，咱指导员的话，一粒粮食就是一粒枪弹啦？有了粮食就能战胜敌人！

二嫂　　（笑）这可也说的是！……哎，听说上一回你不是一鬼子打死了五个梭子,哎——你不是一鬼子,哎,真是,一梭子打死了五个鬼子呵?为什么不多打他点子?

歪把子　多打点?他就只冲上来五个么!

二嫂　啧,真是神枪手!哎,你说说,那一会儿咱们村儿,不是给鬼子圈住了么?你们可到底是怎么一下子就把鬼子给打退了!

歪把子　这可一下子说不完,走了!这物件可比机枪还重,压得不好受。再说,去晚了,受了批评就比这还难受……对不起,再见吧,咱们有工夫再说吧。喂,中队长,有工夫收咱个徒弟,也教给咱埋埋地雷呵。(退场)

二嫂　真是好样儿的!

来福妻　(内喊)来福呵,来福,妈叫你哩!

来福　哎!(退场)

二嫂　噢,噢,小子睡着了,长大了也参加队伍去闹一闹!

噢,睡着了……(下)

〔一些战士们,群众愉快地哼着《子弟兵和老百姓》的歌,运谷子、玉茭子等过场。

〔来福妻携带推碾的家具及一簸箕玉茭子登场。收拾一下之后,开始推碾。缓缓地流动着田园风味的亲切的曲调。

〔少顷,银官儿织着毛衣上场。

银官儿　推碾子啦?

来福妻　噢,银官儿,你妈好点了么?

银官儿　好是好点了,可老是说胡话,一会儿"来了,来了",一会儿"来了,来了"。可把人吓得不行!

来福妻　上年纪了。

银官儿　可不是,上了年纪的人可经不住吓了,要不是那个大个儿兵把她给背出来，还不知道怎么着了呢，真亏了人家。

来福妻　真是，那时候眼看着鬼子就进了村了，枪"卡扣，卡扣"地响成一片，要不是队伍在后山上接了火，开了机关枪，掩护着咱，那早就没了今天了！

银官儿　可是，人家为了救咱们，不是说还伤了好几个哩！（少停）我告诉你呵——你看，我想说什么来？真是，到了嘴边上又忘了。

来福妻　什么？

银官儿　等等，别忙，让我想一想——

来福妻　想起来再说吧，我问你，你说八路军好不好？

银官儿　怎么不好？！

来福妻　怎么个好法儿？

银官儿　怎么个好法儿？这个……一下子还真不好说哩，嗯，我说不上来。反正我心里知道有那么个意思，你说吧，你说我听听，看一样不一样？

来福妻　叫你说么，我说！

银官儿　反正就是一个字儿的好，就跟一家子一样！

[《子弟兵和老百姓》的乐曲起奏。

[战士们背着庄稼过场。

来福妻　要不就叫子弟兵啦。

银官儿　哎，我说，我可想起来了，刚才忘了，我还听人家这么说——真是胡说，说什么八路军要走了，说什么边区也不要了，说什么……唉，那么一大套，咱真是记也记不清楚。

来福妻　你听谁说的？

银官儿　刘玉玺，他说他也是听人家说的。

来福妻　刘玉玺？哪个叫刘玉玺呵？

银官儿　就是头些会子从大庄子逃出来到咱们村的那个卖布的，个儿挺高，瘦瘦的，两撮小胡子，像个狐子……

来福妻　这都是胡说！他在哪里听来的？

银官儿　你看，他还拾了一些传单哩，他给了我了，你看！

来福妻　（念）"鸡鸭鱼肉丰富的北平市"，"决死一纵队之一干部"，"告匪区同胞书"……"可怜的"……这是些什么屁话，撕了它。（撕）他打哪里拾来的？

银官儿　谁知道他，他那些话反正我是不信的，明摆着、眼见着就不是那么回子事。

［战士与群众们交互过场。

银官儿　（接白）你看，我哥哥不是还在六团，他还叫人捎信来，叫我给他打一件毛衣呐。

来福妻　这都是坏家伙造谣！

银官儿　我说也是么。

［少顷。

来福妻　银官儿，你公鞋做好了么？

银官儿　早交上去了。

来福妻　抽空儿，咱们妇救小组该开个会了，讨论讨论咱们的工作，上一回区里来人说了一下，要多做些战时工作，好好帮助队伍，村里边就是抢收抢种，还有就是妇女气节的问题，就是死了，也不能随了敌人……事还多哩，抽个空儿咱们开开会，讨论讨论吧！

银官儿　行了。

［乐声停止。

[来福登场。

中队长 迷糊子还没回来？

来福妻 嗯！

银官儿 来福，敢不会出了什么事儿吧，你说呢？

中队长 没事儿，鬼子没动。

[村长登场。

村长 来福，我想起了一桩子事儿，你说咱们这粮食抢收下来（四面看了一下，小声地）得找个什么妥帖的地方坚壁才行呵？我是这么想，村里病人又不少，他们又不能干活，摆在家里可戗不住呵。

中队长 还是得分散坚壁！

村长 是呵，也得找个妥帖的去处，你看北沟那一块怎么样？

中队长 北沟不行，要是弄不利落，公家的坚壁看受了连累。

村长 噢，对了，上边来话了，说看情况怎么样，要再紧了，公家那些麦子和那些箱子什么的，要换地方。

中队长 不要紧，那地方，上一回鬼子去搜过了，没搜出来，一会儿半会儿地敢出不了岔。

村长 要是一有征候就得想办法，弄个措手不及就完了。

中队长 对……新收下来的粮食还是往西边找地方好，那一带目标不大，从来没坚壁过，地面又不小，分散也容易，动起来也方便。

村长 行了，就这么办，再往下去那一带也分配点，就更保险了。迷糊子还没回来？

中队长 敢是快了。

村长 看区里有什么指示吧！没什么新的问题，还是照老样子办，别的没啥，就是病人是个麻烦。上一回闹了那么一下子以后，人们在山沟里蹲了几天，就什么症候都出来了。几十口子病得离不了炕，这可真是个麻烦。

中队长　我看，抽空子找老韩咱们党内开开会，一些事再合计合计是吧？这个转移小组最弱，要组织得强一些，啰哩啰嗦，一个转移不了就完了。

村长　反正队伍在口上顶事大了，人们心里也舒帖得多了。

中队长　那是噢，可是咱们自己什么也要计划得到才行。至少要不连累队伍上，能单独行动才好，你看上一回为了往外撤病人，队伍上伤了仨。

村长　这是呵，夜儿个我还思谋到这一层哩……这游击小组不差什么了吧？

中队长　行了，人还略少点，武器还是缺。

村长　我看再多跟队伍上配合几回，就有个样了。

中队长　还不赖，人们情绪还热烈。打了几回游击，兴头可旺着哩。再加上前些会子，三连派人来上了几回课，人们都说是有了底儿了。

村长　沾，有了底儿就沾！你别说，小小不然地还能折腾一下子哩！我看这么着，要是病人有点子好了的，像大生子，黑妮子，碌碡子这一号的，都动员到游击组去，可挺妥哩！质量又强，你说哩？

中队长　行了，不用多，再有五六个就能顶一气了。

村长　行，来福呵，好好地干，武装这方面看你的了！

〔三妮匆匆登场。

三妮　哎，哎……二叔，二叔，……哎，来了，来了！

来福妻　什么事？

村长　怎么搞的？

三妮　　打那南梁上下来了！

村长　　谁下来了？

三妮　　鬼子，鬼子！

来福妻、银官儿　　鬼子？

村长　　不会吧？！

中队长　不会。

三妮　　就是，就是！

中队长　有多少，多不多？

三妮　　不知道，正往下下哩。

中队长　真的？

三妮　　（急了）我不管，反正我告诉你们啦！人们都跑了，你们快着点吧！我去叫我爷爷去了，爷爷，爷爷……

[三妮下场，刘玉玺登场。

刘玉玺　中队长，村长，好，你们都在。说是鬼子打南山梁子上下来了，村子里都乱了。你们游击小组跟队伍上快想些办法吧！这可没闹儿了，大天白日的就来了。不行了，跑吧！这一下子要真给鬼子捂住了就……（下，仍嚷着）鬼子来了，鬼子来了。

中队长　刘玉玺，刘玉玺！

[二嫂登场。

二嫂　　（向村长）小子他爹，情况又来了，你抱抱孩子，我把那东西背出来；不，给我孩子，你去——不，咱们一块儿去，快，快着点……

村长　　别瞎叫，你抱着孩子在这儿吧，我看看去。

中队长　（抽出枪）一块儿去！山头哨为什么不打手榴弹？

[村长、来福下场。

二嫂　　真是，你们说，才安生了半个来月，就，就又出事儿啦。

银官儿　我去招呼我妈，这个该死的又来了！（下）

来福妻　二嫂，别慌，队伍在地里呢。

［二排长、歪把子带着机枪，和五六个武装的战士登场。

歪把子　（端着歪把子）在哪里？在哪里？

二嫂　　说是打南山梁上下来了！

二排长　这真是奇怪，不要忙！（向战士）告诉第一排占领村北高地、三排到西面山上占领有利地形，快！

［战士退场。

二排长　（接白）走！上去看看。

歪把子　老乡，你们还是躲一躲好！

［二排长、歪把子及战士们下。

［退伍军人老张、老汉、三妮登场。

老张　　中队长呢？

来福妻　上去了。

老张　　变得真快，下地雷也来不及了。

老汉　　这狗日的，还真，还真，还真是想什么哩！看，你看来了！

［退伍军人老张掏出手榴弹。

三妮　　爷爷！

二嫂、来福妻　什么？

老汉　　你看，来了，来了……他们来了……

［村长、中队长、二排长、歪把子、侦察员、迷糊子、银官儿、奶奶，从通村内街上走回。

［王勇、刘三顺，及一部分战士、群众，从地里回来。

[其他人等从各处登场,有的带着包袱、篓子、担子,等等。

二嫂、来福妻 （看到是自己人来了,向老汉）看你!

村长 这是谁说的?谁说的鬼子来了?呵,这人们可都听着!咱们可是这么着,是不是?这战斗期间,人心不定,这可不是个事儿,可不能随便乱放空气,这不咱们队伍上二排长也在,是吧?这对社会治安方面可担着干系哩!咳,可不能不查问查问。到底是谁说的?

[众不响。

村长 三妮!"来了,来了……"你听谁说的?说!

三妮 （吞吞吐吐）奶奶说的!

老汉 看这老狗日的,你,你个眼真尖,你看见鬼子啦?鬼子给你通无线电啦?

奶奶 我可不敢胡说,也不是我看见的。我没看见,我要看见我就不说……不是!我就不说……不说是我看见的了么?你不知……

老汉 狗日的,别唠叨起来没个完,你说吧你,怎么回事?说!

奶奶 我是听她二嫂说的!她二嫂说,哎,打那南山梁上（向进村的路上指着）那不是,就是说打那山梁上……

老汉 住你的嘴吧!

村长 （对二嫂）你听谁说的?你!

二嫂 我听刘玉玺说的,这可也怪不着我!

村长 怪不着你?刘玉玺呢?

[少顷。

银官儿 （大声）你看见了吧!就是刚才吓得连话也说不出来的那个大个子,两撇胡的那个人,简直像个狐子。

来福妻　噢！

村长　不在呀！以后再跟他算账。就不兴这个，看见看不见的就见风是雨地乱噪噪，这还行呀。人们听着，以后没有手榴弹响，大家就安心干自己的活。这么惊慌失措，就叫同志们笑话了……哎，二排长，你说闹了个这，这真是叫人还……啧！不像话！

二排长　大家还是别慌，真有什么情况，听游击组的通知再动就好了，要不然，这么东跑西窜，真有了情况，非受损失不可！不管怎么样，要有秩序。

村长　是嘛！

迷糊子　人们是怎么闹的？我刚跟老张打山上下来，不一会儿村里就乱了，不问事由就乱了套了，随喊着不要跑——可跑得更欢了。

歪把子　这个，嗨，没问题，这算是来次演习吧，还有一巴掌地没耕完哩！

村长　都干活去吧！

〔战士和群众退场。

歪把子　（向老汉）老妖精，再来一个吧？（退场）

老汉　别，别来了，真叫败兴，（向奶奶）去你的吧，我那老奶奶！（向三妮）小姑奶奶，你们回去老老实实地去做后晌饭吧。

〔奶奶、三妮下场。

老汉　（接白）喂，老王，二排长！到我家吃点，回头来……

二排长、侦察员　不，不！

〔老汉等进入村内。

中队长　（向妻）推完了？

来福妻　嗯，（向银官儿）银官儿，来玩。

银官儿　好，我帮你拿点！（同下）

村　长　（向二嫂）你也回去吧，没"情况"了！

二　嫂　早知道，还用得着你说了，情况不情况的可也怪不着我！

村　长　怪不着你？怪我，行了吧？

二　嫂　我也没说怪你——我说怪你来，我说怪你来？你可倒是找了我来了，你……

中队长　以后注意着点就得了呗！

村　长　哎，算了算了，还生这么大的气，咱们回去再开检讨会去吧！哈哈，在街上这么嚷，也不怕同志们笑话！

二　嫂　检讨就检讨！

中队长　回去吧。

〔二嫂拭泪下。

二排长　村长，咱们谈谈吧！

村　长　谈谈，谈谈！哈哈……真是，你看屋里人这脾气，这真是……

二排长　村长，连长来信了。

村　长　怎么？

排　长　这不是侦察员来了么，今天咱们连接到上级的命令，喂，中队长，你也听听。

中队长　听着哩！

二排长　（小声地）是这个样，今天晚上执行任务！

村　长　那好，好。

二排长　除了咱们三连以外，还有一连来配合，还有呐——

中队长　还有咱们这个——

二排长　是呵，连长信上说，希望你们游击小组，再去配合一下，怎么样？

中队长　行，行，村长你说哩？

村长　可沾，咱们正愁武器不够使哩，赶明儿回来，还不得补充点子？

迷糊子　差不了呗。

中队长　是去搞刘庄么？

二排长　这个还不大清楚，到连上就可以知道了，那就这么办吧，队伍是在夜里十点钟出发，我看你们就在三星上了山就出发，先到我们那个村，然后咱们再向前运动，村里留下两个人放放哨就行了

迷糊子　中队长，我可得去呵，我还有个意见，咱们还是说走就走——吃了后晌饭就走呗。

二排长　不好，看暴露了目标，（向中队长）就那么办吧！

中队长　行了。

二排长　要保守秘密。

村长、中队长　没问题！

侦察员　排长，连长还说，战士们累了的话，就先提前回去休息，吃饭，地闹不完以后再闹。

排长　我看说话就完。刚才闹假情况的时候不到二亩地了。
喂，村长，那个刘玉玺我看要好好地注意咧，特务的活动相当厉害哟。

村长　是的！……你们真是太紧张了。

二排长　都是一样。这时候咱们辛苦一点。那好日子就来得快一点，对吧？

中队长　可是，……在咱们这儿吃后晌饭吧？

二排长、侦察员 不，不！

中队长 今儿早上推了点豆腐，没什么好吃的。

村长 吃了去吧，不远，三头五里的路，一迈腿就到了。

二排长 不。

村长 老王？

侦察员 不，不！

[《子弟兵和老百姓》的乐声起奏。

[文书登场。

文书 排长！

二排长 完了么？

文书 完了！要不有些人刚才耽误了那么一下，早就完了。

[全部战士携带武器、农具、庄稼，及群众等登场。

文书 （接白）哎，歪把子今天又坐了飞机了？

歪把子 哎——一般地说没……

众战士 ……问题噢！

众 （笑）

歪把子 （扛着机枪和犁耙）老太太，老太太！那位一说话就一扁担长的老太太哩？（众笑）老太太，还给你吧，你这个太够劲了。（众笑）这个苏联式的"重机枪"，你这个犁耙子，还给你吧！

[大家嬉笑着拭着汗，歇息着。

[奶奶、三妮、老汉及村内群众等登场。

歪把子 老太太，你把这物件闹回去吧！

奶奶 我说——

老汉 你别说了，你歇着吧！

二排长 注意了，大家把老乡的家具什么的，都收拾一下，物归原主。各人检查一下,别丢了东西。

村长　人们可听着,这不是同志们忙活了一天了,咱们谁家的东西谁扛回去,让同志们多歇一会儿——嗯,就是这吧!

群众　沾!

中队长　放着吧!同志们,咱们自己扛。

[战士及群众相互争夺,有的合扛着过场。

老张　没说的,我还是自己来吧,你们军民合作是俩人儿,咱们军民合作——一个人就包办了。

众　(笑)

[战士们陆续返回。

二排长　注意了,送完了东西整理整理军风纪,还是到来的路上那个土堆子上集合!快!

村长　同志们真是太辛苦了,这真是……

[战士们唱着,说笑着,陆续退场。

二排长　再见了,老乡们,村长!中队长!就是那样了……老乡们也该休息了,再见了!

老汉　有工夫可常来。

二排长　对,老汉,你歇着吧!

老汉　不累。

[二排长同侦察员退场。

文书　(学老汉作态)李翠莲今年才十七啊,哈哈……

老汉　哈哈……(作态)

[文书大笑退场。

[王勇碰老汉一下。

老汉　(向王勇)臭妮,你再唱一个黑头吧!

王勇　（仍然是黑头的大嗓子）哇呀呀呀……（退场）

二嫂　（笑）哟，吓着孩子，看这人儿。

〔王勇又返回。

二嫂　呀，（笑）又来了。（躲向一旁）

王勇　给我妈说，袜底纳好了，托人给我送去吧！

二嫂　行了，今天没去看看你妈？你妈说给你做好的吃呢。

王勇　可别呵，老是这样还行呵！

二嫂　你不去看看她呵？

王勇　早上刚去看了她，还看？

二嫂　我不是说你妈，我是说的她！

王勇　咳，你这家伙，就算是行了……（退场）

〔最后一个是歪把子，磕了磕烟灰，扛起犁耙往外就走。

歪把子　哎，同志，同志！

二嫂　（笑）哎，要把那苏联式的"重机枪"给扛走啊！

歪把子　你看看，没问题！老太太，还是我给你送回去吧！

　　　　（提起机枪，扛着犁耙）

众　　（笑）

奶奶　不，我说给我吧……

（幕闭）

第二幕

第一场

〔刘庄，敌寇临时据点内司令官住屋。

〔接近黎明的时候。一支燃烧着的铁筋军用蜡插在桌的一角。

〔用条石堆成的火盆内烧着一堆木柴。火势很烈，爆着火星，看得出是砸坏的木头家具。

［一武装日兵浴着猛烈的雪花在窗外敲打着沉重的脚跟。

［敌寇司令官在屋内焦灼而疲倦地来回踱着。

司令官　（向窗外日兵）放轻一点，你的脚，登登登，要我把你的脚砍掉么？

［日兵脚步放轻。

［少顷，参谋官登场。

参谋官　天快亮了，司令官！请你休息一下吧！

司令官　去联络的部队回来没有？

参谋官　没有。

司令官　我看是完了，完了。

参谋官　不会的，司令官，饭冢小队的岗哨位置很好，在山上……

司令官　一定的！夜里他们那边的枪声万分地激烈！

参谋官　可能是自己的火力！

司令官　自己的火力？自己没有那么强的火力！有五挺机枪在响，明白？不是一个方向！

参谋官　嗯，也许……

司令官　队伍派出去没有？

参谋官　已经派出去了！

司令官　没回来？

参谋官　没有。

司令官　看吧！……嗯，参谋官，这夜间的变化，你怎么估计呵？

参谋官　我，我想可能是土八路的扰乱。

司令官　土八路？

参谋官 是的。根据特务队的情报,八路已经逃掉了。

司令官 逃到哪里?

参谋官 这就不能够知道。

司令官 这就是那个不知道!明白?现在你知道了吧?他让你知道!你要想知道?他就不让你知道了!狡猾的东西。

参谋官 嗯,是的!

司令官 他那里至少有一个连的兵力(稍停,向外喊)喂!

〔一侍从兵入。

侍从兵 司令官!

司令官 火,烧起来!

〔侍从兵下。

〔司令官翻开军用地图。

〔少顷,侍从兵把一劈碎的油亮的小炕桌的桌腿、刨花、木板等放在火上,火噼啪地爆着,司令官坐近火旁。

司令官 我们的兵力太分散了!

参谋官 是的!

司令官 但是……还有很大的空隙!

参谋官 唔,唔。

司令官 把捉住的这一带的老百姓好好地审问。

参谋官 是的!

司令官 马上再派特务出去,本地人!

参谋官 好的,好的!

司令官 要彻底调查八路在什么地方,必要时,不必回来报告,白天发信号,夜间放火,通知各个部队,一起行动!

参谋官 好的,马上就去!

司令官 注意,没有八路,发现老百姓的地方也是一样,找到老百姓就不难找到他们，这些狡猾的鬼怪！

［远处枪声数响。

司令官　什么？

［又是几下枪声、人声、脚步声。

司令官　现在几点钟？

参谋官　（抽出短枪，将烛火吹灭）不要响，听听。

［窗外日兵作戒备姿势。

［少顷，侍从兵登场。

参谋官　什么？

侍从兵　报告司令官，两个民夫……

司令官　什么民夫？

侍从兵　两个民夫到河边去挑水，把看守的兵士砍死，夺去枪支逃走了！

司令官　捉回来杀掉！

侍从兵　已经过河，刚才他们还击几枪，山本军曹也被打伤了，据说可能是化装混入的土八路。

司令官　够了！去！把没有逃走的民夫杀掉两个，给他们看看！

侍从兵　是！（退场）

［司令官烦躁地在屋内来回踱着，发出唔唔的声音。

司令官　混蛋！老百姓也不能放过一个！（向参谋官）喂，把地牢的老百姓和民夫们彻底检查，把可疑的活埋了。青年们关在一起准备运走。五十岁以上的当民夫，去！

参谋官　是！（退场）

［这时外面在骚动，一个年老的民夫的声音："放了我吧，这和我不相干啊！"日兵的怒骂声，渐渐远去。

［司令官走至窗前遥望。在民夫被砍的时候，他满意而低沉地

说："好！……好！"接着是一阵冷酷的大笑。

司令官　要用更残酷的办法镇压，看吧！（疲惫地走入内室）

［少顷，侍从兵抱木柴及水壶上，整理散乱的东西。

［参谋官与一军官登场。

参谋官　司令呢？

［侍从兵进入内室，上。

侍从兵　睡着了。

参谋官　好的。（向侍从兵）喂，下去，叫你再来。（向军官）怎么样？

军官　万分险恶，完全出乎意料！

参谋官　怎么样？

军官　饭冢小队全部被歼！

参谋官　呵！

军官　昨夜三时许，有土八路配合的八路精锐一部，突袭饭冢小队警戒部队，激战两小时，饭冢小队全部战死。完结！

参谋官　详细情况是怎么样的？呵？

军官　不清楚，我们在六点钟赶到时，八路军早已逃窜，除了战死者的尸体以外，枪支、弹药已全部被掠去，后在石洞内发现头部受伤的饭冢小队长……

参谋官　他呢？

军官　在包扎创伤，详细情形可以直接问饭冢小队长。

参谋官　嗯，好。

军官　狡猾得厉害！

参谋官　什么？

军官　八路——他们把地雷埋在路上，去联络的部队，炸死了六个。

参谋官 好的，你的回去，呵，你们小队去代替饭冢小队到原地警戒，大大地注意！

军官 是！

参谋官 饭冢小队长，叫他来。

军官 是！（退场）

[参谋官进内室。

[侍从兵与包裹头部、吊着手臂的饭冢小队长登场。

侍从兵 等一下，我去看看。（下）

[少顷。司令官，参谋官先后上。

饭冢 报告司令，饭冢小队长遵命到！

[沉默。

[司令官怒目视之，小队长恭立，战栗不已。

[沉默。

[司令官突以酒杯掷小队长，落地。

[沉默。

[司令官慢步至小队长前，注视片刻，旋猛打其耳光，之后，司令官焦躁地来回走动，口鼻中发出"呃，呃"的声响。

饭冢 （颓然若丧，短刀落地）司令官……司令官，我，我……

司令官 什么？

饭冢 我，我，我知道我的罪过，但是我效忠天皇……我尽了最大的努力，士兵们全部战死，我也负伤……

司令官 第二分队夜里警戒被八路歼灭，什么道理？

饭冢 呃，昨天，我们在山上，风大！雪冷！黑夜了，八路没有，我们的高兴，下山，到了村里，烧火——暖和暖和，士兵们大大的疲倦，睡了！呃，枪响！自动火器，地雷，八路大大的，土八路大大的，我们，我们，大家全部壮烈战死，没有办法……噢，司令官，请不要忘了我的战功！我用我的手烧光了二十一个村庄，搜过三条大山，物资大大的，亲手杀死过一百零五个不忠于皇军的百姓，与八路作战……

司令官 够了！

[参谋官登场。

参谋官 情报和作战命令，司令官，形势变了！

司令官 （翻阅文件，狂怒，以拳击桌，伏案良久）

参谋官 叫他回去！

司令官 （注视着文件，看了饭冢一眼）拿出你的勇气，准备为天皇效死，用再一次的胜利来减轻你的罪过！你的回去！

饭冢 呃！（退场）

[司令官焦虑地来回走动着。

参谋官 司令官，你先安静一下……喝一点酒吧！（斟酒给司令官）

司令官 （接酒饮酒）八路的主力集中要向我们攻击，我们的兵队也集中起来，与八路决战！

参谋官 司令官，中将的命令，一定要把这山沟坚壁的几千石粮食和机器挖出来，这也是很重要的。

司令官 八路向我们攻击，搜山的没有办法，什么都没有办法。把粮食机器挖出来运走，也要先把八路消灭！

参谋官 我们不能很快地集中更多的兵队！

司令官 为什么？

参谋官　八路在治安区大大的活跃，堡垒毁了，八路打到城里去，火车都开不动了。

司令官　（苦闷狂饮）不能，我们不能被八路消灭……嗯，八路有多少？

参谋官　一个连，也许还多，还有土八路……噢，情报上说，八路集中主力，集中主力……麻烦了！

司令官　集中主力，对，我们的兵队还有多少？

参谋官　三百多！

司令官　好的！

参谋官　受伤的、生病的也不少，战斗力差了，差了！

司令官　没有关系，把李庄的警备队调来，够了！

参谋官　什么意思？

司令官　合击。

参谋官　八路在哪里不知道，往什么地方合击？

〔侍从兵登场。

侍从兵　司令官，昨天捉住的那个奸细要见你。

司令官　噢，对了，对了！叫他来的！

〔侍从兵退场。

参谋官　奸细！对了，问问他，知道八路在什么地方，我们的兵队能集中起来，那就好了！

司令官　好的！（喝酒）你来问他。

〔一武装日兵将刘玉玺带进。日兵退出。

参谋官　你的，八路？

刘玉玺　我不是八路，太君。

参谋官　不是八路？老百姓？

刘玉玺　太君，你别生气，我是……我是来……（掏东西）

参谋官　什么的干活?(拿出手枪)

刘玉玺　别误会,别误会!咱们自己人,这个的,太君,你看!

（给参谋官一纸片）

参谋官　真的?你的早说。哈哈,你我自己人,来得好,来得好!

司令官　什么?

参谋官　（将纸片给司令官）他是国民党——反共特务!

司令官　你的好。酒,酒!（喝酒）

刘玉玺　大太君!

参谋官　你的请坐,吸烟。

刘玉玺　谢谢!

司令官　（用日语）问问他八路在什么地方?

参谋官　八路在什么地方你的知道?

刘玉玺　知道,就在石岭子,我昨天才离开那个村,离这儿三十几里子路,上坡路,敢是顶四十来里地。

参谋官　还住在那里?

刘玉玺　还住在那里,正帮着老百姓收庄稼、种地哩!

参谋官　多不多?

刘玉玺　一个连!一是个什么团,……这个不知道,就叫三连!

参谋官　土八路多不多?

刘玉玺　民兵——噢,土八路,不多,十几个。

参谋官　你的都知道?

刘玉玺　都知道,太君,昨天袭击你们的就是那个三连!土八路也来配合的。噢,他们还捉住了你们一个特务。

司令官　好的,你的好,呃,还有什么?你的说!

刘玉玺　（拿出了一个小本儿）有,有,上一回特务队长跟我碰了一下头，他让我调查一下，那个……粮食是有，坚壁着有个万儿八千斤的，听说是还有重要的机器，也不知道是什么贵重东西，挺秘密，到底在什么地方，这个可怎么也打听不出来，反正就在那道沟里！还有……还有……这铅笔号码模糊了，看不清了……还有……噢，对了还有坚壁的病号，是干部……还有……

参谋官　都是真的？

刘玉玺　差不了，太君。

司令官　你的好，哈哈……（有些醉意）你的喝酒，八路消灭了你的做官！（走到刘玉玺跟前）哈哈……八路的跑不了？

刘玉玺　跑不了！噢，太君，八路天不亮就上山的，天亮了才到村子里去，要是半夜里……

司令官　你的领我去找八路，好不好？

刘玉玺　好的，太君。

司令官　（向参谋官）你的领我去找八路……好不好？

刘玉玺　司令官，你的酒吃多了。

司令官　没有，我没有吃酒，小孩，小孩……

〔侍从兵登场。

司令官　酒，酒。

〔侍从兵拿酒上，又下。

〔司令官与参谋官耳语之后，司令官在屋里蹒跚地走来走去，把酒洒在胸前，醉了。

司令官　八路，八路，八路！（向刘玉玺大叫）你的明白？

刘玉玺　明白！

司令官　你的不明白！（把刘玉玺抓住）你的八路？

刘玉玺　太君,不,我不是八路……太君,太君!

司令官　你是老百姓?老百姓也是一样,(以拳击之)八格亚鲁!

参谋官　呃!没有关系,司令醉了!

刘玉玺　打得好!大太君真有劲儿,没关系,自己人!

司令官　把他看起来!

[参谋官召一武装日兵入。

参谋官　(向日兵)把他看起来,优待优待。(向刘玉玺)你先去休息!

刘玉玺　是,是!(下)

司令官　(大声)喂!命令!明天拂晓向八路合击!合击!(大笑,狂歌)

[日兵小队长、侍从兵等登场,惊慌不知所措。

第二场

[刘庄,敌据点,村内广场。空旷的院落,正面后方有拆毁的房屋,露出鹿柴及铁丝网障碍物等。左方有盖着皮大衣的太师椅,椅后方有烧毁的半截土墙。

[幕启时,被捕群众正在被审讯中。司令官安坐椅上,椅后为侍从兵。饭冢小队长及日兵分布左右,刺刀闪光。台中,手持大木棍的参谋官,脚下倒着一个昏过去的群众。

司令官　(沉默,点烟)问他!

参谋官　司令官,他已经昏倒了。

司令官　冷水,喷!

[一日兵往病人面上喷水,病人醒。

病人　妈呀……

参谋官　说！

病　人　你可叫我说什么啊？咳，我是个病人，三月没起炕了，我是什么也不知道啊！

参谋官　（以木棍击之）不知道？

病　人　咱这么着吧，你们，你们就给我来个快的吧！……粮食，粮食给烧了；房子，房子给点了火……反正怎么着也是个死……

参谋官　你的不说？

病　人　（笑）来吧！这个你吓不着我了。（笑，扯开衣服）你们有的是刺刀，往这儿穿！给我个快的，我，我死了也念着你们的好处！

司令官　砍了！

〔一提刀日兵上前，将病人衣服剥去，丢向人群，众惊怖。

〔二日兵上前，将病人携起，病人狂笑，退场。

伤　员　（把落在自己头上的衣服扔开）混蛋！

司令官　什么？哪一个？

参谋官　（向伤员）什么意思？

伤　员　骂的就是你们！

司令官　问他！

参谋官　你什么人？八路？老百姓？

伤　员　看着办吧！

参谋官　你的受伤了？

伤　员　受伤了，怎么？

参谋官　你的八路？

伤　员　八路！

参谋官　好的！好的！你的受伤了，可惜，可惜！来来，吸烟，

吸烟！（给伤员一支烟）

〔伤员猛地将烟打在参谋官脸上，参谋官大怒，举棍劈头打下，血流下来。

伤员　　（狂呼）老乡们！老乡……（扑地）

〔一日兵提水往头上浇下，伤员渐醒。

伤员　　（长长地叹息）呵——

参谋官　你的队伍呢？

伤员　　哼，等着吧，他们饶不了你们！

参谋官　昨天来向我们攻击的是你们么？

伤员　　是我们！便宜了你了！

参谋官　便宜？

伤员　　就是没揍死你狗日的！

〔参谋官举棍欲击，司令官制止。

司令官　你是一个勇敢的八路。你只要告诉一件事情就放了你！你的看看，什么人是土八路，告诉我，没有关系！

伤员　　不懂什么是土八路！

司令官　民兵！

伤员　　民兵呵——他们都是！

司令官　都是？

伤员　　都是！民兵也是老百姓，八路也是老百姓，老百姓也是民兵，老百姓也是八路！

司令官　（向参谋官）打他，快！

〔参谋官举棍打伤员，被伤员夺过。

伤员　　来吧！

〔向参谋官打去，参谋官拔出手枪，将伤员击毙。

参谋官　拉下去！

[一日兵将伤员尸体拖下。

司令官 八格亚鲁！

[参谋官与司令官耳语片刻。

[司令官在人群前巡回片刻，将三妮扯出来。

三妮 （吓哭了）爷爷！

司令官 死了死了的！

三妮 （哭）爷爷，我不死，我不死！

司令官 （大笑）不要怕，小孩子，你很好！来，我问你一句话……不要哭，哭就死了死了的！（三妮止哭）你很好，我问你，你说！八路到了哪里？

三妮 （少顷）走了！

司令官 走到什么地方？

三妮 不知道！

司令官 你真的不知道？

三妮 嗯！我不知道！

司令官 粮食藏在什么地方？你知道？

三妮 知道！

司令官 你知道？好的！告诉我，藏在什么地方？你知道？

三妮 爷爷不叫我说。

司令官 你说！

三妮 爷爷，鬼子问咱们的粮食……

老汉 （起立）三妮！

司令官 （向老汉）八格亚鲁！

[一日兵用枪把将老汉打得蹲下。

司令官 你的说！

三妮 不！

司令官　为什么不说？

三妮　我不给你说！

司令官　为什么？

三妮　……你是鬼子！

〔一日兵欲刺三妮，被司令官止住。

司令官　鬼子好？八路军好？

三妮　八路军好。

司令官　（气了）为什么八路军好？

三妮　我哥哥是八路军！

司令官　你哥哥是八路？哪个是你哥哥？说出来！

三妮　我哥哥去打鬼子去啦！

司令官　（一拳将三妮击倒）坏了坏了的！

〔提刀日兵上前欲砍，司令官止之。

三妮　（哭叫）爷爷，爷爷。

司令官　（指老汉）你的出来！

〔一日兵将老汉拖出。

〔司令官将参谋的木棍拿来给老汉。

司令官　你是她的爷爷？好的，给你，来，打她！

〔老汉不语，沉思。

三妮　爷爷！

司令官　你的不听，（向日兵）准备！

〔提刀日兵上前。

司令官　一、二——

〔少顷，老汉将木棍拿下向三妮打去。

三妮　爷爷，你也这么狠？（哭）

老汉　（心痛地）三妮儿！

三妮　　爷爷，我要死了，给你……

老汉　　什么，三妮？

三妮　　奶奶的……针。

［三妮将针给老汉，倒地死去，老汉痛哭。

［日兵等狂笑。

司令官　打的！

老汉　　（伫立不动）……

［《子弟兵和老百姓》的乐曲起奏。

［老汉突然举棍向司令官击去。

［二日兵上前刺老汉，老汉大呼："歪把子！二排长！我再也见不着你啦，别忘了给咱爷们报仇！"随后倒地死去。

［众惊惧，浮动，日兵等向起立群众殴击。

参谋官　你们，说的，谁说的不杀，你们哪一个是干部？谁知道？

［众不语。

司令官　（向参谋官）把那个特务带来！

参谋官　刘玉玺？

司令官　呃！

参谋官　（向提刀日兵）去把昨天带路的特务带来！

［提刀日兵带刘玉玺登场。

刘玉玺　（惊惧万状）大太君！……

司令官　你的没用！

刘玉玺　大太君，这个不能怪我，昨天去合击八路，谁知道八路前天就转移了……饶命吧！太君，你放了我，我再去跟你侦察，下一次准会把八路合击住的！要是合击不……

司令官　不要说了！你的看看，里头干部的有？八路的有？

刘玉玺　行，行，行，这个行，哪村里的干部，我都认识……太君，先放开我吧！（日兵去其缚）

［群众浮动。

［刘玉玺发现来福等。

刘玉玺　哈哈，是你呵，刘来福——嗯，你老婆也在呵！八路没围住，倒围住了个土八路！报告太君！土八路大大的，那个是石岭子的民兵中队长，那个是他老婆——是个妇救会的干部。……她叫银官儿！那个是……呵，那是一个坚壁的干部，……别的没什么啦，都是该死的老百姓！

司令官　好的，土八路出来。（与参谋官耳语）

［《军民誓约歌》乐曲起奏。

［刘玉玺向前去拉，被刘来福击倒。

刘玉玺　你小子死到临头，还他妈的厉害呢！太君，他抗日工作最积极，他是个共产党，他老婆也是，可坚决啦！什么事我都知道，他跟八路的关系最好啦，八路叫他打游击，埋地雷……头两次八路来袭击，他都来配合啦！饭冢小队长的队伍被他消灭，蹬响了地雷，说不定——呃，就是他埋的！错不了！（向中队长）怎么着？这个不冤枉你吧？……太君，不信你自己问问他。

参谋官　（向中队长）他说的对不对？

中队长　对！

参谋官　好的，刚才的老百姓，死了死了的，明白？

中队长　明白！

参谋官　你的要死的，还是要活的？

中队长　（不语）

参谋官　跟皇军的做事不杀,享福,做官,金票大大的!你的八路大大的知道,你的说?

中队长　(不语)

刘玉玺　太君,粮食是他负责坚壁的,问他。

参谋官　粮食知道?领皇军去挖,挖出来,大大的给你!

中队长　(不语)

参谋官　你不说话,说!

中队长　八路军是子弟兵,跟老百姓是一个妈生的,粮食,粮食就是咱们的命!

参谋官　什么意思?

中队长　(不语)

参谋官　(以棍击之)八格亚鲁!

刘玉玺　我说,你想开点吧。

中队长　滚开!

刘玉玺　不听话,你可要后悔了。

司令官　(暴躁地)小队长!

饭冢　　呃,司令官!

司令官　这个土八路,你的杀掉!

〔小队长拔出战刀,凶狠地向中队长冲去。

来福妻　(跑上前将中队长遮住)不行,要杀先杀了我,来吧!

饭冢　　八格亚鲁!

〔饭冢将来福妻推倒,来福妻急速爬起,如前。

中队长　(向妻)你躲开,好好地守着孩子,我死了不要紧,会有人替我报仇的!

来福妻　(哭)我不,我不,来福!你死了我怎么活!来福……

中队长　别哭!有点骨气!叫他们笑话了!

饭冢　　（吼叫举刀如前）

银官儿　（嘶叫）救人哪！救人哪！（冲上前去）

〔群众惊惧，浮动，司令官开枪两响，将银官儿击毙。众惊呆。

司令官　（大叫一声）咳——！老百姓大大的坏了，通通的死了死了！

饭冢　　哈衣！

〔司令官，参谋官，刘玉玺，侍从兵等退场。

〔饭冢下令，日兵等将群众包围，逼迫群众后退。日兵等后退三步，持枪，实弹，瞄准待放。

中队长　不要怕，我们是边区的好百姓，我们死，也死得光荣！全边区的子弟兵和老百姓是会替我们报仇的！打倒日本法西斯野兽！

〔饭冢小队长发令，众枪齐发。群众等前后倒毙。

〔饭冢检视一过，整队退场。

〔夜，残月上升。

〔稍停。中队长苏醒，头部受伤，血污满面。慢慢坐起。少停，逐一检视死者，热泪夺眶而出……

〔脚步声，中队长假死。饭冢与一军曹上。

饭冢　　传达司令官的命令，加强警戒，并通知全体，休息备战，明天夜间奔袭小王庄。你的，大大的检查，检查！

军曹　　是！

〔饭冢匆匆下。

〔天空从鱼肚白色、有星，到日光出现、天亮。

〔军曹逐一检视死者之后，踏上石阶，向左方瞭望，少顷，中队长跃起，猛扑军曹，二人扭作一团，从石阶滚下，后，中队长将军曹步枪夺下，将其刺死，蹬上石阶，越过铁丝网，从墙上逃下，涉水而逃。少顷，枪声两响。

（幕闭）

第三幕

第一场

［景同第一幕。烧杀过后。启明星东升的时候。

［迷糊子在村口修理枪支，烤着一把木柴火。

［退伍军人老张登场。

迷糊子 谁呀？

老张 我！

迷糊子 这么早你就起来了？

老张 睡不着，刚才到山上去转了转。

迷糊子 碌碡子不是在山上放哨么？

老张 嗯，在上头。

迷糊子 没有事，是呵？

老张 白不咋。

迷糊子 老张，天也快亮了，不会有什么事了，有事也不要紧，人们差不多都在山上，一下子就扯起来走了，你还是找个地方去睡一睡吧……老张，中队长被俘了，咱们这游击小组就全仗着你啦，可不能再出事啦！

老张 咳！心里可不好受，眼看着热热闹闹、红红火火的一个村，一下子就给搞垮了！这个仇咱们得报呵！

迷糊子 干呐！

［长官儿登场。

老张 你下来干什么？不在山上待着？

长官儿　我来找东西。

老　张　找什么？

长官儿　妈说屋角上缸里还有点小米，叫我去找。

老　张　房子不是都烧了么？还找什么呀？

长官儿　妈说叫我把那烂木头、碎瓦片扒开来找……我找过一回子了，没找着。

老　张　没找着就别找啦。

长官儿　（哭）没有饭吃，夜儿个的饭是五子他妈给了个地瓜。今儿她也没有了。

老　张　长官儿，别哭啦！咳，这么着吧！你找到村里三妮她奶奶，找二嫂也行，她们给游击小组做饭哩，做好了找个家伙盛两碗去，你说我说的。

长官儿　咳……

迷糊子　你妈好一点吧？

长官儿　还是那样！

老　张　长官儿，回头天亮了，你叫你妈到村里找个有顶的房子，烤点火暖和暖和吧！别冻坏了。

长官儿　没有柴火。

迷糊子　什么柴火？剩下的那没烧完的烂木头、破门板、窗户棂的，捡巴捡巴还不够你烧二年的！

长官儿　嗯……（退场）

迷糊子　咳，这孩子他爹不是这回给打死的……哼！

老　张　真是不巧，三连会有任务转移了。

迷糊子　要是队伍在这近处，保管吃不了这么大亏。赶快回来吧！那天鬼子追着我跑的时候，我心里话，要是一拐弯就碰上自己的队伍就好了，唉……

老张　　看村长回来怎么说吧！我说迷糊子，队伍就是来不了，就是咱们这十几个人，也好好的拼一拼！

迷糊子　说起来，那会儿，要不是刘玉玺那个狗日的搞这么一下子，鬼子就会打后边那山梁子上下来包围村子呵？咱们就会吃这么大亏呵？他妈的，这种反共特务分子，我捉住这个狗日的，绝对轻饶不了他！

老张　　咱们警觉性还是不够哇，人家二排长还嘱咐过咱们，说叫注意刘玉玺，呵……别说了，咬紧了牙关好好干吧！

迷糊子　（弄火）我有一个打算，我早就这么想了。

老张　　什么打算？

迷糊子　你估量估量，咱够格不够格？

老张　　你说吧！

迷糊子　我想是反"扫荡"结束了，我去参加队伍——你看行不行？

老张　　没问题！

迷糊子　像咱这年轻力壮的小伙子，不参了加，让鬼子那么横行霸道，真是愧死呵！弄上一支三八式，带上一嘟噜手榴弹，咱他妈就碰一碰，干出个样儿地看一看，他别以为边区的老百姓好欺负……我，我是下了决心要参加队伍，痛痛快快干一下子！

老张　　好！

迷糊子　到时候你看我的吧！

老张　　好！迷糊子，今天来说，咱们游击小组把鬼子连炸带崩的，前前后后搞了有二三十个了。

迷糊子　早着呢，绝了他的种也解不过这恨来！

老张　　好好干吧！

[日光出现。

迷糊子　呃！天亮了呵！我上山头上去看看，我看你还是休息吧！

老张　不，我等等村长他们，提去的人也没个下落，情况也没搞回来。迷糊子，咱这么着，夜儿个我和村长商量好了，要再没什么下落，今儿晚上咱和咱们边乡的游击小组配合起来碰一下看看，试巴试巴，弄好了许把他们救出来，弄不好，也总让他们知道，咱们没忘了他们！

迷糊子　沾！

老张　我再上去瞭瞭。

[迷糊子退场。

[二嫂登场。

二嫂　嗳嗳，可好啦！告诉你老张，三连那个侦察员老王，臬妮，还有那个文书他们来了。

老张　真的？在哪儿？

二嫂　那不是来了？刚才把他们吓了一跳，影影绰绰地看见几个人从那边过来了，人们还当是什么呢！真没想到会是他们来了，许是队伍快回来了！……嗯？老王，王同志，来吧，到这儿来吧！

[侦察员老王、王勇、文书等登场。

侦察员　咦，老张你在这儿啦？

老张　嗳！来啦？好不容易呵！

王勇　这村完全变了样儿啦，要不是走熟了路，真还不知道该朝哪里走哩。

老张　来烤烤火吧，坐下歇歇脚，刚才还念叨着你们。就你们仨？队伍呢？

文书　　后边呢。

老张　　咱们队伍上怎么样，这次的任务？

侦察员　歇一会儿慢慢说吧！

王勇　　村长哩？

二嫂　　村长下去啦——区里来人开会哩。

文书　　那个谁哩，中队长哩？

老张　　咱们这村给鬼子搞上了，你们还不知道呵？

侦察员　那是知道啦，昨天从那边一回来就听区里人说啦，都是搞走了哪些人，伤亡多不多？

老张　　咳，连死伤带抓有二三十口子。

王勇　　中队长给抓走啦？

二嫂　　可不是，还有他媳妇，三妮，三妮他爷爷，银官儿，大生子，七十子，那个生病的王合，小柱子他爹，多了，抓走了有十七、八个哩！

王勇　　呵，他们都被抓啦？

二嫂　　可不是，噢，还有那个放羊的小九子给打伤了，（向退伍军人）噢，对了，小九子他刚才给我说叫村长或是找你想法讨换点药止止痛也好，脚都不敢挨地了。

文书　　打了哪里？

二嫂　　打了腿上，万幸的是没伤了骨头。

文书　　这不要紧，回头找咱们卫生员给上点药，包一包。

侦察员　你们可到底怎么搞的噢，呵？

老张　　是这么回事，这个，你们是大前天转移的吧？你不是还来了一趟告诉咱们，说是你们要去执行任务，叫咱们注意刘庄的敌人和东边这几条路，加强侦察警戒，给下边几个村取好联系，要是有了情况把老乡们往西边靠是不是？咱们也做了……

王勇 那怎么给鬼子"合"了？

老张 这里边呵，有这么几个缺点，就要了命了呗，一个是，这个侦察警戒不彻底，放哨放得近，另方面这个人哪不够用，这是一；还有第二个方面呢，人们总觉得鬼子不会来，从半个月以前你们打了那么一下，鬼子一直没来，鬼子又造谣，要退呵要退呵的，这个人们就太平观念了；再一个就是锄奸工作差劲！那个刘玉玺你们知道吧，那家伙是个国民党，给敌人一鼻孔出气的反共特务分子，在这村住了些日子，前天一早就是他领着鬼子从后边那山梁上——就没走正路这么来的，还是来福先看见的，打了两个手榴弹我们才知道不好了，来福这中队长真强啊，他带着几个游击组在路上打枪挡着鬼子，一面打一面喊叫，叫人们快走，后来鬼子包围了村子，把他也给俘虏了。

侦察员 这真是想不到！

王勇 真他妈的！唉，好呵，这又是一笔债！

二嫂 咱们队伍这一回出去执行任务可怎么样呵，讲一讲吧？

侦察员 叫文书来讲吧，他讲得好，你听他的。

文书 我不讲啦，我那个高兴劲一点也没有了，本来我预备把这次的胜利详详细细地给老乡们讲讲，让大家高兴高兴，咱们再看老妖精给咱们表演一段，咳，这一下，老妖精给抓走了，我还跟别人抢了一盒罐头——摔了好几个跟头，预备送给三妮的，这一下三妮也给抓走了，啧，咳，我一听到说是敌人合击了石岭子，我不知道怎么闹的，好像犯了一个什么大错误似的，提心吊胆的心里一个劲儿地跳，谁道就来了个这！（拿起罐头，扔到地上）去你的吧！

侦察员　这是干吗，文书？这么感情哩！别说是被俘虏了，就算是牺牲了吧，这个革命斗争还能不流血呵，要难过谁都难过，一家人似的那么红红火火的，弄得你死我活的，总好过不了，是不是？不能这样的！

文书　算了算了，我也懂的这一套！

王勇　这都是鬼子狗日的搞的，同志！

[小九子登场。

老张　怎么不待在屋里，还下来干什么？

小九子　疼得不行，听说来了几个同志，噢，我来找他们。

侦察员　打了腿的就是他呵。

二嫂　就是他，赶着一群羊往山上跑，给鬼子的机关枪把腿打了两个窟窿。

文书　来，我看看。

小九子　给咱点药吧。同志，比刀子扎的还疼哩，哎哟……

文书　（拿出了一个救急包给小九子白扎）给你换上这个，用这个来包吧，没伤了骨头是吧，包上这个进不去脏了，等卫生员来了才行，他有药一会儿就许来了，绑得紧吧？

小九子　嗯。

文书　咱再松一点，不，还是紧一点好，血就不往外流了。

小九子　咳，同志，我的一群羊都没了。鬼子赶走了，赶到刘庄去了。

文书　咱们去夺回来，不要紧。

小九子　不行呵，鬼子可凶啦。

文书　　凶？鬼子凶，我告诉你呵，你知道我们队伍去干什么去了吧？

小九子　不知道。

文书　　咱们去执行任务，知道吧？就是去打仗哩。那一天咱们队伍开走了，到一个离这儿有大半天的路的地方，叫八里沟，上级给的任务，叫咱们队伍配合另一部分在那儿打埋伏，打鬼子的增援部队，到了吃晌午饭的时候，鬼子来了，咱们的机关枪一响，你知道咱们那个叫歪把子的吧……

小九子　大眼，长得很粗实，走起路来一愣一愣的。

文书　　对啦，就是他，他打的机枪，一下子就把鬼子给打散了，打得哇啦哇啦地叫啊，驮子也跑了，鬼子也散了，队伍那手榴弹就像下雨一样地往下扔，可鬼子一点都不凶，冲也冲不上来，跑也跑不了，一大半子打得他伸了腿，后来咱部队冲下去，消灭了三十多个鬼子，得了一挺机枪，二十多支三八大盖，得了不少的子弹，驮子上的皮大衣，罐头，你看！（把扔了的罐头又捡起来）这样的吃的东西可多哩。一会儿他们来了，你问他们吧。要是鬼子赶着你的羊走，叫队伍碰上一打，还不就把羊给你打下来了……

小九子　那就好了，真是把羊给打回来，那就是我死了心里也好过了！要不，打死些鬼子也解解恨！

文书　　对了，你敢不敢打鬼子？

小九子　腿好了啊，给你们在一块打，那敢！

文书　　好，哎，张玉文，咱们打的那一部分鬼子是往刘庄去的是不是？

侦察员　就是！

文书　（向小九子）回头，见了老乡你给他们讲讲呵！

小九子　行了……我吃饭去了，卫生员来了我再找他。

文书　不用了，回头我叫他去找你去吧，你走路不利索。

小九子　不，他找不到，房子烧了，也看不出个门儿来了……唉……我在街里等他吧！我叫小九子，羊倌儿，羊司令——咳，咳，咱这司令没有羊了，那羊叫鬼子给赶走了……唉！

文书　别难过了。

小九子　唉，同志，鬼子要咱的命，八路军可救咱的命呵！

文书　别说这个了，咱们是一家人呵！

［小九子退场。

文书　火车头，走，咱到街里去看看去，慰问慰问老乡们，再把咱们这胜利的消息向大伙讲一讲。

王勇　走，也别忘了调查灾情向上级反映。

侦察员　哎，想法烧点水，一会儿队伍来了喝，别跑得太远

［文书、王勇退场。

老张　老王，咱们游击小组们正思谋着去闹一下，也敢许把他们给救出来哩，嘿，你们这一回来，可对付啦！

侦察员　告诉你呵！别忙，瞎子磨刀——快了。

老张　什么快了？

侦察员　咱们要像样地搞一下了。

老张　搞刘庄。

侦察员　差不离，这一部分鬼子不多，抢东西最多，杀人最狠，听说别的队伍已调动好了，说不定哪天就干了。

老张　那好了，咱们也算一份。

二嫂　　哎哟，那可好了！刘庄这鬼子作践人真够受的了，可要好好报报这个仇，要来就快，别让鬼子跑了。

老张　　队伍回来住哪儿？

侦察员　小王庄，连长叫先来看看老乡们到底怎么个情形，有什么困难咱队伍上能解决的就尽量地帮忙，反正这都是自己的事。

老张　　没啥，心眼窄的，或是伤亡了人的情绪略差一点，大伙最大的问题是粮食和棉衣裳，愁着几个月的春天没法儿过，哼，房子也是个问题……今天来说，别的没啥，大伙想着赶快把鬼子打出去就好了。

侦察员　有办法，什么困难也吓不住咱们！回头我给连长反映反映，眼下的困难咱们想些办法，咱们队伍上不是早就有上级的指示节省粮食救济受难的老乡们，咱们也节省了不少了，听说政府也早定出了些救灾的办法。军队呵百姓呵都是一家人，什么事都好办。将来的办法可多啦，听说报纸上登出了中共中央的指示，要搞一个大的生产运动，说是那个搞好不光有吃有穿，连抗战胜利还有着更大的保证咧！

二嫂　　说的是么，什么时候说什么话，这可比不了太平年月。

侦察员　对……哎，老张，咱们到山头上去瞭望瞭望吧！

老张　　行喽！（向二嫂）村长回来告诉我一下。

〔退伍军人及侦察员老王退场。

二嫂　　怎么回事，刚黑天就去了，到太阳出来老高还不回来，人们也快部下到村里来了，事又多，都等着他哩，可就是回不来，看出什么别的事，不就又麻烦了吆？

〔奶奶抱着小孩登场。

奶奶　　她二嫂，她二嫂，你抱抱这孩子吧，给他吃吃吧，你看我忙忙这个，动动那个，什么也忙活不好，没有心了，给游击小组的饭也还没做好，刚把碾子推完了……你会跑到这儿来，一说话就是大半天也不回去，噢，那个小长官子在那儿烧火哩，那湿柴火也烧不着，她二嫂，刚才那几个兵呢？

二嫂　　到村里去了。

奶奶　　那个穿便衣的探子老王呢？

二嫂　　到山头上去了。

奶奶　　他们不就走吧？

二嫂　　还有一会儿才走哩。

奶奶　　你看，真是没有心啦，想着问问他们，知道不知道三妮和她爷爷的下落，可就忘了……你男人还没回来啊？

二嫂　　敢是快了。

奶奶　　你说他爷儿们就没个下落了么？就没个信儿么？她嫂，你说还有点指望么？

二嫂　　等小子他爹回来就许有个准信儿了！

奶奶　　我没有心了，心给疼死了，咳……这简直就是井里捞针呵，我看是没有指望了，噢！

二嫂　　大娘，别难过，说不定他们还会回来的！

奶奶　　咳，都回来就好了，可替我打听着点，是死是活也弄个明白。

二嫂　　大娘你放心吧，不会出事儿的。

奶奶　　她二嫂，要真是摊上了事儿可也是没法，死的人多啦，也不光咱呵，还能怎么着，咳……

二嫂　　大娘，先别净想这些事啦，到什么时候说什么话，走，咱们去做饭去吧。

奶奶　咳,可是,村长回来呵给咱想个办法,没得吃啦,我那点粮食都给鬼子烧啦,剩下的那点儿枣也光了……

二嫂　不要紧,跟游击小组一块吃。

奶奶　跟游击小组一块吃,游击小组也快吃不上啦,大伙也凑不出来啦,谁家里还有多余的粮食?

二嫂　对,我告诉他,小子他爹也说啦,有粮食大家先吃着,谁饿着也得想法。

奶奶　嗳,真是造化呵,队伍来了就好了……我说他二嫂,咱可不是落后,对吧,要他爷儿们真有个三长两短,这可不是什么别的——这是那人呐,这是那亲骨肉呵!

二嫂　走吧!

奶奶　头些天多么红火,热烘烘的像火一样,这两天就像下雨天烧的那湿柴火,怎么着也不起火苗了。

二嫂　大娘,你等着吧,火苗就快起来了!

〔二嫂、奶奶退场。

〔一部分群众从山上下来,过场。

〔迷糊子登场。

迷糊子　呃,老张,老张,像是咱们的队伍来了。(下)

〔退伍军人、侦察员过场。

老张、侦察员　咱们队伍来了!

〔《八路军进行曲》奏起。

〔文书、王勇过场。

〔群众等登场:"队伍来了,好了!""队伍来了!"大家又高兴又痛楚地叫嚷着过场。

〔奶奶及二嫂抱着小孩过场。

奶奶　　好哇，可来了，来了，到了河滩里啦，那不是那个扛着犁耙说是苏联机枪的那个兵是吧？是他，是他……

二嫂　　大娘，快点走。（下）

〔小九子一人登场，在台阶上伫立不动，眼泪滴滴流下。

〔外边传来战士群众呼唤姓名和招呼声音，骚动，热烈。

〔文书登场。

文书　　小九子，你在这儿，来，卫生员正忙着给老乡看病哩，药我拿来了，我会治，我也挂过花，来……

〔歪把子和奶奶登场。

歪把子　大娘，你可好哇？

奶奶　　好，哎——你们来了就好哇，我说同志，我这老命差一点送了里头啊，唉……

歪把子　没问题，我说大娘，这个鬼子呵是兔子的尾巴长不了，越闹越凶，就越完得快，咱们跟他算老账的日子快到了……

奶奶　　真叫那狗日的给折腾地够受的了。

歪把子　不怕！有什么困难，咱们都能克服。

奶奶　　把狗日的打出去就好了。

歪把子　快了！

〔这时文书给小九子包好，小九子退场。

奶奶　　哎。

歪把子　给你这个，老太太。（拿出两盒纸烟）

奶奶　　什么？

〔文书登场。

歪把子　两盒鬼子烟卷儿，上一回你那老伙计不是说叫我给他闹两根抽抽么，老太太，前天咱们打了个胜仗，烟卷得了不少，咱只要有了不在乎，给他两盒……刚才我在人空子里找了半天没看见他，等他回来你给他吧！

奶奶　（哽咽）我说那同志，这可叫我说什么噢，唉……

歪把子　大娘！

奶奶　哎……（哭了）

文书　喂，歪把子，你来。

歪把子　什么？

文书　（小声地）老妖精和三妮给鬼子抓走啦！

歪把子　真的？

文书　咳，人也抓走了，房子也烧了，粮食也抢了。

［歪把子看着手里的两盒纸烟，痛苦地哭了。

文书　老太太，别什么了，你看咱们弟兄也还不都是一样的难过么！

奶奶　嗳！（擦擦眼泪向歪把子）那同志呵！（自己仍然是很悲凄的）你可别这样……嗳！（哭了）

歪把子　老太太，这烟给你，你带着吧！

奶奶　对，我带着……这是同志们的心呵，嗳……

文书　老太太，这里还有一盒罐头，是我给三妮儿的，你也拿着吧！将来得了大胜利，还送她好东西哩。

奶奶　唉，不知道那孩子有没有这个福呵！

歪把子　大娘，只要出不了事，咱们设法把被抓的那些人们给救出来，要有个好歹，这个仇是非报不行，咱们子弟兵和老百姓是一家人，都是边区的，就跟一个娘的孩子一样。咱们人多哩，大伙联合起来，没有办不成的事。

奶奶　同志呵！（向歪把子）拿着那机关枪，把鬼子可往死里打呵，给他打得一个不剩呵！

歪把子　这个差不了。

［战士群众讲说着过场。

［二嫂子登场。

二嫂　大娘，咱们去干咱们的吧！

奶奶　好吧！

歪把子　大娘，你去忙吧。

［二嫂、奶奶退场。

歪把子　文书，咱们这次回来，我看是又有战斗任务了。

文书　嗯，等着吧！快开动员大会了。

歪把子　咱们也不用开什么动员会了，眼前摆着的这些事就把咱们动员起来了！好好的村子看烧得个七零八落，人杀的杀，抓走的抓走，老百姓的粮食不是抢走了，就是喂了洋马，棉衣裳烧得这里一堆那里一块……老百姓辛辛苦苦一滴血一滴汗挣来的家当，鬼子一下就踢蹬了，谁看到谁不恨，谁不气！要不坚决地干，不报这个仇，我就没有脸活着见人！

文书　没有别的话说，还是跟鬼子火线上见呵！

［王勇、枪榴弹登场。

王勇　对，咱们给他火线上见，刘庄这些鬼子是非好好收拾他一下不可，妈的，把他消灭了也出不了这口气！

枪榴弹　刚才我到了咱们那个班原住过的那个院里去看了看，那房子不是也烧么，那个七十子他爹呵，一个人儿在那个烧坏了的破房渣里，扒拉扒拉这里、扒拉扒拉那里，我心里话，我看他找什么……一会儿找出了一个"门链吊"，一会儿又扒出了几块破锅片，一会扒出了一个破铁壶，他嘴里一个劲儿地咕噜，你猜他说什么？

文书 说什么？

枪榴弹 我仔细一听呵，我掉泪了，他说："我都把你找出来交给公家，多造些地雷，炸个狗日的！"咳，真叫他感动了！

〔少顷，侦察员老王的声音："文书，卫生员叫你去帮帮他的忙，给老乡看看病。"文书："在哪里？""河滩上，快来呵。"

〔二排长，退伍军人，迷糊子及游击组员们，一小部分群众登场。

二排长 对了，就是这么个问题，要想搞得好，非多参加几次战斗，非多实地锻炼几次不行，讲些问题是有用，光靠讲就不行。

迷糊子 对，头些天咱们游击小组不是也配合过两回了，再干几回咱们就更有底了，更有经验了。

二排长 什么时候情况比较缓和一些，咱们还可以抽时间谈一谈的。

老张 二排长，最近是不是有战斗任务呵？

二排长 这个……等连长的命令，连长到团部去开会去了，反正过不了两个钟头，不是有信来，就是连长自己来，看怎么干吧！

老张 咱们还是配合配合，咱们游击小组人是不成问题，比以前扩大了。

迷糊子 队伍要是不来，咱们这游击小组，还想自己去干一下试试呢，干一下也许把来福他们给救出来哩。

二排长 不过，这个也不能一下子冲起火来，说干就干，有计划地去搞是没什么问题。

歪把子 迷糊子，赶明儿个我扛着歪把子，你扛着地雷，咱们俩去闹一下子去。

二排长　你两个就去呵？

歪把子　看你二排长，去是想去呵，翻四道山梁下去就到了，一般地说两人是不沾呵，可是劲儿一上来，那真是不成问题了。

[二嫂登场。

二嫂　（向老张）还有谁没吃饭呵，锅里还剩下够少半锅哩。

老张　都吃了吧，噢，给村长留着吧，呃，那个小长官儿——

二嫂　噢，给她盛了一瓢，够她娘儿俩吃的啦，真的，是怎么这位村长还不回来，快晌午了。

[村长及两个民兵并多数携带地雷的游击组员登场。

二嫂　哎哟，你可回来了。这个事那个事都堆得快比山都高啦，唉……那个给鬼子抓去的来福他们，到刘庄后有没有个什么准信呵？

村长　（不语）……

二嫂　这是干什么，这是？

二排长　村长，有些什么消息呵？

村长　（摇头不语）……

老张　来福怎么样啦？抓走的那些人们到底怎么样了？

村长　[向老张望了一眼，不说话……

[奶奶拿着罐头和纸烟及一部分战士群众登场。

奶奶　谁来啦，谁来啦？啊，我看是谁来啦？起来，我看看是谁来啦？（失望地）噢，这是村长呵！噢，村长，你说我那！三妮和她爷爷到底是怎么样啦，说吧！你——

村长　（叹息）唉！

[群众等挤向前来问长问短。

二嫂　（急了）看你，有什么话不痛痛快快地说，人家都直着耳朵等着你开口哩!还不痛痛快快地说,说出来咱们大伙好放了心。

村长　　(突然地)放了心!放了心!这就放了心啦!

[大家不安地浮动着,有的窃窃私语。

[沉默。

村长　　二排长,连长叫我给你带了个口信儿来,说叫队伍还在这儿等一等,马上有什么事儿,再派通信员来通知你。

二排长　对……村长,就是有什么为难的事,反正迟早总得讲出来,你就讲吧,别让大伙发急啦!

村长　　咳,咳,先说这个吧,咱们村里不是受了很大的损失吗?我去区里开会的时候,上级传达了政府的救济办法,关于伤亡的人呵,烧毁了的房子呵,损失了的粮呵,政府早有了详细的规定了,这可是一点问题都没有,成问题的就是咱们捉去的那些人呵,可真没闹了,来福他们,我听一个从刘庄跑出来的民夫说……

众　　　(恳切地问)呵?是不是……

村长　　民夫说石岭子被捉去的老乡们,统统叫鬼子打死了。

[大家被这消息惊呆了,悲愤的情绪笼罩着战士和群众。

村长　　我们要报仇呵!

[死者的家属都落下了泪。奶奶呆住了,嘴嚅动着,像在轻轻地说着什么。

[沉默。

长官儿　(惊呼)那是谁?

众　　　(纷纷惊呼)谁?谁?谁?……

长官儿　那边,一个人来了。

二排长　大家不要动,看看后边有人没有!

二嫂　　是他！

老张　　谁？

二嫂　　来福！

众　　　来福？来福？来福？

村长　　是来福不？

〔大家慢慢地向后转动。

老张　　对了，是他！

〔中队长登场，大家被他痛楚而悲怆的表情慑住了。

〔中队长不发一言，不动一步，默默地像是从回忆中在熟悉每个陌生的面孔一样向大家然地看了一遍。二排长在他近前，他向二排长注视了片刻——这时从他的回忆中带来了清晰的声音：

〔病人：发出临死前的惨笑声。

〔三妮："爷爷，我要死了。"

〔老汉："歪把子，二排长，我再也见不着你啦，别忘了给咱爷们报仇！"

〔来福妻："来福！来福！你死了我怎么活？！"

〔银官儿："救人哪！救人哪！"

〔他激动地捉住二排长的手，带着祈求饶恕和祈求援助的悲苦欲绝的音调吐出了一句："二排长！"他放声地哭。

众　　　（悲痛地）来福！来福！

〔这时奶奶手中拿着的罐头和两包香烟落在地上。

中队长　（跪到地上号哭）他们都叫鬼子杀死了，我一个人逃出来，我对天发誓，我要不报这个仇，我不是人生父母养的！

〔《八路军进行曲》起奏，激昂，悲壮！

中队长　（突然起立）二排长，鬼子要合击小王庄，这个秘密消息,是我刚逃出来听说的,鬼子今天晚上出动!

二排长　真的?

[一通信员迅速跑上。

通信员　敬礼!报告二排长,连长和团长的命令!

[大家从悲伤的情绪转为紧张的战斗情绪。

[《八路军进行曲》乐曲高昂,雄健,嘹亮。

二排长　(迅速地看完了命令,严肃而坚决地)好!(向通信员)你马上跑步到小王庄二连,告诉他今晚敌人要袭击小王庄,刚才的命令,要他们准备打伏击,团部的命令都写好了,你带给二连长叫看完了烧了,你告诉他我们三连晚饭后就向前推进!联系的信号不变。

通信员　是!(迅速跑下)

[二排长把中队长来福、老张、村长召到一旁,轻轻地说明今夜战斗部署,要民兵配合。中队长、老张、村长皆兴奋鼓舞。

[中队长在人群中把武装的民兵们召集起来,宣布向敌人袭击等,众欣喜欲狂。

[二排长招手将歪把子、枪榴弹、王勇、侦察员、文书召集起来,一切如前。

中队长　二排长,我来领路,到刘村里的路都记住了。

二　嫂　你受伤了,在家里歇歇吧!

中队长　不,我能走!

二排长　队伍到原来休息的地方集合!文书,你把药分一些给病号老乡们。村长,你们没有粮食吃,可以把咱们先坚壁在你们村的粮食取出一部分来救救急,以后打条子给我。乡亲们,大家住在一起,吃在一起,有什么困难大家共同来解决吧!刘庄见,来福,你们也出发吧!

〔二排长及战士等下。

中队长　民兵集合！

〔大部分男群众都站出来了。

中队长　立正！咱们的子弟兵领导着咱们老百姓去复仇，去消灭敌人！我们民兵要向子弟兵看齐！坚决勇敢，不怕牺牲，把鬼子消灭了，把帮助敌人破坏边区的反共特务分子刘玉玺消灭了！我们一定要胜利！出发！

〔其余的群众及妇女目送民兵们离去。

第二场

〔刘庄，敌临时据点之一角。右后方是砖石堆成的掩体，左后方是拆毁的房屋，凌乱而破落，一石条的台阶通向后方。

〔夜。从断梁的空中透过天边的残月。

〔更鼓三响，《恶魔之梦》起奏。

〔松井与龟田在掩体后向前方窥探。良久，龟田在场沉重地走动着，像在搜索着什么。

松井　（突然）哪一个？

龟田　什么？（赶上前去）

〔注视片刻，伫立不动。

〔良久，饭冢小队长登场。

饭冢　（登场良久不语，之后）呃，你们……

〔松井仍向前方探视，龟田转身立正。

松井、龟田　哈衣！

饭冢　我们的队伍出去了，呃，去合击八路，这里的人，少了，少了！

松井、龟田　哈衣！

饭冢　要大大的注意！这里，留下了一个小队，八路来了，不

　　　　好办！

松井、龟田　　哈衣！

饭冢　　你们的要小心！不计距离，只要发现有人——开枪！

松井、龟田　　哈衣！

饭冢　　完了！（退场）

［沉默片刻。

龟田　　（笑）哈哈！

松井　　你笑什么？

龟田　　我笑，我们好运气！

松井　　好运气，什么好运气？

龟田　　我们留在这里，我们是好运气，他们去合击八路，不知道多少人回不来的，你的明白？

松井　　明白……我们要大大的注意！

松井　　呃，有人。

龟田　　哪里？

［松井开枪射击二响。

［松、龟从掩体后向前方窥探。

［少顷。

［侦察员及枪榴弹、王勇，从台左方破墙隙中探出头来，枪榴弹、王勇枪击之，松井倒毙，龟田急速逃下，侦察员、枪榴弹、王勇冲入村内。

［枪声继续、渐紧，三个鬼子汹涌冲上，出现在台阶上。

［枪声数响，鬼子倒毙。

［机枪声大作。

［二排长带领歪把子等一部分战士及游击组进至台上，机枪打来，战士等卧倒，做战斗姿态，准备射击。

［通信员登场。

通信员　二排长！二连一个排从村北攻进来了！

二排长　好！

通信员　咱们三连一排从西边也攻进村了！

〔枪声大作。

〔通信员退场。

〔侦察员从村内登场。

侦察员　报告二排长，二连两个排已从村东攻入街心。我们已打开了一个地窖，一些老乡给我们放出来了。

二排长　好，把老乡们赶快转出村去！

侦察员　鬼子被我们打乱了，大部分退到一个大院里抵抗，连长的命令叫坚决进攻！

〔这时一部分鬼子自村内冲出。

二排长　好，同志们！跟我来，冲！

〔二排长及战士们把鬼子击退，冲入村内。

〔有几个战士死在断墙上，一个受伤的战士挣扎冲入。

〔少顷，群众将死者抬下场去。

〔战斗愈烈，枪声、手榴弹声大作。

〔少顷，一负伤游击组员自村内登场，一战士登场为之裹伤。

游击组员　同志，你去吧，不要管我！

战　士　赶快包起来，痛不痛？

游击组员　不碍，狗日的，叫他打了我！

〔这时一日兵自后面悄悄登场，慢步前进，一跃而前大叫"呀！"举枪向民兵刺去；王勇、退伍军人老张登场，王勇开枪，将日兵击毙。

游击组员　（感动地向王）同志……

退伍军人　你快到（指右边）那边去隐蔽一下，河滩上有咱们的预备队。

游击组员　行，行，你们走吧！

［王勇、枪榴弹、退伍军人老张进入村内，负伤游击组员从台右方下。

［王勇匆匆跑上，隐蔽在掩体暗处，一日兵追上。

日兵　哪里？哪里？

王勇　这里！

［将日兵击毙，刚要下，一日兵冲出，白刃相搏，王勇将日兵刺死，持枪冲入。

［枪声更密，满台烟气弥漫。

［一老乡背一受伤战士过场。

［一战士领一群老乡登场，枪声渐弱。

群众甲　同志，嗨，往哪里走呵？

群众乙　救了命了！给鬼子圈了有十几天了，谁也没指望能出来，亏了你们呵！

战士　不要慌，老乡！

群众甲　呵。

群众乙　听，又来了。

战士　不要怕！

［少顷。

［中队长与日兵自台阶上滚下，搏斗，众不知所措。之后，中队长将日兵摔倒，群众等起而助之，一群众用大石头将日兵击毙。

［雄壮的《胜利之歌》起奏，兴奋、高亢。

［王勇、枪榴弹背着缴获的枪支登场。

王勇、枪榴弹　老乡们，你们都从地窖里出来了，好了！鬼子给咱们消灭了！

［战士们的笑声从后边传来。

［群众欢欣鼓舞。

[歪把子和众战士押着被俘的日兵小队长及日本兵登场。日兵等丢盔卸甲，狼狈不堪。

[老乡蜂拥而前要打日兵，歪把子制止。

歪把子　老乡们，别动手！别动手！

群众　打死他！打死那个小队长！

迷糊子　喂，喂，反共特务分子刘玉玺也给捉来了！

众　快来，快来！别叫他跑了！

[老张退场。

[老张同迷糊子将刘玉玺捉上来。

中队长　好，刘玉玺，你这个特务分子！害得我们好苦……可是今天怎么样？你还有什么说的?！

众　打死他！打死他！打！打！

迷糊子　我提议，枪毙刘玉玺！

[乐声大作。

[二排长包着受伤的手登场。

二排长　同志们，老乡们！我们胜利了，可是还没有把鬼子打出中国去，我们军民要更团结，子弟兵爱护老百姓，老百姓拥护子弟兵，在共产党的领导下，在政府的帮助下，什么困难都能克服！

[枪声从西南方传来，群众紧张起来。

二排长　嗯？

[通信员上场。

通信员　报告二排长，连长叫我通知你，袭击小王庄的敌人已经返回。

众　呵，呵，又来了！

[机枪声。

通信员　西南方的机枪声就是我们一连在打敌人的伏击，不要惊慌!

二排长 对了,老乡们,不要慌,这是我们的机枪的声音,我们一连二连打了敌人的伏击!老乡们,你们快向西边大山上转移。同志们!

众 有!

二排长 我们出发,我们去与一、二连配合,我们要再取得一个新的胜利!将刘庄的敌人彻底消灭。

[《子弟兵和老百姓》的乐曲大作。
[群众欢欣鼓舞,目送子弟兵整队出发。

(幕闭)

(剧终)

写于一九四三年冬季反"扫荡"之后,一九四四年一月完成于东柏油店,在晋察冀边区"军民誓约大会"上首演。

傅铎

王秀鸾（大型歌剧）

人物　王秀鸾　年二十七八岁，村妇女干部

　　　　张大春　王秀鸾之夫，年二十八九岁，壮年农民

　　　　张店臣　张大春之父，年五十多岁，买卖人

　　　　张老婆　张店臣之妻，年四五十岁

　　　　张巧玲　张店臣之女，年十六岁

　　　　张顺卿　张大春之子，年十一岁

　　　　张四保　村长

　　　　三秃子　年二十四五岁，半农半商

　　　　树芬　　妇救会主任

　　　　大心　　妇女

　　　　香姑　　妇女

　　　　乡妇甲　年五十多岁

　　　　乡妇乙　年五十多岁

　　　　群众

　　　　牛大山　流氓，与敌人有勾结的坏家伙

时间　抗日战争年代

地点　冀中抗日根据地

第一场　家破

［张店臣的家里。

［音乐声中王秀鸾上，收拾行李，完毕，进入内室。

［张店臣上场。

张店臣　（唱）我张店臣，五十七，

张家口皮店里耍手艺。

今年回家把年过，

新年已过要回去，

新年已过要回去。(拾掇行李、包裹)

新正月，二十九，

拾掇行李登程走。

但愿一路平安无阻碍，

早日回到张家口，

早日回到张家口。

[张巧玲与张老婆上场。

张巧玲 爹，你就走哇？

张老婆 多住几天再走吧！

张店臣 已经家里住了一个月了，总是不回去，掌柜的也不放心。

[张大春与王秀鸾、张顺卿三人同由内室上。

王秀鸾、张大春 爹，家里再住几天再走吧！

张店臣 不啦。这不是一家人都在吗？以后好好过日子。我家来了这一个月，听人们说家里短不了打架吵嘴的，以后一家子要和和气气。常说穷饿饿，富商量。过庄稼日子要天天打架一辈子也过不好。

[张四保上。

张四保 怎么，店哥，你走哇？

张店臣 走哇。四兄弟来得好，我靠你一件事吧！

张四保 什么事？

张店臣 我这常年不在家，家里头有个什么为难着只磕磕绊绊的事，你得多费心，你嫂子是个娘们，大春又是半傻不俏的。

张四保　店哥，你放心吧。你想，论家里我是个大辈，论村里我多少也跑着点工作，好歹是个干部，你家里有了事，我不能袖手旁观。这几年你没有在家，家里的事我没少管。

张店臣　（笑容满面）以后你得帮助他们过日子，你看这几年日子越过越坏，一年不如一年。

张老婆　日子过不好？说实话谁也没扔了。老天爷不给收，日本人的花项大，净花钱的道，没进钱的道。

张大春　（讽刺其母）再加上爱吃点好的，不做活，那就不行！

张老婆　吃好的！（质问）你看见谁吃好的来呀？

张店臣　看，两句话没说完，就又抬杠。以后你四叔就是咱们家里羊群里的骆驼。（对张四保）谁有不好你就说谁，实在不行打两下也没有关系，就是你嫂子打几下也搁得住了呢！

张四保　（笑）行咧，你们听见了没有，店臣哥可封了我啦，我是上管君，下管臣，连嫂子也得管三分。以后你们谁要有了不对的地方咱们可是属小车的，勤"砸光"着点。（笑）

张店臣　不早啦，我就起身。

王秀鸾　爹，到了张家口早给家里来信。人们就放心啦！

张店臣　哎！

张四保　别的是二五眼，勤往家里捎个钱倒是"正扮"。

张店臣　我本心愿意给家多捎几个钱，可是这几年让日本闹得买卖也不赚钱啦，今天要捐，明天要税，赚的钱不够他们的！

张顺卿　（手里拿着一个用秫秸插成的盒子）爷爷，你再回来，给我买一条小皮带来，我挎小盒子。

张巧玲　（将秫秸盒子夺过来）快扔了吧，叫你奶奶又打你呀！

［张巧玲进内室，张顺卿追进去。

张店臣　（从腰里掏出一个钱包来）这还有三百块钱，也放在家里，回头大春做个小买卖，赚个钱，春天好量吃的、买烧的。（交给张老婆）这可不能顺着手流喽。

张老婆　当花的就花，不当花的谁也不能瞎花。

张店臣　我走。（背起行李，唱）
　　　　天不早，要起程，
　　　　家里的事情交代清：
　　　　勤劳动多做工，
　　　　日子饱暖不受穷
　　　　日子饱暖不受穷。

张老婆　（唱）孩子他爹，别叮咛，家里的事情我照应。

张天春　（唱）爹爹的话，儿记清，孝敬老人多做工。

众　人　（唱）但愿你一路平安无碍又无阻，
　　　　早日回到张家口，
　　　　买卖发财多兴隆，
　　　　买卖发财多兴隆。
　　　　（大家笑）

张店臣　你们家里过好日子，我在外头做发财的买卖。

［张店臣等正欲下，妇救会主任树芬上场。

树　芬　秀鸾，秀鸾！（一见张店臣要走）大伯你走哇？

张店臣　走！（下）

［大家送出门去，树芬将王秀鸾叫回。

树芬　　秀鸾，秀鸾！

王秀鸾　（站住）干什么？

树芬　　（小声，秘密地）区妇救会小吴来咧，叫咱们去开会。

王秀鸾　等黑夜再开吧。

树芬　　不行，他开完会，还得走呢！

王秀鸾　你不知道，主任，上次咱们开会回来得晚啦，俺婆婆娘就没让俺吃饭。

树芬　　你们大春也不管哪？

王秀鸾　大春？他管什么用！他不帮腔说好话，还按着个锅盖不叫我盛饭！

树芬　　你就饿了一顿哪？

王秀鸾　不，后来俺小姑巧玲，偷着给我盛了一碗，端到屋里吃的。哼，说什么！要是"五一"以前那个环境，总得给他在街上说说理去！这咱不行啦，到处是敌人，区里县里都不能公开，咱们也得装着点傻。

树芬　　管他呢，走，挡住咱们做抗日工作了哇？（拉王秀鸾）

王秀鸾　我可不是推脱工作呀！回来要打架你可得来劝架。做媳妇的不同在家里当闺女哟！

树芬　　我负责任。

王秀鸾　（对内室）巧玲，娘回来了，你说树芬叫我走了，有事。

［张巧玲边说边与张顺卿上。

张巧玲　早点回来，嫂子！

王秀鸾　哎。

［王秀鸾与树芬下场。张巧玲与张顺卿在场上插秋秸眼镜。三秃子背着烧饼麻糖箱子上。

三秃子　巧玲，你娘呢？

张巧玲　没在家，干什么？

三秃子　要钱！

张巧玲　什么钱？

三秃子　烧饼麻糖钱，还有借账。

张巧玲　过年的时候不是都还清了吗？

三秃子　年上的还啦，今年不兴另欠下呀？

〔三秃子要下场，张老婆上场。

三秃子　大娘，把钱还了我吧，倒腾不开啦！

张老婆　看你，紧蹬着脚后跟要账！

三秃子　你欠人家的不让要哇？

张老婆　过几天给你，手底下一个大钱也没有呢！

三秃子　没有？你刚才还了瞎五子的面钱啦。咱们是长流水，勤赊勤还，再赊不难。我一个小买卖，你先压下好几十块，我就推动不开啦！

张老婆　（掏出票来）先给你十元，过几天再算。再赊个。（又拿一个麻糖）

三秃子　（接钱，与张老婆开玩笑）你真是花生不叫花生——"南豆"，有钱不还账！（跑下）

张老婆　放你祖宗的屁！

三秃子　哎呀，好臭！（跑远）

张老婆　巧玲，你嫂子呢？

张巧玲　树芬叫她出去咧。

张老婆　准又伸着脖子开会去啦，偷着摸着有屁的用啦！

〔外边有人叫张老婆的名字："大书改，大书改！"

张老婆　干什么？

〔乡妇甲、乙二人同上。

乡妇甲　书改,你去不?

张老婆　我不去,嫌他们鸡爪子抓墙——不是手!要玩,就在我这玩,不玩就罢。

乡妇乙　行。(向乡妇甲)老大家,就在这玩会儿吧!眼看就晌午,该做饭啦。

乡妇甲　行,咱们"支架"上吧!

〔三人铺上被子,拿出纸牌,开始赌博。

张巧玲　娘,你们又当牌,让我哥哥家来又闹脾气呀!

张老婆　他闹就闹,让日本人闹的谁还不知道什么时候死呢!玩了一天少一天!

乡妇甲　真是,命让人家手里攥着呢!有了就吃,吃了就玩,玩了就睡!

乡妇乙　这不是过日子的时候了!

〔三人边说边赌,非常高兴愉快。

张巧玲　(示意张顺卿)顺卿,甭让她们当!抢牌去!

〔张顺卿偷偷地到了跟前,将被子一扯,弄了个乱七八糟,同张巧玲跑下。

张老婆　(生气)你王八羔子就别家来!

〔三人拾掇好纸牌,又开始赌博。片刻,张大春上。

张大春　(把脚一跺)又当起来啦!这哪像过日子的样啊?

乡妇甲　哼,老娘们家当个小牌算个什么?仨瓜俩枣的开了心完事,这也输不了房子输不了地。

张大春　耽误工夫就耽误不起,没事纺个线、拾把柴火,总比干这个强。

乡妇乙　哼,"和"① 一个"和"比纺一天线都强!

张大春　输了呢?

乡妇乙　输了,这输了可过了瘾了呢!

张大春　快拾掇了吧!我看见这个就生气!(看了看屋内没有王秀鸾,对张老婆)她呢?

张老婆　准是开会去咧。

张大春　这算是干什么的!当牌的当牌,开会的开会,我看把这几斗粮食吃完了怎么办?

[三人不理,只是当牌。

张大春　(对张老婆)我爹放下的那钱呢?

张老婆　干什么?

张大春　拿出来做买卖。

[张老婆掏出钱来给张大春。

张大春　(一看钱少了)怎么少了这些个呀?

张老婆　还账咧。

张大春　还什么账咧?

张老婆　乱七八糟的呗。

张大春　谁又欠下人家的啦?

张老婆　反正是有人。

张大春　(把钱一扔)给你全花了去吧!做买卖弄蛋!

张老婆　做就做,不做就罢,你"摔打"谁呀!

[张大春生气,把她们的牌扔个乱七八糟。

张老婆　(咒骂张大春)大春爷,大春祖宗,我怕了你啦!

[乡妇甲、乙嘴里嘟噜嘟噜地走了。

张老婆　(生气,唱)

———————
① "和"读"hú"。

　　　　　　大春爷，我的活祖宗，

　　　　　　气得老娘心口痛。

　　　　　　人家养儿孝顺老，

　　　　　　我把你养大成了精！

张大春　（唱）你又好吃又好喝，

　　　　　　托着小牌不做活。

　　　　　　气极我就离开家，

　　　　　　我看你们怎么过！

张老婆　（唱）黑心鬼你个白眼狼，

　　　　　　把你养大忘了娘。

　　　　　　要走你就尽管走，

　　　　　　走到天边你算腿长！

张大春　气得我没了法，我把家一扔就走！

张老婆　你腿长你走到天边上去，就怕你没有那点"道行"①。（生气地走下）

张大春　你别挤这个火，急了我哪也敢去！（气得蹲在一旁）

[王秀鸾上场，拾掇当屋扔的东西。

张大春　你还回来干什么？做熟了饭再请你去吧，你们开会有功！

王秀鸾　你别俏皮人，你见谁开会来呀？

张大春　算啦，你还保守秘密呢？

王秀鸾　开会是做抗日工作，耽误不了做饭就得咧！（说着去拾掇着做饭）

[张大春阻拦。

张大春　我不用你做饭，你愿哪去就哪去吧！

---

①　"道行"读"dào·heng"。

王秀鸾　你叫我到哪去呀？

张大春　有能耐，你脱离生产，光去做抗日工作吧！别吃家里的饭！

王秀鸾　（向张大春求情似的）快拿升子来吧，等娘回来又闹哇！

〔王秀鸾从张大春手里把升子夺回来，要去量米。张大春拾起一个笤帚向王秀鸾投去，打掉了王秀鸾手的升子，然后又拿起一个小凳子来，要向王秀鸾投去。树芬急上。

树芬　你这是干什么，大春？给谁过不去呀？是我叫她去的，难道妇女们连这点自由权都没有啦？（唱《吵架曲》）
张大春不说理，
为什么发作牛脾气？
两口子说话就动手，
打人占理不占理？

张大春　（唱）净开会，不下地，
妇女一辈子没出息！
春天地里没有活，
拾筐柴火有烧的。

王秀鸾　（唱）说下地，就下地，
轻活重活不借力。
二话不说伸手打，
跟着你受窝囊气！

张大春　嫌受窝囊气，咱们离婚！

树芬　你拿离婚吓唬谁呀？

王秀鸾　（难过地，唱《摘菜曲》）
男人的话，听得清，

像钢刀刺得心口痛,

不参加生产男人瞧不起,

家庭地位不能平。

张大春　你也知道妇女不参加生产男人瞧不起呀,那你就争一口气,做出个样来让人家看看。

[王秀鸾长出口气。

树芬　秀鸾,别生气啦,拾掇着做饭吧。挨下打也算不了什么,赶黑价让大春再给你赔不是。

[王秀鸾拾掇做饭,拿出水桶放在张大春的跟前,张大春斜看了王秀鸾一眼,担起水桶下。

树芬　(望着张大春的后影)黑王八羔子!(转对王秀鸾)秀鸾,打得你痛呗?

王秀鸾　打得倒是不觉痛,说得真是入骨痛!树芬,看见了吧?不下地做活,就让人家这样瞧不起!你们当闺女的还好说,给人家当媳妇就得瞪着眼受欺侮呀!

树芬　当闺女在娘家摔打不出来,到了婆家不是一样地受气吗?秀鸾,别难过啦,受气的不是你一个人,这是咱们妇女普遍的现象,这该检讨咱们过去没有很好地参加生产,没有家庭地位。秀鸾,咱们争口气!上级不是号召妇女们参加生产吗?今年咱们就做出个样子来,让他们看看!咱们能生产,能劳动,再也不受男人的压迫。

王秀鸾　对,主任,你放心,我一定响应上级的号召。以后你就多领导吧!

树芬　什么领导哇,咱们商量着办。你做饭吧,别让大春回来再生气。我也去做饭啦。(下)

[王秀鸾摘菜,准备做饭,唱《摘菜曲》。

王秀鸾　好难过，

　　　　丈夫的言语没讲错，

　　　　妇女要是不生产，

　　　　一辈子是个"吃菜货"。

〔张顺卿、张巧玲上。

张顺卿　娘，饭熟了没有？

王秀鸾　等一会儿吧。巧玲，你把菜摘一下，咱们蒸菜窝窝头吃吧。

〔张巧玲与张顺卿摘菜。

张巧玲　嫂子，我哥没给你闹吧？

王秀鸾　没闹？！你看把笤帚疙疸都摔散啦！

张巧玲　打你来呀？

王秀鸾　可呗。巧玲，明个咱俩地里拾柴火去吧！

张巧玲　我哥哥说叫你拾柴火去呀？

王秀鸾　你哥哥没有说。不拾柴火烧什么呀？

〔张老婆上。

张老婆　这是多么大工夫啦，八碟八碗的席也早做熟了。统共这四五个人的饭，还磨蹭着呢！做什么呀？

王秀鸾　蒸菜窝窝头。

张老婆　我不吃，推麦子，吃饺子。（说着到里边拿着一簸箕麦子出来）走！巧玲，推碾去，给谁省着呀！

王秀鸾　娘，不就这二升麦子了吗？留着有个人来客去的再吃吧。又不年又不节的，什么吃不了哇？

张老婆　咦，就是你们两口子会过日子，你们甭吃饭，喝西北风，把脖子绑起来！

王秀鸾　娘，我说的这个不对吗？就是吃糠咽菜的，再过几天也就接不上顿啦！今年春天又长，怎么过春哪！

张老婆　你省着，你细着，你会过日子，会过日子！我见你娘家穷的也是呱呱的！巧玲，走，咱们推去。

张巧玲　我不去。

张老婆　（生气）你不去我去！

［张老婆要下，张巧玲拦住，夺张老婆的麦子，张老婆气得把麦子扔了满地，把刚才摘的菜也扔了满地，气冲冲地下去，正碰着张大春担水桶上。张大春进了屋一看，满屋粮食满屋菜。

张大春　这是怎么回事？

王秀鸾　娘要推麦吃饺子，我提了一下，气得把麦子撒啦。

张大春　（气急，将水桶在当屋一扔）好，你们都不想过日子啦！我滚蛋！（进内室拿出来一个小包裹，要走，张巧玲、王秀鸾、张顺卿拉着他）

张巧玲、王秀鸾、张顺卿　你干什么去呀？

张大春　出外去！

张顺卿、张巧玲　不让你走！（拉张大春）

王秀鸾　你到哪儿去呀？

张大春　出去再说，当长工，当八路军，什么也吃得开。

王秀鸾　家里靠给谁呀？！

张大春　没有我你们还不过日子了哇？

［张老婆已经从门口上看见了这种情形，走进来。

张老婆　要走走得远远的，一辈子别进家！

张大春　不进家就不进家！

［张大春把胳膊夺出来就走了，张巧玲与张顺卿哭叫着追下。

张老婆　（见张大春真的走了，自己又有些后悔，急忙追出去）大春！大春！……

〔王秀鸾追至门口，看了看，低着头走回来，拾掇撒在地上的麦子。张顺卿、张巧玲哭着走进来。

张顺卿　娘，我爹真走了！

张巧玲　嫂子，我哥哥真走了。

〔王秀鸾不由得流下两点泪来。张老婆气冲冲地上。

张老婆　（把王秀鸾的簸箕、笤帚夺过来）我不用你拾掇！你汉子走咧，这也不是你家，你也走！

王秀鸾　你叫我上哪儿去呀？

张老婆　你们腿长，走到天边上去我也不管！我没粮食养活着你们！

王秀鸾　（无可奈何地拉着张顺卿）走，卿，咱们到你姥姥家去吧。（拉张顺卿下）

张巧玲　（拉王秀鸾）嫂子！嫂子！（跟下）

张老婆　（见一家人东走西散，大哭）大春哪，你个黑心鬼白眼狼哪！我把你养了这么大，你会让我生气啊！我抱着你的时候，你不会出外呀！……

〔卖麻糖的三秃子上场。

三秃子　（对张老婆的耳旁）烧饼麻糖。（转身下）

张老婆　（一听烧饼麻糖的声音，把泪一擦，抬起屁股来，追三秃子，边喊边下）买麻糖，三秃子！……

（幕落）

第二场　张老婆逃荒

〔景同第一场。

〔张巧玲上场。

张巧玲　唉！（唱）

我哥哥出门去无音信，

　　嫂嫂到娘家去过活。

　　老娘不会把日子过，

　　吃了喝了把牌托。

　　日本鬼子做事恶，

　　抢了粮，砸了锅，

　　害得一家没法活！

　　人家春耕把活做，

　　老娘不动又不说。唉！

[张老婆拿着白面、韭菜上。

张老婆 （唱）细白面，黄叶韭，

　　吃了喝了起身走。

　　儿子腿高我腿更高，

　　拉着巧玲到张家口。

张巧玲 娘，你哪来的钱又买白面、韭菜呀？

张老婆 我把村东坟上那二亩半麦苗地当啦。

张巧玲 娘啊，你怎么总是当地卖家具呀？柜也卖啦，箱也卖啦，这个日子就不打算着过啦？

张老婆 我愿意当地呀？这春天量吃的买烧的，给日本人拿，给伪军拿，这是多少钱哪！

张巧玲 那你也不该把麦苗地当了哇！

张老婆 我当白地人家不要，我不当麦苗怎么办呢？

张巧玲 麦苗你也当了，春天你也不说种地，我看麦收吃什么，秋天吃什么？

张老婆 我比谁也不傻，早有打算。地，咱们俩也种不了，就是能种，咱们也不种，这个年头日本人闹得这样凶，辛苦一年来热死热活的还不够他们的呢！粮食也给抢走咧，锅也给砸咧，牲口也牵走咧，这日子还能过呀？

张巧玲　（拿出一张纸条给张老婆）这是维持会里给送来的一个条，村里欠的公差一百八十五元，让一半天里给送去。

张老婆　这算没法过啦！抢是抢的，要是要的，没清没完啦！巧玲，咱们快走吧。

张巧玲　上哪去？

张老婆　我不是给你说过了吗？早拿定主意，上张家口找你爹去。

张巧玲　这么远，吃着什么去呀？

张老婆　有当地的钱，怎么也吃半月二十天呢！你快做饭，吃了咱们就走。

［张巧玲下场做饭。

［张四保上。

张四保　店嫂子，怎么，听说你上张家口哇？

张老婆　没吃，没喝，不走饿死在家里呀？！

张四保　哎呀！嫂子，你真是一百瞎胡闹！你知道张家口在东边在西边呢？你是想着受罪呀？

张老婆　鼻子下头有个嘴，嘴底下两条腿，天边上也找到了。

张四保　嫂子，店哥走的时候，把家靠给我咧，让我多照顾你们，当天你们就打了个天昏地暗，走的走，散的散，这时候你又把家一扔上张家口，一家子东逃西散，将来店哥见了我，我拿何言答对？再说你这一走，你家媳妇和孙子靠给谁呀？

张老婆　我都顾不下来，我还管他们哪！

张四保　当老人的说这话，可叫不近情理呀！

张老婆　　我不近情理？许她男人走，不许我走哇？

张四保　　大春走，我是不知道；我要知道，他也走不了。

张老婆　　他男人一翅膀管子不知道飞到哪儿去扇凉翅去咧！让我养活着他们哪？

张四保　　并不是让你养活着他们，你们娘俩，他们娘俩，一块过日子，当种了种，当收了收，好年头吃点好的，坏年头吃点歹的。在家里是做活吃饭，出了门也是吃饭做活，走遍天下端一个碗，你何必上张家口呢？

张老婆　　你两片嘴唇一对说得可容易！吃饭做活，做活吃饭！我活了五十多岁，我就不知道锄怎么拿。肩不能担担，手不能提篮的，我怎么着哇？我在娘家从小就兄弟们多，什么活也是嫂子们做，推个碾子推个磨都用不着我。从小没有摔打出来，这时候硬打着鸭子上架，那就办到啦？

张四保　　庄稼活可有什么，一看就会，你只要能负辛苦就行。

张老婆　　我负不了这个辛苦。辛苦一年，不准弄到自己嘴里了呢！惹不起日本人，也惹不起伪军！

张四保　　不能因为敌人抢，日子就不过啦！那单等饿死啊？

〔张顺卿提篮子上场。

张顺卿　　姑姑！奶奶！

张巧玲　　（出来，亲热地拉住张顺卿的手）卿，你娘来了没有？

张顺卿　　没来。奶奶，我娘叫我来看你，我娘说"看看你奶奶还生气没有"，这是我娘蒸的馒头，让你吃了馒头，就不让你生气咧。（把篮子放在炕上）

张四保　　看！儿媳妇让孩子给你赔不是来咧，你更不该走啦！

张老婆　　你娘家里干什么呢？

张顺卿　纺线呢。（从帽子里掏出来一卷票）这是我娘纺线赚的钱，叫你们量粮食吃。

张四保　哎，看，这算把你买网住啦，亲闺女也不过是这样，纺了一春天的线，赚了钱，给你量吃的。

张老婆　哼，我要指着她这俩钱，早把我饿干了呢！

张四保　说这话就没有良心！给你花，是婆媳的情肠；不给你花，是本分。

张顺卿　姑姑！再过两天我娘就来，她说回来种地，咱们仨下地，叫我奶奶做饭、送饭。

张四保　听见了没有？儿媳妇再过两天就来种地，人家这才是过日子的人呢！

张老婆　好听的谁也会说，说大话也不费劲，说小话也不省劲。

张四保　算了吧！你别叨着个狗屎橛子硬拨弄啦！哪也不如家里好，把懒腰伸伸吧！一天价吃了饭把嘴一擦，拔起屁股来就玩，高兴还吃点好的，不像过庄稼晌的。

张老婆　我不吃给日本人省着哇？"省着省着，窟窿里等着"。

张四保　哎，又是你那一套："省着省着，窟窿里等着；费了费了闹对了；今晚上不吃饱，明天清早也省不了。"不行！那都是好吃懒做的人们说的。我净说你的病根子，不管你痛不痛。春天你要是拾个柴火纺个线，省吃俭用，也不至于当地卖家具，你也想不起上张家口。

张巧玲　（讽刺其母）拾柴火纺线有什么用，哪如吃了饭歇着好哇！又不冷又不热的，哼！

张老婆　你纺线你纺去！

张巧玲　你不给我买棉花，我拿什么纺呢？

张老婆　你们都好，就是我一个人不好！你们过日子，我是扫帚星！

［街上有人声。

［外声：老四在这没有哇？

张四保　干什么？

［外声：快走吧，日本人又来啦，联络员找你商量事。

张四保　看，又来啦，天天不脱空。

张老婆　谁来我也不怕咧，早把东西拾掇干净了呢！再拾掇就是拆房咧，反正"地"他抬着走不了。

张四保　小卿，你回去叫你娘快来拾掇着种地。嫂子，你可不能走。有什么困难（小声）抗日政府一概负责任。区游击队在咱们村里呢，我快去看看他们。（下）

张巧玲　小卿，我送你出村吧。（同张顺卿下）

张老婆　（沉思半天，拿起一个馒头来掰开就吃，唱）

四保把我劝，心里打算盘，

两条道儿我走哪边？

儿子出外谁做活？

我肩不能担担，手不能提篮。

身子像个黄豆菜，

我拿不动锄和锨。

越思越想我越胆战，

死在地里谁可怜？

倒不如东凉倒西凉，

吃好吃歹也心甘。

（自思自想，觉着种地艰难困苦。自言自语地）不，我不在家过这炎心日子，哪怕出去要饭吃呢，吃好吃歹的，发水也淹不了我的，下雹子也砸不了我的，日本人也抢不了我的，也累不病，也热不着，叫个婶子大娘的也算不了什么！

［张巧玲上场。

张老婆　饭做熟了没有？

张巧玲　我还没有点火呢！

张老婆　没点火就不做咧，吃几个馒头，咱们走吧！

张巧玲　上哪去呀？

张老婆　上张家口找你爹去！（说着话拾掇东西准备登程）

张巧玲　我四叔不是说不让咱们去吗？

张老婆　不去饿死在家里谁管哪？

张巧玲　要去，等着嫂子来了咱们一家子都去。

张老婆　你胡说，都去了，拿什么养活着他们哪？

张巧玲　要不咱们一家子都在家里种地。

张老婆　种地？谁种啊？你哥哥又不在家，连个籽种都没有，哪有钱雇人哪？

张巧玲　咱们自己种。

张老婆　自己种？我不种！种一年的粮食，日本人抢不抢的先甭说，种上了老天爷给收不收呢？雹子砸了大水冲了呢？再说这好几个月吃着什么种地呀？

张巧玲　我四叔不是说抗日政府给咱们解决困难吗？

张老婆　你四叔也不是拿兔子的狗，这时候说得天花乱坠，到真困难的时候，连他个影子都看不见咧！

张巧玲　那咱们俩走，我嫂子和小卿呢？

张老婆　又有房子，又有地，他们愿种就种，不种就吃租。反正文书地契我带着呢，她也卖不了，也当不了。年头平妥了，日本人走了，咱们再回家。

张巧玲　我早看透你咧,你是怕负辛苦怕受累,你愿上张家口享福去。

张老婆　你不怕负辛苦你自己在家!

张巧玲　自己在家就自己在家!

张老婆　(生气又无办法,又来哄张巧玲)走!跟娘走吧,你没有听见人家唱歌啦:"小孩不离娘,瓜儿不离秧。"你这么大闺女咧,我肯把你留在家里头哇?咱们找到了你爹,过几天松心日子吧。

张巧玲　你去吧,我在家和我嫂子种地。

张老婆　种地,这一夏天怎么受哇?树凉里坐着还擦不清的汗!你在地里做活,老天爷瞪着眼不晒你个半死!快走吧,别让我给你费话啦!

　　　　(唱)听着娘没差心,

　　　　娘就看着闺女亲。

　　　　我说孩子啊,

　　　　不在家里头活受罪,

　　　　夏天地里头晒死人,

　　　　我的孩子啊。

　　　　只要到了张家口,

　　　　吃的喝的都松心,

　　　　我的孩子啊。(推张巧玲)

张巧玲　(犹豫不定)我不去。

张老婆　你不走,我背也得背你走!(硬扯张巧玲下场)

〔片刻,王秀鸾提着一个包袱,张顺卿背着一架纺车上场。

王秀鸾　娘!娘!嗯?(见家中无人)怎么家里一个人也没有哇?

张顺卿　准是又当牌去咧。我外头去找找。(跑下)

王秀鸾　(满屋都看了看，诧异)嗯？怎么家里那个箱柜都没有啦？炕上连条被子也没有，缸里边一个粮食粒也没有。

〔王秀鸾正在诧异，张四保上场。

张四保　嫂子，嫂子！(进屋一看，没有张老婆，长出了一口气)完啦，闹半天还是走啦！

王秀鸾　四叔，怎么啦？

张四保　你婆婆走啦！

王秀鸾　到哪去啦？看，把家里弄了个精光！

张四保　到张家口找你公爹去啦，我好说歹说没有拦住。

王秀鸾　(一时急得眼里含着泪花，长出了一口气)唉！

(唱) 老婆婆，好狠心，

扔下了儿媳小孙孙。

没留一粒米，

柴无留一根，

给的秀鸾好伤心！

只顾一走把家扔，

对不起孩子和乡亲。

儿媳来纺线，

昼夜苦辛勤，

赚了钱来孝娘亲。

指望婆媳和睦好度日，

谁知钢刀难斩娘的心。

张四保　(长出一口气)哎呀！我真不知道她这么狠的心！算啦！生米做成熟饭啦，走就走了吧！在家她也不会过日子，滚蛋也好。

王秀鸾　四叔，咱们找人把她追回来吧！

张四保　她喝着"迷魂汤"，憋着上张家口的瘾呢，追上她也不会回来，就在家里等着她吧。她转来转去，把腰里那几个钱花光了，自己就回来啦。张家口？她知道张家口在山南呢在海北呢？

王秀鸾　四叔，你说俺娘俩可怎么办呢？

张四保　安家过日子呗！她死了你们就不过日子啦？娘们家过日子的有的是！

［张顺卿和树芬上。

树芬　秀鸾，秀鸾！（见张四保）村长你在这儿。

张四保　好！妇救会主任来咧，有什么困难俺们政府和团体帮着你解决。

树芬　怎么啦？

张四保　她婆婆和巧玲把家一扔上张家口啦，丢下他娘俩，寻思着以后日子困难。

树芬　秀鸾，困难什么呀？家里有房子有地，还饿着冻着了吗？

张四保　无非是多负点辛苦，起个早睡个晚，卖把子力气，吃饭做活。

王秀鸾　主任，四叔，我是满心眼里想过日子。大春在家的时候嫌我开会，耽误生产，男人打了，婆婆不让吃饭，我受多少窝囊气呀！谁没血没肉没皮没脸呢？主任又不断地开导我，说妇女们应当积极参加生产，提高家庭地位。说实话，我今年拿定了主意，下地做活，做出个样来让他们看看。哪知道我回来一看，唉！屋不像屋，院不像院，桌椅板凳都卖完啦，一个粮食粒也没给留，一碗饭

	也没给剩,这大人孩子的可怎么过呀!(擦泪)
张四保	行啦,别啼哭啦,有受苦的罪,没有饿死的罪。
树芬	俺们先借给你几升高粱吃。
张四保	我家也是量吃买烧的,也先给你三升二升的,还有两筛子糠也给你端过来。这个年头,就是糠一顿菜一顿地凑合着呗!回头村里开个干部会,给你们点救济粮。
树芬	你放心,秀鸾,怎么也饿不死,地里有野菜,树上有树叶,什么也能充饥,再不然,发动咱们妇女们募捐帮助你。
张四保	咱们抗日政府也得照顾你,不能眼看着叫你挨饿。明天先给你动员一个牲口学习耕地,不会我教给你,找不着牲口,人拉着耕,慢点就慢点,把牙一咬,什么困难也就度过去咧。
树芬	对!秀鸾,放心吧,大家帮助你,政府也帮助你。
张四保	缺人村里给你找人,缺钱公家借给你钱,没有困难事。
王秀鸾	你们对我这样帮忙,政府对我这样关心,今年我生产一定加油,抗日工作更积极,把地种得好好的,收了秋把你们请到炕头上,包一顿肉丸的饺子,好好地请请你们。
张四保	哈哈,这算不了什么。在共产党领导之下,什么困难也能克服。
树芬	走吧!跟着俺们端粮食去吧,回来吃了喝了,带上"夹板"拉吧。

[张四保、树芬、王秀鸾、张顺卿同下。

(幕落)

第三场　王秀鸾拉犁

〔野地。

〔王秀鸾在前,张顺卿在后,担着粪担上场,转圆场。

王秀鸾　（唱）担起担子走如飞,

张顺卿　（唱）儿在后边紧跟随。

王秀鸾　（唱）多使粪来多浇水,

张顺卿　（唱）苗儿长得绿又肥。

王秀鸾　（唱）儿呀儿呀快着走,

张顺卿　（唱）累得我汗珠往下流。

王秀鸾　（唱）多加油来鼓把劲,

张顺卿　（唱）腿软腰酸怎么加油?（把粪担子一扔,倒在地上）

王秀鸾　（看张顺卿）顺卿,怎么不走啦?

张顺卿　我腰痛。

王秀鸾　哎哟!（跟张顺卿开玩笑）小小的人哪有腰哇!八十二岁上才长腰眼呢!

张顺卿　我腿痛!（啼哭不止）

王秀鸾　（见自己的孩子哭,也真是可怜,含着泪,把张顺卿筐里的粪,倒一部分在自己的筐里,这样张顺卿担着自然就轻得多了）卿,来走吧,轻啦,（见张顺卿依然啼哭不动,故意地鼓动张顺卿）哎哟,小卿草鸡了!落了后了!

张顺卿　（被王秀鸾把精神鼓动地一跳起来,担起担子来赶王秀鸾）追你!

〔王秀鸾、张顺卿二人又转圆场。

王秀鸾　（唱）担起担子走如飞，

张顺卿　（唱）儿在后边紧跟随。

王秀鸾　（唱）多使粪来多浇水，

张顺卿　（唱）苗儿长得绿又肥。

〔二人来到地里。

张顺卿　（把担子一扔，倒在地下休息）哎呀！累死我了！

〔王秀鸾撒粪，路旁大车声渐近，有人过来与王秀鸾说话。

〔外声：哎！大春嫂子，小心点，干什么这样着急，家里的活慢慢磨呗。

王秀鸾　没牲口没车的，不着急还种上了哇？

〔外声：没牲口明天我借给你使一天。

王秀鸾　真的假的？

〔外声：说假话是吃屎的狗。

王秀鸾　行，谢谢你。

〔外声：谢什么，套着喂吧。（赶车声）哒！

〔车走远了。王秀鸾依然在撒粪，三秃子背着耪子上场。

三秃子　嫂子，村长打发我来帮助你耕半天地。

王秀鸾　唉！一天价，忙了这个忙那个，大忙的时候，不耽误你做买卖呀？

三秃子　买卖停止了，先忙地里的活呢。村长要不是到区里开会，他也就来啦。

王秀鸾　三秃子，我可没有什么花言巧语的，反正我心里知情不尽，收了秋我好好地把你们请一请。

三秃子　唉！别闹客气的咧，哪来的些个"零碎"呀？

王秀鸾　小卿，起来，咱们拉耪子。

张顺卿　我不拉，拉一天耪子，黑价腿痛得上不去炕。

王秀鸾 你拉小劲,娘拉大劲。

[张顺卿起来,三秃子拾掇耧子。

三秃子 你们干得真不慢,一大堆粪,两天就担完啦。

王秀鸾 唉!早起晚睡的,你知道多么不容易呀!再说,成天价麻烦村里,也真是不好意思的啦。

张顺卿 秃子叔,你看我这肩膀都压红啦。

三秃子 我看看,是压红啦?(看)哎呀,真是压红啦!(开玩笑,用嘴吹吹,吐口唾沫)呸,呸,好啦,拉耧子吧,一拉耧子就不红啦。

[三人开始拉犁。

三秃子 慢点,别着急,吃不上个粮食,没有什么力气。

[拉犁转场,眼看着越拉越没劲,娘俩擦汗。

王秀鸾 (唱)拉着犁泪纷纷,

丈夫婆婆好狠心。

你们出门找饭碗,

家里的事情难死人。

又拉犁,又送粪,

黑夜白天苦辛勤。

活人当作牲口用,

娘儿俩累得头发晕。

张顺卿 (回头见王秀鸾流泪)娘,你哭什么?

[王秀鸾不语,擦泪。

三秃子 累啦,歇会儿再拉。

王秀鸾 倒不是累,我是越想越难过!

三秃子 难过什么呀?

王秀鸾 家里老的少的都走咧,剩下俺娘俩,这是多难!做半天活，家走的时候，还得拾筐柴火，拔篮子野菜，要不，家去就没的吃。一天价麻烦你们，不吃我的，不喝我的，我心里又挺过意不去。

三秃子　嫂子，你别过意不去，俺们是代耕团，你没劳动力，帮助你，是抗日工作。再说，谁帮助你都是村里派来的，这是咱共产党的章程。

〔三秃子吸烟，张顺卿玩土，王秀鸾咳嗽几声。

张顺卿　哎呀！娘！你怎么净咳嗽哇？

三秃子　累出病来啦！吃点子糠窝窝菜饼子，卖这样大力气，累出病来啦！

王秀鸾　不要紧，不怕什么。

三秃子　嫂子，我给你拉，你来扶耧子。

王秀鸾　不，我扶不好，还是你扶吧！

三秃子　那咱们慢点，今个完不了，明天再耕！

王秀鸾　来吧。

三秃子　你真是咬着牙地干哪！

王秀鸾　（拉犁，唱）

王秀鸾，咬牙关，

牙关咬紧来生产。

有咱们政府来帮助，

困难压不倒王秀鸾。

力气好像井泉水，

用不尽来取不完。

为人不受苦中苦，

哪里来的甜上甜。

王秀鸾、张顺卿　（合唱）为人不受苦中苦，

三秃子 （唱）哪里来的甜上甜。

［树芬与大心揪野菜上，也随着唱。

众人 （唱）为人不受苦中苦，哪里来的甜上甜。

树芬、大心 秀鸾，俺们帮着你拉会儿吧。

三秃子 咦！挑菜拾了个北瓜，这算是闹着啦。

王秀鸾 别再辛苦你们啦，俺娘俩慢慢拉吧。

大心 看，秀鸾还客气哪。

［树芬与大心拉耧子。

张顺卿 娘，我饥咧！

三秃子 饥，你一边歇着去吧，让她们拉。

［张顺卿跑到一旁休息。

［树芬、大心、王秀鸾互争拉主力，你推我，我推你，三秃子与她们开玩笑。

三秃子 哎！别碰了犄角，别碰了犄角，来吧！（学喊牲口的口气）哒，哒……

王秀鸾、树芬、大心 （拉起来，唱《送粪曲》）三人一齐来加油，

三秃子 （唱）拉着耧子不发愁。

王秀鸾、树芬、大心 （合唱）耕得深又耕得细，

三秃子 （唱）赛过一头老公牛。

树芬 三秃子，把耧子扶稳，俺们撒撒欢！

三秃子 （吐了口唾沫）来吧！

王秀鸾、树芬、大心 （合唱）拉着耧子走得凶，

三秃子 （唱）好像一匹马走龙。

王秀鸾、树芬、大心 （合唱）妇女不让男子汉，

三秃子 （唱）我看你们是发了疯。

王秀鸾、树芬、大心　（合唱）擦把汗儿努力拉，

三秃子　（唱）三秃子我两腿发了麻。

王秀鸾、树芬、大心　（合唱）眼看太阳要过午，

三秃子　（唱）把地耕完早回家。

［众人同下。

（幕落）

第四场

［景与第一、二场同。

［王秀鸾与张顺卿头戴草帽手拿小锄头，王秀鸾背柴一筐，张顺卿提菜一篮上。

张顺卿　（唱）红日坠落西山，

　　　　背着锄头转回还。

　　　　柴一筐，菜一篮，

　　　　拿回家来好做饭，

　　　　拿回家来好做饭。（进屋放下东西）

王秀鸾　卿，你点火烧点水，吃两块饽饽，咱们不做饭啦。

张顺卿　哼，你干什么去呀？

王秀鸾　我去把人们给部队上做的那鞋和单衣裳收上来。一半天还给八路军叔叔送去呢。

［王秀鸾下。张顺卿烧水，片刻，张四保上。

张四保　（问张顺卿）你娘呢？

张顺卿　我娘给八路军收鞋收军衣去咧。

张四保　回来告诉你娘，这是一斗半高粱，是抗日政府救济你们的。这是一包子文件，这是两封信，回来交给你娘，送到李家庄去。

张顺卿　嗯。

张四保　记住了吧？

张顺卿　记住啦，送到李家庄去。

张四保　对，别跟别人说。

张顺卿　嗯。

〔张四保下，张顺卿依然烧水。

〔王秀鸾上场，怀里抱着几双鞋、几身单衣裳放在炕上。

张顺卿　娘，我四爷给咱们送来了一斗半高粱。

王秀鸾　怎么又给送来啦，吃村里的粮食可真不少啦！

张顺卿　这是一包文件，这是两封信。

〔王秀鸾看文件，看信。

〔乡妇甲拿着一双鞋上场。

张顺卿　让你送到李家庄去……

〔王秀鸾一见乡妇甲来了，唯恐暴露秘密，即示意张顺卿，张顺卿领会了王秀鸾的意思，把话咽回去，把东西藏起来。

乡妇甲　侄媳妇，这鞋你不要哇？

王秀鸾　不是我不要，大娘，交到村里也不要，送到队伍上，队伍上也不要。

乡妇甲　你怎么知道人家不要呢？

王秀鸾　大娘，看你这鞋做得多粗糙哇。里边还夹着这些个草纸，穿不了十天八天的就坏了，人家为什么要？一撒鞋的时候我就告诉你们说，把鞋做得实实牢牢的，争取模范。你总是不肯多做两针，不肯多添上一层布！

乡妇甲　别人的准比我这好多少哇？

王秀鸾　（拿出自己做的鞋来）你看我做的这个是多大分量，里外没假，针脚还密，（拿起乡妇甲的鞋来比）放在一块比较一下！人家同志们一年有数的鞋，穿够了数不再发，咱们要把鞋做得不牢靠，同志们一穿就坏，打仗打着也不上劲。再说，咱们这样做对得起八路军同志们吗？

乡妇甲　凑合着交上这双吧，下双做得好好的。

王秀鸾　不行，大娘，不是我心眼死，是工作无法交代，要是我穿，再坏点也没有关系。咱们收了这个鞋，对不起同志们。你先拿回去，再容你几天的时间另做一双吧！

乡妇甲　（嘟噜嘟噜地）这么些个鞋，加上一双不好的，我觉着挑不出来。

王秀鸾　另做一双吧，大娘，你没有工夫我帮着你做。

〔乡妇甲拿着鞋不高兴地下。王秀鸾送下，复回，吃饽饽喝水。

张顺卿　娘！（指着文件包和信）这个事不让她知道哇？

王秀鸾　这是秘密事，谁也不让知道，你可别跟外人说，我净给区里送信、送书、送文件，要让日本人、伪军知道了，就把我抓去杀咧。

张顺卿　你这叫什么呀，娘？

王秀鸾　这叫"通信员"，可不许跟别人说！

张顺卿　嗯！（吃饽饽喝水）

〔王秀鸾一边吃着饽饽，一边将两条破脏被子和收上来的军鞋放在筐里，准备晚上爬洼睡觉，防备明天早晨敌人的包围。

张顺卿　娘，今儿黑价咱们还到洼里睡觉去呀？

王秀鸾　嗯。

张顺卿　不是说今个没有情况吗？

王秀鸾　没情况也不在家睡，万一给敌人包围了呢？咱们在地里睡觉，又平安，天一亮，看见苗了，咱们就榜地，又多做活，在家里担惊受怕的做什么。

张顺卿　娘，咱们多带着干粮，明天清早吃块饽饽喝口水，就不用回家做饭来啦。

王秀鸾　（哄张顺卿）俺顺卿是个好孩子，又做活，又不闹脾气，收了秋娘给你做一身新衣服，大了给你娶个好媳妇。

张顺卿　（兴奋地把两个大锄背起来）走！

王秀鸾　（拾掇好了筐子，拿上了干粮，背起来就走）唉！多久才熬得能过太平日子呢！

〔张顺卿、王秀鸾往下走，树芬跑上。

树芬　秀鸾，秀鸾，快走吧！

王秀鸾　（被树芬吓惊，以为是有了敌情）怎么啦？有情况啊？

树芬　八路军拿岗楼来啦，你去看看，还有好些个老百姓，四叔、三秃子他们都去啦，拿着铁锹、大镐、铡刀……

王秀鸾　走，咱们去吧！

树芬　人家不要妇女。俺们说去，他们说，妇女们不能上前线，做后方工作吧。

王秀鸾　（把筐一扔）树芬，咱们给八路军募集慰劳品去吧！同志们辛辛苦苦地把岗楼子给拿下来。咱们一慰劳，打仗打着更有劲。

树芬　走，我再叫上几个人，人多募集东西也多。

张顺卿　娘，我也去。（要跟下）

王秀鸾　我家里还有十几个鸡蛋呢。（拿出鸡蛋，端着要下）

〔远处枪声大作，渐渐激烈。

树芬　听！打起来啦。

张顺卿、王秀鸾　走！快走吧！

〔三人急下。

（幕落）

第五场　锄地浇园

〔野地。

〔王秀鸾与张顺卿背着辘轳拿着锨上。

王秀鸾、张顺卿　（唱《下地曲》）

六月里来好热天

背着辘轳去浇园。

勤浇水来苗不旱，

多收粮食支援前线。（绕场到地，将辘轳摆好）

王秀鸾　顺卿，咱们先把昨天浇的这点地锄它一遍吧！

张顺卿　好！

王秀鸾、张顺卿　（二人吐了口唾沫，擦了擦手，开始锄地，唱《锄地曲》）

娘儿两个来锄田，

草死苗活地发暄。

庄稼长得一百成，

整整齐齐真好看。

娘儿两个一齐加油干，

　个在后　个在前。

浇三遍，锄三遍，

亩地要打两石三。

堆满囤，囤满仓。

张顺卿　娘，你看我这汗，像洗了个澡一样。

王秀鸾　我的衣裳也湿透了。（坐在井台上，觉得腰痛，便躺在井台一旁休息）哎哟！

张顺卿　娘，你怎么啦？

王秀鸾　我腰痛。

张顺卿　（忽然回忆起过去的一句话，蛮有理由地）嗯？你不是说八十二岁上才长腰眼哪？你哪里来的腰哇？

王秀鸾　（笑了笑）那我是给你开玩笑呢。

［三秃子从远处走来，一面走一面唱《战斗生产》歌。

三秃子　（唱）战斗生产，战斗生产，

　　　　晋察冀的军民越打越勇敢，

　　　　一只手拿锄头，

　　　　一只手拿枪杆，

　　　　敌人来了就坚决地打……

王秀鸾　三秃子现在敢唱歌啦！

三秃子　把日本鬼子们都打走啦！王八窠也拆咧，环境变了，还怕什么呀！唱破了嗓子也没有关系啦！（又大嗓地唱）战斗生产，战斗生产……哎哟！耪的不少啦！嫂子，喝口水。（到井边）

王秀鸾　总得好好地生产哪！收了秋老百姓也有的吃，军队也有的吃，好反攻日本哪！

三秃子　哼！把这岗楼子一拾掇，人们做活做着也有劲啦！反正鬼子们抢不了啦？

王秀鸾　你干什么去呀？

三秃子　西边耪高粱。

张顺卿　（与三秃子开玩笑）秃子秃，盖房屋……

王秀鸾　（制止张顺卿）哎，你叔呢！

三秃子　嘿！你这块高粱长得真出色！人好看，拾掇出庄稼来也醒皮！浇了几水啦？

王秀鸾　两水啦。

三秃子　行啊！你真是白屎壳郎——没对，三村两村也找不出你这样的来！

王秀鸾　三秃子，你别把妇女们小看了，妇女们一样地参加生产，男的能干，女的就能干，这就叫男女平等。这时候卖点力气，收了秋才吃饱饭呢！

三秃子　找媳妇还是找这样的，多么醒皮呀！一辈子也受不了罪。

王秀鸾　你当王八去吧！

三秃子　当不上，老婆子还不知道在哪里"坚壁"着呢！（走下）

张顺卿　（又开玩笑）秃子秃，盖房屋，房屋漏，吃了秃子的肉……

［王秀鸾紧堵张顺卿的嘴。

三秃子　（在内）我揍你个没出息的！（唱《哎哟春耕》）

　　　　哎哟春耕，哎哟春耕，

　　　　帮助抗属努力耕……（声音渐远了）

王秀鸾　顺卿，咱们浇地吧！

张顺卿　浇起来。

王秀鸾、张顺卿　（同唱《浇园曲》）

　　　　娘儿两个来浇园，

　　　　努力浇园不偷闲。

张顺卿　（唱）孩儿开畦不偷懒，

王秀鸾　（唱）娘打辘轳不怕难。

王秀鸾、张顺卿　（唱）不怕太阳当头照，

不怕浑身筋骨酸,

咬紧牙关度过困难年,

争取好收成,

打走鬼子不缺吃穿。

〔张四保愉快地上场。

张四保 别浇咧!别浇咧!告诉你们一件高兴的事!

王秀鸾 四叔,什么事呀?

张四保 我看见大春咧!

王秀鸾 他在哪呢?

张四保 当八路军呢!

王秀鸾 真的?

张四保 你看我多久给你们说过瞎话!

张顺卿 四爷,我爹带着枪没有哇?

张四保 嘿!三八大盖带刺刀,明晃晃地放光。

王秀鸾 你怎么看见他啦?

张四保 我找县政府去来,在张庄街上碰见他啦,我把家里的事情都告诉给他啦,你婆婆怎么走的,你们怎么生产的,告诉了个清清楚楚。

王秀鸾 这环境也好啦,鬼子、汉奸都赶跑啦,他不说家来看看哪?

张四保 不用着急,说不定哪天就转移到咱们村来呢。真热闹,又唱歌又跑步的,跟"五一"以前一样。咱们这算又熬出来咧!

张顺卿 娘,你不是早想我爹啦,这可好啦!

王秀鸾 (当着张四保有些不好意思地)我多会儿说过想他呀?

张顺卿 嘿!(调皮)你又不承认咧,你不是说做梦就梦见我爹吗？

张四保　（不自然，笑了笑）天快晌午了，别浇啦，回家吃饭去吧！

王秀鸾　俺们晌午不回去，带着饽饽呢，吃两块干粮喝点水，等天黑了再回家。

张四保　来，我帮你们浇几斗吧！（说完就上辘轳）

王秀鸾　（阻止）不，四叔，你来回走了好几十里啦！你快家去吃饭吧！

张四保　要不今天下午我给你找个人浇。

王秀鸾　可别，自己能浇还求别人干什么，这村里帮助的还少啊？又是粮食又是人的。

张四保　别不好意思的，你这又成了抗属啦，村里更应当帮助你咧。

王秀鸾　先帮助别的抗属吧！我又能劳动，又是干部，不照顾也没什么关系，自力更生吧。

张四保　哈！哈！你倒模范呢！（下）

张顺卿　晌午了，该歇了吧？

王秀鸾　再浇一会儿。

张顺卿　你看"老爷"比昨个还晚了呢。

王秀鸾　今个"老爷"出来得早。

张顺卿　我才不信你的话呢，你还说过"八十二岁上才长腰眼"呢！

王秀鸾　咱们再浇三个畦。

张顺卿　一畦我也不浇咧！

王秀鸾　咱们早些把活做完了，抽出时间来看你爹去。

张顺卿　（思索一会儿）浇完了，今个后半晌就去。

王秀鸾　嗯！

张顺卿　来浇。

张顺卿、王秀鸾　（又浇园，唱《浇园曲》）

　　　　　听说爹爹（丈夫）把兵当，

　　　　　顺卿（秀鸾）喜洋洋，

　　　　　他在前方打日本，

　　　　　我参加生产在后方。

　　　　　他保家乡流血汗，

　　　　　我努力生产有军粮。

　　　　　前方后方多加油，

　　　　　抗战胜利有保障。

〔王秀鸾放下辘轳，觉得头昏眼黑，跌在井池里。

张顺卿　（见母亲跌倒在井池，跑去看）娘，娘！你怎么啦？

　　　　（扶王秀鸾）

王秀鸾　（软瘫着身体，合着眼，嘴一张一张地）水！水！

张顺卿　（急忙给了母亲一口水）娘！娘！

〔王秀鸾不语。

张顺卿　（急得要哭，急急跑下边喊）秃子叔，秃子叔！

〔片刻，张顺卿和三秃子上。

三秃子　怎么回事？（扶起王秀鸾）哎呀，热昏啦！一做活就卖命，来，顺卿扶着点，我把她背到树底下去凉快凉快吧。

〔张顺卿扶起王秀鸾，三秃子背王秀鸾下。

（幕落）

第六场　遇贼

〔野外。

〔张老婆与张巧玲乞丐打扮上。

张老婆 （唱）怀抱棍，手提篮，

　　　　　　大街小巷去讨饭。

　　　　　　叔叔婶子叫破嘴，

　　　　　　讨吃要吃真为难！

　　　　　　东边走，西边串，

　　　　　　张家口到底在哪边？

　　　　　　山又高来路又远

　　　　　　前进后退两为难！

张巧玲 （唱）两为难，把谁怨？

　　　　　　不听人说不听劝，

　　　　　　多丢人来多现眼，

　　　　　　看你投奔哪一边！

张老婆 （向内）大叔，可怜块饽饽吃吧！

〔内声：哪有饽饽给你们吃呀！又不老，又不小，不会找个活干吗？

张老婆 （碰了钉子，又转过头来，对内）婶子，可怜块饽饽吃吧！

〔内声：没有，别处要去吧！做活的都没吃的，哪有吃的给你们哪！

张老婆 唉！（坐下）

张巧玲 别唉啦！快想办法回家吧！

张老婆 离家七八百里地，怎么回家呀？再说咱们家里一棵庄稼也没有，回去吃什么活着哇！

张巧玲 我说在家里种地，你偏不听说，不听劝，咱们都饿死吧！

张老婆　（低头半晌）巧玲，咱们找碗饱饭吃吧！

张巧玲　到哪去找碗饱饭哪？哪也没有给预备着粮食。

张老婆　唉！张家口咱们也找不到，回家也没有指望，巧玲，我给你找个婆家，你也不受罪啦，娘也跟着享点福。

［张巧玲低头不语，心里难过。

张老婆　走到这个地点啦！前进不得，后退不得，可怎么办！

张巧玲　怎么办？我也不要婆家，你让我抱屈受气呀？

张老婆　巧玲你听娘说……

张巧玲　我不听，你也别说。

［牛大山提着小竹篮，手里拿着烧饼、猪肉，边吃边上。

牛大山　（数板）

　　　　赶集回家转，

　　　　集上好热闹，

　　　　肥猪肉，大火烧，

　　　　好酒好肉吃个饱。

［张老婆见牛大山拿火烧正吃，自己馋得唾沫流出嘴外。

张老婆　大叔，你可怜咱一口吃吧！

牛大山　哎！你这个要饭吃的真不长眼！你不想，我花钱买的东西，又是白面又是肉的，怎么能给你吃呢？（看了看母女二人）你们是哪里的？

张老婆　南边的。

牛大山　（见张巧玲年轻，指张巧玲对张老婆）她是你什么人哪？

张老婆　俺闺女。

牛大山　多大啦？

张老婆　十六岁啦！

牛大山　就你们俩人哪？

张老婆　嗯。

牛大山　你们怎么出来的呀？

张老婆　家里穷……

牛大山　你们现在住什么村啦？

张老婆　东一天，西一天，没有准地方。

［牛大山总是看着张巧玲，张巧玲已经看出牛大山不像正经人。

牛大山　（把吃剩下的半个烧饼给了张老婆）给你吃了吧。

张老婆　大叔修好啦！（张老婆给张巧玲一半吃，张巧玲不吃）

牛大山　你们怎么走到这里来啦？你看东边三里地就是城里，让日本人看见，管保拿你们当成八路军的暗探。你们跟我走吧！我管你一顿饭，没地方住，我腾给你们一间房子，白天你们去要饭，晚上在我家宿，出门在外的，我替你们也为难。

张老婆　大叔你修好啦！巧玲走！

张巧玲　我不去，我不去！（怀疑牛大山）

牛大山　哎！我这是可怜你，你别拿我当成"嘎杂子"，我牛大山是好人。你们不去，我是个便宜你们去了，我就"背点伤"。我看你拿着好心当成驴肝肺啦！

张老婆　大叔，她是个孩子，不知道事。（拉张巧玲）

牛大山　你们一个穷要饭吃的，身上还有什么宝贝呀！害怕住了贼店哪？！

［三人下。

（幕落）

第七场　秋收

［人声，车声。人们在忙乱地收割庄稼。

［王秀鸾与张顺卿、树芬、大心、香姑背着担子拿着镰上。

众人　　（唱）人人都喜欢，

笑容带满面，

背着担子拿着镰，

快着走，一二三，

急忙到村南，

谷子熟得真正好，

穗大粒又圆。

穗大粒圆谁看谁喜欢，

谷子熟得真正好，谁看谁喜欢。

［到地头。

树芬　　你们看，秀鸾这谷子得了大头翁啦！穗快坠到当地去啦！

王秀鸾　该着吃小米啦，来，挽起袖子来割！

树芬　　咱们大家比赛。（作割谷的劳动舞姿）

众人　　（唱）庄稼长得好，

秋收家家忙，

男女老幼喜洋洋，

丰收年，粮食足，

大家有余粮，

吃得饱来穿得暖，

齐心打东洋。

吃饱穿暖齐心把日抗，

吃得饱来穿得暖，

齐心打东洋。

张顺卿　割完啦！

王秀鸾　割完了往家里担!

众人　对,往家担!(担起了担子,唱)

谷子穗儿黄又黄,

担回家去快打场,

打成谷子碾成米,

新米干饭喷喷香。(担着下)

(幕落)

第八场　重逢

[景同第一场。

[王秀鸾与树芬、大心三人在囤里倒粮食,屋内放着许多装满粮食的布袋。

王秀鸾　行啦!地里也净啦,场里也光啦,这算熬出来了!

大心　你们娘俩也换换食吧!这多半年啦,糠一顿菜一顿的,这时候大囤里流,小囤里满,愿吃什么就吃什么吧!

树芬　要看春天,你婆婆把你一扔,没吃没喝的,做梦也想不到有今个。这算闹了个大翻身!

王秀鸾　我现在算明白啦:妇女们就是要参加生产,自力更生,学会了种地,就是一辈子的饭碗。

大心　秀鸾说得对哟,有地不会种也是一样的挨饿。

王秀鸾　什么是本事呢?会种地,能劳动,就是本事,谁也不能小看,这就是妇女提高。

树芬　真是,秀鸾,你春天要有这两套,也不会挨大春那一笤帚疙瘩。

大心　大春回来,再拿笤帚打,就跟他上区里辩论辩论。

树芬	你就不用辩论,大春要是再回来了,别说打秀鸾笤帚疙瘩,连一笤帚苗也舍不得打了。高了兴,还得抱到怀里亲亲。
王秀鸾	你又说笑话呢!
树芬	说什么笑话呢!你就是咱们妇女的头子呀!不但自己生产,还起了挂钩作用,再选举的时候,妇救会主任准得选上你,你这威信算提高啦!
大心	一点也不假,今年让秀鸾挂得我做活也多多咧,别的年头我真没有什么下过地。
树芬	老黄毛家儿媳妇,让秀鸾比得净受婆婆的气,一天价说:"看看人家大春媳妇,装驴像驴,装马像马,干起活来比个大汉子都泼辣!像你们一下地就像入杀场一样,要不就是把脑袋梳得明明的,穿上两件子新衣裳,让谁看你们哪?哼!就不像个做活的样子!
大心	秀鸾这个名气,算传出去啦!区里也知道,县里也知道,真是个榜样啊!
王秀鸾	你们别这样抬举我哪,我可受不了。
树芬	你说咱们妇救会员要都和秀鸾一样,那多光荣多体面呢!那咱们妇救会的威信总得提高到冒天云里去。像老黄毛家儿媳妇,我三天两头批评她、教育她,要不是我抓得紧,她一点活也不想干。
大心	嘿!人这十个手指头伸出来不能一般齐,都和秀鸾一样,还要你这妇救会主任干什么呀!
王秀鸾	我这个也是妇救会主任领导得好哇,又鼓励,又开导,没有树芬的领导,没有咱们政府的帮助,我王秀鸾也没有今天。

〔几个人笑了一阵。

树芬　我想起来咧：区里来信，号召咱们开展手工业生产，我想了好几天咧，干什么呢？要不把咱们会员们组织起来，纺线做鞋，谁知道行不行呢？

王秀鸾　行，我可有这个经验，要纺一冬线，可赚不少的钱呢。今年春天我纺线，赚了好几百块钱。咱们纺长了，赚了钱，买一个织布机子学织布，怎么也赚出一年穿衣裳、使绳子钱，还有零花钱！

大心　行，我赞成。

树芬　对，咱们干部先组织起来，做榜样。

王秀鸾　就在我们家里，哪怕我赔上点灯油呢。

〔三秃子背着麻糖箱子上。

三秃子　嫂子！嫂子！

大心　看你这做买卖的，怎么到人家屋里来啦？

三秃子　队伍来啦，替军队号房子呢！

王秀鸾　俺家没有闲房子。（忽然想起）让同志们在我这住，我搬到树芬那里睡去。

三秃子　不行不行，就跟你在一块。

王秀鸾　女的？

大心、树芬　女的？

三秃子　男的，八路军怕什么，军民合作。

王秀鸾　死秃子，不说好话！

三秃子　你不，我就另给他找房子去！哎！走！

〔三秃子向外走，张大春上场。

大心、树芬　哎哟！大春回来了！

三秃子　怎么样，嫂子，这就有房子了吧？嘿！笑咧！（开玩

笑)

王秀鸾　你们转移过来啦?

张大春　不,我家来看看。

〔张顺卿跑上。

张顺卿　爹爹!(跑在张大春的身边,把背包摘下来,把皮带解下来,打扮成一个八路军)

张大春　顺卿,怎么不见长啊?

张顺卿　净是做活累得我!(喊着"一二三四"跑出去了)

树芬　怎么想起家来啦?

〔王秀鸾与大心下场去烧水。

张大春　我早想家来看看,总是转移不过来。

树芬　家里这摊子事,你知道了吧?

张大春　我四叔说给我咧。

树芬　哼!我大娘做的这件事不对呀!街上谁不念叨哇!

三秃子　唉!当着大春哥不该这么说,我大娘就是八十斤面蒸了个寿桃——废物点心,好吃懒做,有仨花俩,倒提着钱串的手。

树芬　再看你们秀鸾,哼!真是没有高山显不出平地来。

三秃子　差的不是一点半点,从辽宁差到陕西去咧!大春嫂子人家这真是把家做活一个铜子攥出汗来的手!我常给大春嫂子开玩笑,我说寻媳妇还是寻这样的,多醒皮呀!

树芬　你秃着个脑袋,一辈子也寻不上这样的!

三秃子　寻不上不寻,反正也不要个懒老婆。(把帽子一摘,用手拍着自己的秃脑袋)秃怎么样?又种庄稼又做买卖!他留着小平头的还不准有这两下子呢!

〔大心与王秀鸾提水上。

大心　　秃子，又瞎叫唤什么？

三秃子　叫唤什么？

王秀鸾　喝碗水吧，秃子。

秃子　　不喝，没吃渗头。

王秀鸾　(给三秃子倒碗水) 敬你一碗水吧。一年价麻烦你做活。

三秃子　(接水点头) 哎！陀佛！陀佛！

张大春　(喝着水) 树芬、大心，听见秃子说了没有？寻不上媳妇不寻也不要懒老婆。你们这妇女可得好好地生产，要不到了婆家也得受气。

大心　　受气！受气就得离婚！

张大春　离婚家来，弟兄们也不让你们吃闲饭。

大心　　自力更生！

张大春　怎么自力更生啊？

大心　　生产！今年俺们什么活没做呀！

树芬　　当然不如秀鸾哪！耕耩锄耪，什么都会。

三秃子　那你们就应当向秀鸾学习。

大心　　谁说不学习来呀！要不说秀鸾是俺们妇女的劳动模范哪！用着你个秃脑袋瓜子操心喽？

三秃子　用不着，咱不管，做买卖去！(要走) 你们也走吧！大春哥七八个月不回家啦，让人家把体己话也说说吧！将来你们的男人出外几个月不回家……

树芬、大心　(追三秃子) 你讨厌，三秃子！

〔三人追跑下，听得秃子喊着"烧饼麻糖"走远。

张大春　我真没有想到家里有这么大的变化！

王秀鸾　你知道家里的事啦？

张大春　四叔告诉过我。娘和巧玲有信没有哇？

王秀鸾　没信，准是上张家口找爹爹去了。你给爹写封信，让娘她们回来吧！

张大春　一会儿再写。今年咱们收了多少粮食？

王秀鸾　乱七八糟的总共收拾了十一石五，还摘了二百斤棉花。

张大春　想不到咱这十几亩地能收这些粮食。

王秀鸾　你知道俺俩负的什么辛苦哇？浇三遍，锄三遍，黑夜白天粘在地里。

张大春　你可真是模范啦！过去我真把你看错啦！我总看着你也就是开开会唱唱歌的，过日子算是稀松二五眼，闹半天你还有这么大造化呢！

王秀鸾　你当受你一辈子气呀！又挖苦，又损，又要离婚，又拿笤帚疙疸打！

张大春　咦！别说这个病根子啦！过去我是军阀主义，思想意识不正确，压迫妇女。

王秀鸾　当了八路军你也进步啦？

张大春　我多少也有点认识啦！主要是你进步大，又有本事，又会过日子，现在我准不会打你。

王秀鸾　家里多住几天呗？！

张大春　住两天。我这算放心了。早些我当兵也不安心，总想开小差回家，怕你过日子困难，同志们开会就批评我家庭观念深。现在好啦，你能挑家过日子，家里有我没我也不吃劲，我就好好地抗日吧！

王秀鸾　行！你就好好地抗日吧，家里什么也不用惦记。再说，你当八路军，村里对咱们照顾更周到，一点困难也没有。你好好地抗日，我好好地生产，咱们看谁模范。

张大春　对！（唱）我抗日，

王秀鸾　（唱）我生产，

张大春、王秀鸾　（合唱）你我加油不偷懒。

张大春　（唱）我拿着枪杆上战场，

王秀鸾　（唱）我扛着锄头去种田，

张大春　（唱）我誓死要把家乡保，

王秀鸾　（唱）我保证生活不困难

张大春　（唱）你光荣，

王秀鸾　（唱）你模范，

张大春、王秀鸾　（唱）赶走日本鬼，共享太平年。

（幕落）

第九场　潜逃

［牛大山的家里。

［张巧玲提篮上场，是刚从外边讨饭回来。

张巧玲　（唱《讨饭曲》）

　　　　张巧玲，泪汪汪，

　　　　有家难归好悲伤，

　　　　心中只把老娘怨

　　　　咬牙切齿恨断肠。（坐在炕上）

［牛大山上。

牛大山　（数板）

　　　　一面走，一面笑，

　　　　拿来了一千老头票，

　　　　花洋布，衣裳料，

　　　　巧玲穿上好上轿。（见了张巧玲）

怎么？巧玲你又要饭去来呀？

张巧玲　不要饭吃怎么活着哇？

牛大山　你娘手里不是有钱了吗？

张巧玲　她哪来的钱哪？

牛大山　你还不知道哇？

张巧玲　我不知道。

牛大山　不知道就罢，反正你们快享上福啦！你娘干什么去啦？

张巧玲　我不知道。

牛大山　她不在家，就交给你吧。这是一千块钱老头票，这是衣裳料子，回来给你娘一说就知道啦。（下）

〔张巧玲望着钱和布。

张巧玲　（唱《讨饭曲》）

哪来的布？哪来的钱？

巧玲心里暗盘算

母亲又摆什么套，

气得巧玲咬牙关！

〔张老婆上场。

张巧玲　这是干什么的布和钱呀？

张老婆　谁拿来的呀？

张巧玲　牛大山。

张老婆　巧玲，咱们可在难处里呢！你听娘说，我托牛大山在城里头给你找了个婆家，是警备队的班长，替日本人干事的，这是人家给拿来的布和钱。

张巧玲　（气得把布和钱扔了满地，啼哭不止）娘！你好狠心哪！（唱《讨饭曲》）

母亲娘你好狠心，

　　　　立逼着闺女嫁伪军,

　　　　你低下头来想一想,

　　　　给的孩子多伤心!

　　　　张巧玲,泪纷纷,

　　　　我的命比黄连苦三分,

　　　　逼得孩子没出路

　　　　投河跳井也不嫁人!

〔牛大山上,偷听。

张巧玲　娘,你好好地思想一下,哪件事情做得对?你又馋又懒,不在家里种地,把我嫂子扔在家里,没吃没喝,到如今你又逼着闺女嫁一个伪军,你怎么让孩子拿你当人!唉!娘,你今个听了女儿的话,离开这里赶快回家,要不然,我不是你闺女!你不是我娘!

张老婆　如今生米已经做成饭啦,怎么能走?

张巧玲　不能走也要走,你不走,我一人走!不是闺女没有良心,不是闺女不孝顺,是你自作自受!我这就走!(要出门走)

〔牛大山进来。

牛大山　怎么?走?(凶狠地)看你走,打断你的腿!长上翅膀想着飞?飞不了!老虎嘴里别想跑,我看你们谁敢走?吃人家东西,花了人家钱,愿走就走哇?(威胁)我看你们动一动,就砍断你们的腿!(把菜刀扔在当地)

〔张老婆与张巧玲吓得一声不响。

牛大山　我进城叫警备队把你们都抓去!(气冲冲下)

张巧玲　(见牛大山下)娘,咱们走!

张老婆　巧玲,咱们惹不起他们,要走不脱,连命都没有了哇!

张巧玲　死了也比在这地方好,你不走,我走!(跑下)

张老婆　(紧拉没拉住,回来坐在炕上,不知如何是好,自言自语地)她走咧,留下我也活不了,唉!我也走吧!(拿起篮子、棍子跑下)

(幕落)

第十场　路　遇

[野外。

[张巧玲与张老婆上场。

张老婆　哎呀!这算死里逃了个生!唉!咱们投奔哪去呀?

张巧玲　回家。

张老婆　回家也没有指望,谁知道还有那家没有哇?巧玲,咱们还奔张家口吧!我已经问明这是奔张家口的正道。(拉张巧玲走)

张巧玲　我不去!

[母女二人正在争执不下时,忽然发现远处有人奔这里急急地走着,二人惊慌。

张巧玲　快走吧,有人追来了。

张老婆　(忽然发现远处来的人是张店臣)巧玲,你看,怎么像是你爹呀?

张巧玲　(细看)是我爹,(大叫)爹!

[张店臣上场。

张店臣　这不是你们娘俩呀?

张巧玲　(哭)爹!

张老婆　你上哪儿去呀?

张店臣　回家,我接到家里一封信,你们到底是怎么一回事啊?

张老婆　唉！春天没吃没喝，日本人又抢粮食又砸锅，把牲口也拉着走啦！大春把家一扔跑啦！他媳妇也住娘家去啦，留下我和巧玲在家里没法过日子，吃也吃不上，喝也喝不上，俺娘俩就离开家，打算上张家口找你，一直找到如今，也不知道张家口在哪儿藏着呢！

张店臣　你们怎么过的这几个月呀？

张老婆　要饭吃！

张店臣　好大春个兔崽子！自己管了自己，把亲娘妹子给饿起来，不行，走，咱们回家，跟他们算算账去！

张巧玲　（想把真情讲给店臣）爹……

［张老婆急忙拦住张巧玲，偷偷地给张巧玲示意，不让张巧玲说实话。

张老婆　咱们上张家口吧！家里春天没有种地，一点粮食都没。

张店臣　张家口就有粮食吃啦？买卖关张啦！我也让掌柜的辞啦！小伙计们让日本人抓了壮丁，这个捐那个税，买卖一个钱不赚，散了伙啦！走，回家吧！

［三人下。

（幕落）

第十一场　脸无光

［王秀鸾的屋内，王秀鸾与树芬、大心、香姑四人正在纺线。

众人　（唱）十月里来是冬天，
　　　　　开展副业来纺棉，
　　　　　刻苦成家多勤俭，
　　　　　生产积极不偷闲。
　　　　　纺棉小组笑连天

又亲热来又赚钱，

村中人人都称赞，

爹娘弟兄更喜欢。

[大家纺线，张顺卿持赶羊的鞭子上场。

张顺卿　娘，我去放羊去啦。你把识字课本给我，我又放羊又念书。

王秀鸾　去吧。（后台有驴叫声）牲口叫呢，给它点草。

[张顺卿拿着识字课本下场。

王秀鸾　你们当闺女的可得好好地拿点心计，什么活也得学学，要不到了婆家，可是个气布袋。

树芬　你算是有经验了。

王秀鸾　真的，早些不知道过日子，不知道做活，人家那两眼瞪你，真吓得浑身打哆嗦。

香姑　现在好了吧？上次大春家来一眼也没有瞪你吧？

大心　嘿！大春家来，我和主任看得可清，又亲又热，又哄又敬，真是乐得那脊梁沟里都有笑纹，可好多多咧！

香姑　擦一两胭脂，抹四两粉，穿上绸子缎子衣裳也不准能做这样的香媳妇啦！

树芬　你还是封建脑袋呢！现在做媳妇不讲究这些穿戴了。第一就是会过日子会做活，能干抗日工作。

[街上有敲锣声音。

王秀鸾　听！打锣呢，咱们该上识字班去啦。

树芬、大心、香姑　走，上课去。

[拿着书本子，拐着线下场。场空片刻，张店臣与张巧玲上场。

张店臣　嗯？怎么这些个纺车呀？家里一个人也没有哇？

[二人看了院内看屋内。

张巧玲　（诧异）爹！这不像是咱们的家咧！

张店臣　怎么不是呢？

张巧玲　春天俺们走的时候，家里什么都没有啦！你看现在院里有一个羊圈，还有个牲口，屋里还有些个纺车，这么多的棉花，还有一囤粮食。

张店臣　别是把房子卖了，又搬家了吧？你娘呢？

张巧玲　她进村就到李大娘家去啦。

张店臣　她为什么不家来？

〔王秀鸾、张四保上场。

张巧玲　我也不知道。

王秀鸾　爹！你们回来啦！

张四保　店哥回来啦！

张店臣　回来啦！这还是咱们的家呀？

王秀鸾　是咱们家。

张店臣　怎么这些纺车呀？

王秀鸾　这是俺们妇救会组织的纺线组。

张店臣　那牲口呢？

王秀鸾　过了秋和人家打伙计买的。

张店臣　羊呢？

王秀鸾　也是咱们买的。

张店臣　你们在家过好日子，就让你娘她们在外头要饭吃吗？

王秀鸾　不是给爹去了信，让娘她们回来吗？

张店臣　春天大春走了，你也走了，把你娘和你妹子扔住家里不管，这说不下去呀！老人扶养小孩是为的沾光得济，你们年轻的都走咧，把老人饿死呀？

张四保　店哥，不是这么回子事。

张店臣　怎么回子事呀？

张四保　巧玲看得清，这事不能怨儿媳妇。

张巧玲　一点也不怨我嫂子，全怨我娘一个人。

张四保　店哥，我盛了一肚子的话，今个总得把它掏出来，要是没有你这个儿媳妇，今天你回来连个吃饭的地方都没有哇！春天，我嫂子吃了玩，玩了吃，一点活也不做，把大春气得走啦，塌下了一屁股眼子饥荒，箱也卖了，柜也卖了，把村东坟上的二亩半麦苗也当了！该耕种地啦，她把家一扔，找你去啦！我拦也拦不住。顺卿和他娘下地，拉耧子、锄地、浇园、担土、送粪，糠一顿，菜一顿，粗菜淡饭吃不饱，拉犁累得吐了血，浇园热昏在井台上，没黑天没白天的，拿着人当牲口用，我嫂子净想到张家口过松心的日子，没想到媳妇和孙子在家里受的什么罪！店哥，你可亲眼看见啦，纺车好几辆，绵羊一小群，槽头上拴着个一色黑的小叫驴，粮食柴草是吃不清烧不了，这都是一个二十几岁的媳妇和十一岁的小孙子的功劳。

张巧玲　俺们在外边要饭吃，她立逼着我嫁伪军，要不是我跟她打架，她还不说回来呢！

张店臣　（恍然大悟）哦！原来是这么一回子事，怪不得她不敢进家，闹半天她是贼人心虚！巧玲，叫她家来，跟她算不清的账！

［张巧玲下。

王秀鸾　爹，你别和我娘生气，过去的事就别提啦！以后咱们和和气气地过日子吧！

张四保　你知道了就算啦！也别闹，也别吵，好好地把她开导开导,以后好好地过日子。

张店臣　她吃馋歇懒了,一辈子也不会过日子。

张四保　要说馋懒一点也不过分,不是因为馋懒,一家子也不会闹这么大纠纷,大春也出不了外。

张店臣　哎!大春到哪儿去咧?

王秀鸾　当咱们子弟兵八路军呢!

张店臣　有信没信?

王秀鸾　短不了家来。

张店臣　他不回来过日子,当半天兵算是干什么的?

张四保　哎!店哥!说这话又没认识啦!你常年在敌区耍手艺,思想还落后呢!当兵是打日本,要不是八路军坚决抗日本,咱们哪有这份日子?

王秀鸾　爹,你不知道,村里今年对咱们帮忙可大啦!没吃的给吃的,没人做活给找人,要不是村里照顾咱们,咱们也不会有现在。

〔张老婆提篮子、棍子上,低头不语,自觉抱愧,张巧玲随后。

张店臣　你还有脸进家呀?你没出息的老混蛋!我跟着你算没法办。自己做的丢人事,屎盆子硬给人家扣,你越上年纪越没脸!(气得吹胡子瞪眼)我屋里那箱呢?

〔张老婆不语。

张店臣　我那柜呢?

〔张老婆不语。

张店臣　我坟上那二亩半地呢?

〔张老婆不语。

张店臣　你可说呀!

〔张老婆不语。

张店臣　大春，你逼走咧；媳妇孙子，你扔下不管；巧玲才十六岁，你硬给她寻婆家，一家子六口人你对得起谁？（越说越有气）你没给家里做活，家里没有你的饭碗，篮子是你的，棍子是你的，还交给你出去要饭吃去吧！（给张老婆篮子、棍子，向门外推张老婆）

［张老婆眼里含着泪哭啼。

王秀鸾　（拉住）爹，别生气啦，我娘心里也很难过。

张店臣　难过！跳到苦水井里死了去！

张四保　老夫老妻的，说说就算了吧！

张店臣　不行！今天我要饶了她，我就没脸对儿媳妇，她外边游荡了一年，粮食入囤啦，没脸没皮地又跑回来，儿媳妇辛辛苦苦地把家做活劳动了一年，不能养着她！把东西喂了狗，狗还给摇摇尾巴呢！（推张老婆）走！走！……

王秀鸾　爹！你要让我娘走，我就给你跪下！

张店臣　不行！（依然在推）

［王秀鸾双膝给张店臣跪下。

张店臣　（一见王秀鸾跪下，无可奈何，气得用篮子把张老婆打了一下）唉！你真是修下好儿媳妇了！我要不看着儿媳妇的情面，你就是走，饿死在外头也活该！

张四保　别说啦，店哥。嫂子不言语，也是觉着后悔。

张店臣　你看一看这屋里，这纺线车子，院里的羊圈牲口，五谷杂粮，人家这日子是怎么过的？你看看人家置下的这点事业！再看看你，卖了我的家具，卖了我的地，就是给我置下了一根打狗的棍子，一个破篮子！哼！你还馋，你还懒，你还不过日子，你个老混蛋！

张四保　嫂子，这步棋走错了，退回来吧！说一溜八遭，还是应当负辛苦种地。咱们是庄稼人，种地才是根本。

［张老婆一鼻子泪一鼻子水地哭啼。

王秀鸾　（给张老婆一块手巾擦泪）娘！别难过啦！过去的不对啦，以后日子长着呢，我还不是从今年才学过日子吗？

张老婆　唉！（唱《悔过曲》）

儿媳妇王秀鸾，

又种庄稼又纺棉，

公公面前受尊敬，

多么光荣多体面。

回头来把我自己看，

又丢人来又现眼。

闺女在一旁噘着个嘴，

老头子两眼瞪了个圆。

树有皮，人有脸，

对不起儿媳王秀鸾。

到如今我后悔晚，

羞得我谁也不敢看。

王秀鸾　娘！别难过啦，我是你亲儿媳妇，你是我亲娘，我年轻应当做活，我养着老人也是应该的。就是你有不对的地方，我也能担待。爹，你也别生气啦，咱们一家子和和气气地过日子，你也乐，我也乐，欢天喜地的比什么都好。

张四保　对，顺卿他娘说得真强。嫂子，光棍回头饿死狗，那就看你争气不争气了

张老婆　唉！（唱《立誓曲》）

从今后我争气，

　　　　再不能这样没脸皮。
　　　　安心好把日子过,
　　　　各样生产我积极。
　　　　两条腿跪平地,
　　　　对着老天爷盟海誓:
　　　　从今后我改过,
　　　　没出息变成有出息。

张四保　好!(哈哈大笑)看俺嫂子又磕头又下跪,这就是从心眼里头转变啦。

张店臣　哼!狗改不了吃屎!

张四保　哎!败子回头金不换。再说,我嫂子还不是坏透了气的人呢。

张巧玲　要不是我跟她打架,逼她回来,今年冬天还不冻死在外头哇?

张四保　这是天不灭曹哇!家里什么都有,过好日子吧!

王秀鸾　我织出来了好几个布,放着呢,回头你们一人裁一身新衣裳吧。天气也冷啦,你看穿这破破烂烂的,多受罪呀!

张老婆　唉!俗话说,这人是打不服,骂不服,敬服喽哇!这一会儿可让你(指王秀鸾)把我敬服了。以后我拿你就当个亲闺女看待。我也买辆纺车,和你们一块纺线。

王秀鸾　咱们家好几辆纺车呢!明天我给你拾掇出一辆来,闲在的时候咱们一家子纺线,忙了一家子下地,一家子憋足了劲,就不愁日子过不好。

张店臣　我走了这么些个地方,没有见过这样又孝顺又仁义,又过日子又做活的媳妇呢!

张四保　就算是不多吧。

张店臣　（忽然想起）唉！（对王秀鸾）你们辛苦了一年，卖死卖活地出了这么大力气，功劳不小了，我不能白了你们娘俩，雇人做活又是吃的又是钱，我给你们拿出几斗粮食来，算你们娘俩的体己，愿花就花，愿存着就存着。

王秀鸾　不！爹，辛苦一点还不是为咱们过好日子吗？家里过强了，我也吃不了亏，家里过苦了，我也跟着受罪。一家子的东西，分什么你的我的呢？有了这个心，日子就过不好咧。

张四保　对！实在的话。

王秀鸾　再说，咱们能有今天的日子，还不能算是我的功劳，全靠着村里区里的帮助，和干部们的照顾。

张店臣　那咱们吃饭不能忘了种谷的人，明天买点东西，给人家送点礼。

张四保　店哥，你又露"怯"了。你在敌区住常了，对咱们抗日政府，认识不够。共产党领导的政府，是给老百姓解决困难的，不叫老百姓挨饿。再说，大春当八路军，你们又是光荣抗属，更得好好照顾你们。哪提得着送礼呢！

张店臣　我常年住在敌区，哪知道有这么好的事呀？

张四保　店哥！别回去了，咱们这里环境也好啦，家里过日子吧！这不是早先的"世派"啦，现在是穷人大翻身了。

张店臣　好！我死也不回去啦，外边让日本人闹得买卖也不能做了，早收了铺子了，你一讲道咱们的政府这样好，对老百姓这样费心，我是死也不回去了。（从腰里掏出了二千块钱）买卖散了伙，掌柜的分给了我二千块钱，添

给家里过日子。(给王秀鸾)

王秀鸾 给我娘带着吧。(接了钱给张老婆送去)

张店臣 不行!(紧忙抢回来,又给王秀鸾)我信不准她。她就算个什么也不管的甩手的婆婆吧!里里外外你当家,钥匙你带着,财帛你经管,当花了花,当省了省,你拿锄你留苗,有这么个好儿媳妇我真放心。

张四保 顺卿他娘,听见了没有,店哥当场就下了委任状啦,一品的大当家的咧。

王秀鸾 我可不会当家。

张四保 妇救会主任也快当上啦,别客气,锻炼吧!

张巧玲 我同意让我嫂子当家,她又能劳动又会过日子。

王秀鸾 还是让娘当家吧!

张老婆 我可不当家,以后我就是吃饭做活吧。

张店臣 你倒是挺"觉孽"。

[张顺卿持鞭上场,愉快万分。

张顺卿 姑姑、爷爷、奶奶!(到每人的怀里亲热一场)

张店臣 小卿!你上哪里去来呀?

张顺卿 放羊去来,爷爷,咱们那羊下了两个小羊。

张店臣 哈哈!好孩子。

张四保 好!大春他们在东庄上住着呢,给他捎个信,明天让他来看一下。以后你们和和气气地过日子吧。

众人 对!(唱《团圆曲》)
全家人又团圆,
老的少的都喜欢。
全家团结来生产,
以后的光景不困难。

[大家笑。

张四保 （向张老婆）我就看你了

[大家下场。

（幕落）

第十二场

[景同第一场。

[早晨，张老婆刚起来。

张老婆 （唱《做饭曲》）

　　早晨鸟儿叫吵吵，

　　庄稼人儿睡不着，

　　拿起簸箕端起米

　　推成米面把饭烧。

　　（白）天亮咧！巧玲，快起来做饭吧！

张巧玲 （出来就向王秀鸾屋里走）嫂子！

张老婆 你干什么去？（拦张巧玲）

张巧玲 叫我嫂子做饭。

张老婆 你嫂子夜里黑价开会回来得晚，让她多睡会儿吧。我推碾子，你做饭吧。

张巧玲 嗯。

张老婆 （唱）我把米去推成面，

张巧玲 （唱）我抱柴火来做饭。（大踏步往外走）

张老婆 （听见张巧玲走得声音大，急上前制止，唱）

　　慢着走来你慢着跳，

　　小声说话别叫了，

　　你嫂开会回来得晚，

让她安生睡一觉。

［二人下场。

［王秀鸾从内室出来，扣着扣子上。

王秀鸾 （唱《下地曲》）

　　　　太阳出照西墙，

　　　　今天我又晚起了床。

　　　　快推碾子快做饭，

　　　　拿起升子把米量。

［王秀鸾刚说去拿米，张巧玲抱柴上。

王秀鸾　巧玲，你早起来啦？

张巧玲　你干什么，嫂子？

王秀鸾　我量米推碾子。

张巧玲　娘早推去咧。

王秀鸾　咳！你们起来为什么不叫我呢？

张巧玲　娘说你开会回来得晚，不让惊动你，我走得快了娘还说我呢！

王秀鸾　可别这样，做媳妇的总是让婆婆侍奉起来啦。

［二人一面说一面拾掇做饭。

张巧玲　嫂子，这些日子娘算是变啦！要是早些，起都没有起呢，她还推碾子？尿盆都得让别人给她端。

王秀鸾　娘这一变倒把我变得怪不好受，什么活总是她抢着做。

张巧玲　这都是你影响的她，总觉着不干活没脸端碗，连我不是一样吗？刚来的那几天，你天天给俺们做好的吃，一端碗心里就难过。

［张老婆上。

王秀鸾　娘！你推碾为什么不叫我呀？

张老婆　你夜里黑价回来得晚,让你多睡一会儿。

张巧玲　娘!"老爷"真是打西边出来啦!

张老婆　你快做饭吧,就是你俏皮话多!

王秀鸾　娘以后千万别这样,倒叫我心里不好受。

张老婆　有什么不好受呢?你在家里辛苦了一年了,还不该歇歇呀?什么婆婆什么媳妇,你有本事,我侍候你几天也情愿。我这个人就是这么个脾气,不愿做的时候推也推不转,这阵儿愿做了,不叫我做还打我的高兴呢!

王秀鸾　以后有什么活,先让俺们做,做不过来你帮帮忙就行咧。

张老婆　推个碾子推个磨的这算个什么,以后种开地了,重活你们做,轻活我做,我这是歇得懒筋粗了,短不了一时一会地犯老毛病,你们总得常说道着我点。

张巧玲　娘!你真是像我四叔说的一样:"败子回头了。"

张老婆　回头不回头,反正谁也看不上笑话了;当干什么我就干什么。巧玲,饭熟了没有?

张巧玲　没有,快啦。

张老婆　饭没熟再纺会儿线。(纺线)

王秀鸾　娘,上了年纪啦,愿纺就纺会儿,不愿纺就歇会儿,可别累着。

张老婆　你算说到我心里去了。你们不在家的时候,我短不了撒个懒,你们在家,我就不好意思地歇着咧,你们觉着我干活干得不多呀,我还是咬着牙干呢!

王秀鸾　娘,可别卖命,做多点算多点,没做惯活的人,刚一做活也是累着呢!

张老婆　谁说不是,纺这半天线,这浑身上下就像骨头架散了样,又酸又痛的。你不想我从小就懒惯啦,在娘家当闺女的时候,别说下地做活,推碾子推磨,这清早起来连个尿盆子也没端过呀。从小这懒筋就没伸开,这阵儿后悔也晚了。

[张店臣和张顺卿从集上回来,背着粮上。

张店臣 好快的线,到集上就卖啦!

张老婆 卖了多少钱呀?

张店臣 别着急,让我报账,一斤线卖三百五十元,三斤线,三三见九,三五一百五,总共一千零五十。又买了三斤穄子,一斤是二百四十元,二三如六,三四一百二,七百二十,一千零五十,减去七百二十,三百三十元,给顺卿买了一支铅笔五元,剩下三百二十五元,交柜。(给王秀鸾)

王秀鸾 (接钱)饭熟啦,吃饭吧。

张店臣 吃饭!吃饭!(大家开始吃饭)

张顺卿 奶奶,我爹在集上呢,他说一会儿回家。

张老婆 他在集上干什么?

张店臣 卖"大取灯"呢!他们叫什么闹生产呀!

张巧玲 上次我哥哥回来还给家里粘了一大堆呢。

张店臣 八路军什么也干,又种地,又打仗,真没有见过这样的军队呢!

[张四保急上。

张四保 吃饭呢!

众人 你吃点吧!

张四保 不,不。我告诉你们一个好消息:夜儿个区里来人在咱们村里开了一个会,说秀鸾今年生产加油,生产有成绩，把她选成劳动英雄咧！今个送她到县里开会；县里再选上送分区，分区选上送边区，开英雄大会，你看这光荣不光荣？

张店臣　英雄大会？这是个什么讲究呢？

张四保　就是把各村里种庄稼好的有成绩的人选拔出来，送到山里头开会。

张老婆　这么远，去了还能回来呀？

张四保　也不一定准到山里头，要是选不上，有三两天就又回来咧。你们快准备准备吧，一会儿就开大会欢送。（急下）

张店臣　停停再说吧。这个事靠不住，这不是挑女兵吧？

张老婆　要是把你挑着走了，家里这戏又算拆了台咧！给村长说说吧，咱们别去，让别人代表了吧。

[张大春上场。

张巧玲　我哥哥回来啦！

张店臣　你吃饭了没有？

张大春　没吃呢。

[张老婆给他盛饭。

[王秀鸾盛上饭给张大春。

张大春　（向王秀鸾）听说你当选劳动英雄啦？

张店臣　俺们正说这个事呢。我看这有八成是挑女兵吧？去了准回不来。

张大春　哪有的事！这是群英大会，种地的英雄，打仗的英雄，各色各样的英雄，都选出来，到边区开会，交流经验，开完会就回来。

张店臣　没有妨碍吧？

张大春　有什么妨碍呢？这是光荣体面的事，就怕是到不了边区，真要是到了边区，那回来你资格就大多了，带好多的经验回来。（对王秀鸾）什么时候走哇？

王秀鸾　今个就走，一会儿村里人们欢送，我心里怪羞的，我哪配当英雄啊！

张大春　嘿！那你算光荣咧！我真没有想到咱们这老鸦窝里掏出凤凰来咧！

〔远处有锣鼓声。

张顺卿　听！敲鼓呢，集合咧！俺们儿童团是化装宣传队，我快化装去呀！（把碗放下跑下）

张大春　快拾掇拾掇准备走吧！

王秀鸾　（把钥匙、钱，交给张店臣）这是钥匙，这是钱，爹带起来吧！

张店臣　好，我先收起，等你开会回来还是你当家。你要在边区毕了业，资格就更大了。

张老婆　给你嫂子包几个饼子道上吃。

张大春　咳！包饼子干什么？到哪儿也是香油白面。

〔鼓声更近。

张老婆　快拾掇吧！你听来咧！

张店臣　快把院子扫扫去，把屋里也拾掇拾掇，你看这污污秽秽的，快！快！

〔大家慌忙下。

（幕落）

第十三场　欢送

〔院里。

[张店臣和张大春扫院子，忙忙碌碌，鼓声更近，听到街上的人声嘈杂，不住地喊口号，越来越近："劳动英雄是光荣的！""向劳动英雄学习！""我们要争取作劳动英雄！"

[群众进了院。

群众　秀鸾！出来吧！欢送你来啦！

[群众从右边上，张店臣一家从左边上，每个人都非常高兴。化装宣传队，各样的打扮都有。

群众　（唱《欢送曲》）

　　这朵花呀真好看，

　　送给英雄王秀鸾。

　　劳动英雄第一名，

　　男女老少都称赞。（唱着，把花给王秀鸾戴了满身）

三秃子　好，你看我嫂子多么光荣吧！头上也是花，身上也是花，腿上也是花，浑身上下都是花，结婚的时候都没戴过这些个花啦！你简直成了一个大花盆了。

群众　（唱）你看秀鸾多光荣，

　　她是妇女劳动英雄。

　　光荣花朵满身戴，

　　一家大小都光荣。

三秃子　还是我那一句话，寻媳妇照着这样的寻，一家子都跟着光荣。

张四保　不但他们全家子光荣，咱们全县全区连咱们全村都跟着光荣。

树芬　俺们全体妇女都光荣。

三秃子　你们光荣也是沾人家光，捎带着光荣，要真想着光荣，还是自己争取一个。

树芬　明年见，三秃子，跟你们男子比赛咧。

大心　　现摆着俺们妇女当了劳动英雄了,你们男的可不当,哼!你秃着个脑袋瞎叫唤什么呀!

〔大家笑。

王秀鸾　我可真是抱愧,我总觉自己没有什么成绩,不配当英雄。

群众　　别客气啦!大家都赞成,你还有什么抱愧的呢?

树芬　　大春,你高兴不高兴啊?

张大春　我太高兴了!

树芬　　这不是春天打架的那时候了吧?"离婚"现在还"离婚"呗?

〔张大春笑。

树芬　　还打秀鸾笤帚疙疸呗?

〔张大春笑而不语。

三秃子　(对张老婆)大娘,你看看俺嫂子,多么威风啊,一村的人们欢送,说不定这一下还得看见毛主席呢,你眼红不眼红呵?

张老婆　三秃子,你别俏皮我,明年见,不闹个英雄,也得闹个模范。

张四保　哈哈!嫂子要当了英雄就更光荣了,你是败子回头的劳动英雄,双料的光荣。

张店臣　我五十七岁的老头子,明年也要卖卖老,碰对了,也闹个英雄,到边区逛逛。

张大春　爹!你们家里种地,我前线打日本,你们当劳动英雄,我当战斗英雄。

张四保　对!你们真就是"英雄之家"。欢迎秀鸾讲话!

〔大家鼓掌。

王秀鸾　(立在高处)乡亲们,我可太抱愧,我觉着没有什么成绩，不配当英雄。

三秃子 不要客气。

［啦啦队大家附和。

王秀鸾 还是那一句话，共产党八路军来咧，庄稼人们都翻身咧，万年穷也有了饭吃咧，成年百辈子不时兴的丫头媳妇，也当了英雄咧，站在人群里也敢大嗓子讲话咧，穷人也不受压迫咧，这些好处都是共产党给咱们的，咱们一辈子也不能忘了共产党。

群众 对！（唱"欢送曲"）
共产党的道路明，
领导生产不受穷。
坚决拥护共产党，
永远跟着毛泽东。

［张四保领众人呼口号：永远跟着毛泽东！坚决拥护共产党！共产党万岁！

张四保 天不早啦，咱们欢送秀鸾到县里去吧。秧歌队扭起来！

［秧歌队扭着秧歌，其他群众在一旁同唱《欢送曲》。

群众 （唱）你看秀鸾多光荣，
她是妇女劳动英雄。
光荣花朵满身戴，
一家大小都光荣。
共产党的道路明，
领导生产不受穷，
坚决拥护共产党，
永远跟着毛泽东！

（幕落·剧终）

丁玲　逯斐　陈明

窑　工（话剧）

人物　（以上场先后为序）

张永泉　五十三岁，森下瓦窑厂的经理，外号活阎王

汪子和　四十八岁，森下瓦窑厂的大先生

刘小发　十四岁，森下瓦窑厂的苦力

刘忠厚　六十岁，刘小发的祖父，森下瓦窑厂的厨子

李生财　三十二岁，森下瓦窑厂的工头，张永泉的狗腿子

老杜　　四十九岁，小葡萄园的主人

金本　　五十岁，森下的老丈人

赵满　　二十七岁，森下瓦窑厂的苦力

钱根弟　三十岁，森下瓦窑厂的苦力

凤仙　　三十三岁，张永泉的小老婆

小玉　　十五岁，原名翠子，刘文发的女儿，张永泉的养女

刘文发　四十二岁，刘忠厚的儿子，森下瓦窑厂的苦力

高炳武　二十三岁，森下瓦窑厂的苦力

陈国梁　二十岁，森下瓦窑厂的苦力

周平安　三十二岁，森下瓦窑厂的苦力

小头目甲、乙、丙

八路军甲、乙、丙

工人群众甲、乙、丙、丁……

孔主任　二十八岁，四区区工会主任

工人纠察队员

法警

记录员

第一幕

第一场

时间　一九四五年四月某日黄昏

地点　森下瓦窑厂大柜上

布景　左边是个土柜房，正中墙上挂有上工牌，靠广场墙边有一门，门里放写字桌，桌上有算盘、电话等，门外右面是广场，堆着已经烧成的砖瓦，左远方露出城墙的一角，右方是魁星阁的远景。

幕启

[后台乱嚷："五千九百八十""五千九百九十"……有的喊："齐了！齐了！五十万！"又有人喊："开车了！开车了！"接着汽笛声，火车开动。张永泉坐在柜房里抽烟。火车由近而远去。刘小发跳跳蹦蹦上，眺望着火车远去。汪子和拿了一把交货的筹码，匆匆走进厂房。

汪子和　啊，三爷！货装走了！

张永泉　打个电话到龙烟去。

汪子和　是！（打电话）喂！接龙烟铁工厂——喂，是龙烟么？我森下瓦窑厂，我是大先生，什么？还要多些？（对张永泉）怎么样？

张永泉　煤运得不够数，叫他交足了煤，再来催砖。

汪子和　喂！运来的煤不足数呀！这样下去，我们要脱期交货了！

张永泉　他们不守信用，不按合同办，我们不能把胳臂当柴烧。

汪子和　喂！一定得守合同，不补足不成，到期不交货不能怪我们呀！是，好！（放下电话机，坐下点号签）

张永泉　这个月的账结出来没有？

汪子和　还没有！

张永泉　该领款子了！快点儿！

汪子和　是，待会儿就请您过目。

［刘忠厚上。

刘忠厚　小发，怎么跑到这儿来了？人生地不熟的。

刘小发　爷爷，这不是打北京来的火车吧？

刘忠厚　不是，是龙烟铁矿的。

刘小发　到这儿来干什么？

刘忠厚　运砖的。

刘小发　火车还开到这儿来运砖，真阔气。

刘忠厚　头天到这儿来，别乱说，惹出了什么事，再把这饭碗丢了，可又找麻烦。

刘小发　唔，今晚上吃那号沙子饭，还没有天津厂里好。

刘忠厚　天下老鸦一般黑，换个地方，哪能好上天去？这年头，唉！

刘小发　李先生不是在天津说，到这儿好吃好穿，工钱多？

刘忠厚　待一阵再说吧，别再像天津发大水那年，工也找不着，你妈又闹病，弄得一身的债，逼着只好把你姐姐卖了。

刘小发　爷爷，姐姐卖哪儿了？

刘忠厚　谁知道那个姓王的把她带哪儿去了。

汪子和　（结账，突然想起）唔，三爷，今个儿晌午太太和小姐来找，你刚好到……

张永泉　他妈的,老上这来撒野,说什么来着?

汪子和　您小姐要做鞋子,找老三老婆纳底子,没半顿饭工夫就回了。

张永泉　唔?

汪子和　您小姐真漂亮,您真好福气!

张永泉　哈……

刘小发　爷爷,姐姐比我大一岁,一定没有我高。

刘忠厚　谁知道呢?卖她那年才十岁,今年该十五了。唉,去年你爸爸还托人打听她的下落,有的说那姓王的在口外,有的说到南方去了,这辈子要见到她,恐怕也难了……

[李生财带礼物上。

刘小发　爷爷,李先生。

刘忠厚　李先生。怎么跑到这儿来了?

李生财　这孩子看火车!这儿是柜房,以后少上这儿来!要碰上(指柜房)三爷和东洋人可不成。

刘忠厚　是!是!

李生财　你儿子呢?

刘忠厚　在屋里待着,等您老回话呢。

李生财　回去,待会儿找你们去,在这儿好好干,听我的话,准错不了!

刘忠厚　是,小发,走!

汪子和　三爷,请您过目。

张永泉　报个数,就得了。

[李生财向柜房走去,刘忠厚与刘小发下。

汪子和　五十万砖……(被李生财打断)

李生财　金本先生。

张永泉　（站起来）谁？

李生财　啊，三爷，您在这儿。（掀帘子入内）

张永泉　金本进城去了，你找他？

李生财　不！不！不找他，找他也不顶事！

汪子和　唔，李先生回来了，请坐！

李生财　（对汪子和）好！您忙吧？

汪子和　唔！不忙，也不空。

李生财　三爷，这次招工可不容易。

张永泉　叫你办事，总是诉苦。

李生财　真的，这年头，年轻力壮的越来越少了。

汪子和　对了，年轻力壮的是不多！

张永泉　你到老鬼子那儿讨赏去吧！

李生财　还是请三爷栽培。三爷，这是一点海货，从天津带来的，一点小意思……

张永泉　干吗带东西？呵！你哪班车回来的？

李生财　上午就到城里了，在城里耽搁了一下！

张永泉　唔！这回你肥了吧？

李生财　哪里，给您老办事，怎么敢？

张永泉　招到多少人哪？

李生财　三十三个，一共花了五千二百九十八元，请您给结算一下。

张永泉　得了！明里明说，捞了多少油水？

李生财　三爷，别和小的开玩笑，一路上管这三十三个劳力，吃喝房钱，花了五千二百九十八，临走给我七千，还剩下一千七百零两块，这个，您赏给我吧！算三月份的工资。

张永泉　工资？拿来。子和，你替他报七千块钱账！

李生财　给我真报七千块钱的账？将来在苦力身上还扣不扣呀？

张永泉　当然扣回来。

汪子和　扣回来，扣回来。

李生财　一个也不给我？

张永泉　怎么？

李生财　不瞒您说，我还没洗澡哪，三爷，借我几个吧。

汪子和　唉！真是！

张永泉　又装穷，给你，五百。

李生财　谢三爷，……这次招来的苦力，归我包吧？

张永泉　十天交三万砖。

李生财　还是原先的三孔窑？

张永泉　怎么？

李生财　限多少天？

张永泉　狸猫吃了你耳朵啦？不是说十天么！

李生财　十天，一个窑是四千八到五千，三五一万五，行了，就怕日子太短，三爷。

张永泉　一个窑烧两天两夜，凉两宿，四天烧一趟，十天能烧两回半，还不成？

李生财　往后天热了，两宿哪能凉透？

张永泉　凉透了，多费煤呀！

李生财　给多少钱？

张永泉　两万。

李生财　这太少了。五分利还不到。

张永泉　你去合计合计，反正森下老板这个数目包给我的，不干也得干。

李生财　三爷做主！多照顾一点。再添几个。

张永泉　还有什么说的，就这么干吧。

汪子和　李先生，三爷亏不了您！以后再说！

李生财　我知道！三爷亏不了我！

张永泉　喂！子和，苦力来了，地不能再拖了，你去告诉杜老头，快让出那片地来，别等老子给他厉害看。

汪子和　是！

张永泉　马上就去！

汪子和　是！是！（出柜，下）

张永泉　李生财，以后放规矩一点，别鬼鬼祟祟在日本人面前跟我捣乱。

李生财　说笑话了！谁不知道您三爷的本领，在您老手下，敢怎么样？

张永泉　呵么！不是我吹，我要没有一点本事，森下这个厂，哪会有今天？

李生财　可不是，要不是三爷办法多，凭他，哪能赤手空拳，闹下三四十孔窑？

张永泉　他妈的！我对森下，总算赤胆忠心！当初他一个浪人到宣化来，有什么办法？要不是我凤仙，同他东洋婆子做了朋友，我也不会帮他出主意，占地，抓苦力，替他赚下这片窑地。哼，到末了，他调到队伍上去了，不把厂交给我，倒交给他老丈人，提起这我就生气。

李生财　就是，连我都有气，不过，要不是东洋人这块牌子，咱们也不好干。

张永泉　天津来的苦力，好好看着点，别又让赵满勾引坏了。

李生财　您放心，我带来的苦力，个个都是老实的。

[两人同出柜。

张永泉　二柜上的厨子跑了，从这里挑个老实的，有没有？

李生财　厨子，巧极了。这次，我找了这么一家三口，那老头当厨子，再好也没有，他儿子叫刘文发，是个大个儿，身体可结实。

张永泉　叫什么？那儿子叫什么？

李生财　刘文发。

张永泉　刘文发？好像在哪儿听到过！

李生财　您老南走上海，北到口外，大买卖人，哪能不听到各种各样的名儿呢？

张永泉　刘文发，怪熟的。

[老杜带两只鸡同汪子和上。

老杜　　李先生，唔，三爷！

李生财　三爷，那我走了。

张永泉　唔！

老杜　　三爷，实在没什么好送给您的，这鸡……

汪子和　你听我说，还是把葡萄园子让出来好！

老杜　　大先生，我就靠这几棵葡萄活命，没法子，三爷，求求您给东洋老板说一说，只那一点儿地，种几棵葡萄糊口，你们要圈去了，叫我一家子怎么过活呢？

张永泉　东洋人要圈你的地，又不是我……

老杜　　您老是面子上的人，跟东洋人说得上话，求求您，看在我那没爹娘的孩子身上，看我这老头子可怜，您三爷修修好！

张永泉　管不了那么多。喂，东洋人喜欢吃葡萄。

老杜　　现在哪来葡萄，要有，哪有不送的呢！

张永泉　别废话！东洋人看中你的地，不让也得让，让也得让。

[金本上。

汪子和　唔，金本先生。

张永泉　好！金本先生来了！

金本　什么的干活？鸡的，唔！

老杜　东洋老先生，求求你，我的那块地，实在不能让，可怜可怜我一家子，靠那几棵葡萄过日子，修修好，这鸡……（把鸡提给金本）

金本　大大的鸡，唔，唔……

老杜　请东洋老先生吃。

金本　走，米西，米西。（向柜房走去）

老杜　东洋老先生，我甭搬了吧？

金本　唔！米西米西的。（入柜房）

[张永泉跟金本入柜，金本随之耳语。

汪子和　鸡不是给三爷的？怎么又送给……

老杜　给他送东西也不是一回了，大先生，你抽烟！

[张永泉出柜。

汪子和　不抽！

老杜　那我回去了！

汪子和　喂！老家伙，东洋老先生说，明天一早去拆院墙。

老杜　啊？啊！东洋老先生不是说甭搬了？……

汪子和　谁告诉你甭搬？你看他冲着你笑？那是鸡油抹他的嘴。告诉你，东洋人看中你的地，你死也得搬！

老杜　喔，……三爷，这钱……

张永泉　放屁，我三爷缺这几个钱？别废话，滚回去！明天要再在园子里，当心你的狗命！去去！去！（对汪子和使眼

色）

汪子和　快去吧！趁早搬！

老杜　　三爷！

〔汪子和把老杜推着同下。

张永泉　他妈的×！（入柜）

金本　　明天的宪兵队送五十个苦力来，睡的地方要小心，有的没有？

张永泉　抓来的吧！那就送到魁星阁去。

金本　　魁星阁？好的，好的。（下）

〔张永泉跟着送出柜。

〔赵满上。

赵满　　经理！

张永泉　干什么？

赵满　　三万砖十天出不来！上回的工钱还没给！

张永泉　我忙！没工夫听这些！（入柜）

〔钱根弟带一条烟卷，两瓶酒上。

钱根弟　三爷！（跟着入柜）这点东西，孝敬您老！

张永泉　太费事了！坐！

钱根弟　甭，甭，三爷您坐！

张永泉　工钱还没发呀？

钱根弟　还没，请三爷……

张永泉　这些人办事，就是老牛爬山，明天叫他们发给你。

钱根弟　谢谢三爷！我走！您忙！

张永泉　好！

〔钱根弟出柜，张永泉拆烟抽。

钱根弟　（对赵满）怎么老赵？你们的钱也没发？你还没摸着门

路，给送点什么，钱下来得快！

赵 满　没那笔闲钱！

钱根弟　谁也没这笔钱，我这还是跟葡萄园老杜借的！不这样哪会发工钱！真没法子……唉！（下）

张永泉　他妈的鬼烟！（把烟丢了，出柜）

赵 满　经理！饭吃不饱，干不了活，饭里尽是沙子，咯吱咯吱地合不上牙。

张永泉　妈的×，告诉了老子就吃得下饭了？挑好的吃，回家当太爷去。

赵 满　叫厨子把米淘净一点，让大家多吃一口，有气力干活。

张永泉　淘净一点？哼！就配给那一点粮，不掺沙子，就填得饱你们狗肚子？

赵 满　这样我们没法干，十天出不了三万砖。

张永泉　包给你们工头了，我管不着。

赵 满　你不能不讲理。

张永泉　老子就是这样！

（幕落）

第二场

时间　与第一场相隔约一个月，某日午后

地点　张永泉的会客室

布景　这是一间中式客堂，有些日本式的装置。右面靠后有通向内室的门，正中有通院子的门，左手是一排日本式的格扇（玻璃），可以拉开，通舞台左侧的走廊，走廊的左前方有门通厨房（舞台上看不见）。室内放一圆桌，两边有两张沙发，右前方放一中国式的橱，上有镜架、花瓶等，还挤着放一架小型收音机、电话。墙上挂些日本画片和美女月份牌等，不伦不类，显得很庸俗。

幕启

〔凤仙坐在沙发上，神情恍惚地揉叠着一封已经皱了的信，不时望望蹲在收音机旁的小玉，小玉专心地在听收音机，收音机里发出怪声和嘈杂的唱戏声。

凤仙　小玉，你说这信是哪天寄的？

小玉　是……我忘了。（又开收音机，想着不好，才转过身来）给我看看！（看信）嗯，是四月底。（又去转收音机）

凤仙　四月底？（计算）有几个月了，从乡下寄到扬州，从扬州再寄到这儿也不该这么久！一定是我哥哥托人把信写好，在家里放了几天才寄的，唉，到底不是亲生姐妹，不关心，小玉，别开了。

小玉　唔！（仍在转）

凤仙　离家十二年了吧？不通信也六七年了，跟着他就没通过信，都是他不准。唉，小玉，别开了，吵得人头痛。

小玉　今天北京有落子。妈，我喜欢听落子，早先我在天津跟我妈，喔，不，错了，我说我在天津时听过落子，我还记得。

凤仙　嘿嘿，没有错，就是跟你妈，我并不是你的亲妈，小玉，你对我还多心？

小玉　不，我只有你一个妈。

凤仙　是的，现在就只有我一个人疼你了，前回有人去天津，我还托他打听你爸爸呢。

小玉　真的么？

凤仙　真的，我想要是你爸爸还在，你不是说他身体顶好么？他一定还在的，要是他日子过得还可以，我想让他们把你赎回去。

小玉　赎回去？

凤仙　唔！赎回去，跟着自己爸爸。

小玉　唉，他们不会有钱，我小时候常常饿肚子。不过爸爸、爷爷都喜欢我！

凤仙　谁都是想家的，这个地方就不是家，简直是火坑。

小玉　唉，不过我舍不得你。

凤仙　傻孩子，我也不会在这儿长久下去的。（看信）

小玉　舅舅来信，说你可以回去的。

凤仙　可别让你爹知道，他要知道，非揍我不可，你看，这儿还青着一大块呢！

小玉　妈是不是想到扬州去？

凤仙　可不，可是不容易。就是上了火车，他只要一个电话，哪个站都能把我扣住的。还有，我总想把你先安顿一下，不这样，我也不放心，那老家伙不是人！

小玉　妈，你说谁？

凤仙　你怎么这样傻，一点也不明白！只要他眉毛一动，我就猜得着他打什么主意。你没看见他这一向老是对你挤眉弄眼的，哼，开口见喉咙，瞒得过我！

小玉　妈，你别瞎说！

凤仙　一个马贩子出身的，从前吃高鼻子的饭，现在又舔东洋人的屁股，还贩卖人口，要不是你长得漂亮，还不是早又卖掉了，你想还会是好人！

小玉　爹有时候打你，有时候也听你的，按月三千块钱，都拿到家里来。

凤仙　你不懂，三千块钱不过是他的工钱，他的外快比这多，要不是我认识森下太太，他逼着我跟森下太太说，开这个瓦窑厂，他会依我？他打的是我，怕的是森下太太。唉！吃这碗饭不容易。

小玉　妈，你今天有什么不顺心，我跟您买点什么去。

凤仙　不，你回来！

小玉　妈，要不，我们出去逛逛，托窑上的女人纳的鞋底，不知道好了没有，我们去一趟，好不？

凤仙　也好，我们去找一个人，我托他去天津打听你爸爸的。

[李生财："大嫂子，大嫂子在家吗？"边叫边上。

凤仙　（藏信）谁呀！呵！（见李生财上）是你，哪阵风把你吹来了，我正要去找你呢？

李生财　呵！小玉，长得更漂亮了！

小玉　讨厌，你见人就会说这句话！

凤仙　小玉，去烧点开水，沏茶给李先生喝。

小玉　好！（下）

李生财　（尽看着小玉）十六了吧？

凤仙　没有，还小一岁。

李生财　很值一笔钱，该找个婆家了。

凤仙　我拜托你的事？怎么样了？

李生财　您托我的事？——咳！咳！

凤仙　看你这人，嘴上说得那么好，原来都忘了，怪不得回来都一个多月了，一回也不上这儿来。

李生财　咳！咳！您托我的事……

凤仙　别说了，你就是忘了，托你打听小玉的亲生爸爸来着。

李生财　呵，没有忘，没有忘，不过，咳，她爸爸叫什么名字？呵呀！我把他名字忘了！

凤仙　叫刘文发！

李生财　刘文发，啊呀……刘文发，有这样巧的事！这次我从天津招工回来，里面就有个刘文发，是个中年人，身体很结实，啊呀！要是真的，三爷知道了，可要怪我呢！

凤仙　你知道他家里还有什么人？

李生财　有一个老的，一个小的！

凤仙　小玉告诉过我，她有一个爷爷，一个兄弟。现在全在这儿？

李生财　全在窑上，连件好衣服也穿不上，就算有一把力气，要不，还能让他带着老小来！

凤仙　唉！

李生财　我说，还是把小玉另外找个人家，放在家里是你的祸害。

凤仙　倒不是为我。小玉，我很疼她，我怕她在这里受罪，我想让她回老家去。

李生财　做爸爸的不会肯的，都已经等得不耐烦了！

凤仙　哪里事情全由他？他要真胡来，我卷铺盖就走！

李生财　走哪里？跟我走，连铺盖卷也不用带，哈……

凤仙　别胡说。

李生财　说起铺盖，我还有气。前天窑上又跑了一个苦力，留下一床好铺盖，我说三爷赏给我吧，他连哼也不哼就拿走了。一年四季，留下多少被褥，一件也不分给我。

凤仙　家里又不是没有，要那么多干什么？

李生财　好东西还嫌多？哈哈，有你这么一个好太太，他还打女儿的主意呢。

[小玉捧茶盘站在格扇外。

李生财　请进来，请进来，不敢当，不敢当！

小玉　（把茶壶放桌上）李先生你说谁呀？

李生财　我说女儿，嘿，父亲！

[刘文发上。

刘文发　太太，张公馆是这儿么？

凤仙　找谁？别乱串，这儿是张公馆。

刘文发　三爷叫我来挑水。太太，水桶在哪儿？

凤仙　小玉，带他到厨房去。

小玉　唔，跟我来。

[小玉从中间门出去，绕走廊，进厨房。刘文发跟在她后面下。

凤仙　把那口缸挑满。（对李生财）这群苦力常常来挑水，把厨房弄得稀糟，他又老是今天叫这个，明天喊那个。

李生财　嗯！事情怎么这样巧！喂，他就是新来的。

凤仙　你看他这股愣劲。

李生财　这是我打天津招来的。

凤仙　这么脏，你尽挑这些货。

李生财　他姓刘。

凤仙　嗯！

李生财　他叫刘文发！

凤仙　呀？刘文发？

李生财　刘文发就是他！

凤仙　真的！他就是小玉的爸爸……

李生财　咳！

凤仙　天呵！这样穷。

〔小玉上,后面跟着刘文发。

小玉　　水挑满了,还有事没有?

凤仙　　(惊视刘文发)没有事!

小玉　　(对刘文发)没事了。

刘文发　是!

小玉　　瞧你,满头是汗!你歇歇,我给你倒碗茶去!

刘文发　李先生,您也在这儿。

李生财　呃!谁叫你来的?

刘文发　三爷。

李生财　真见鬼!

小玉　　你喝茶。

〔刘文发见小玉正面。

小玉　　这茶,你喝吧!

刘文发　你……

李生财　老刘,这是张公馆,你发什么疯!快回去。

刘文发　(走进屋来)你……翠……

〔刘文发逼近小玉,小玉后退,正中的门忽开。张永泉站在门外,刘文发愕然。

凤仙　　小玉。过来!

〔小玉跑向凤仙。

李生财　呵,三爷,您回来了?(对刘文发)还不快走,呆在这儿等死!

〔张永泉大步入。

张永泉　谁叫你进我的客厅?你偷东西来啦?还不给我滚!滚!

刘文发　我挑水来着!(仓皇逃下)

张永泉　他妈的,这是你站的地方!

李生财　三爷,你歇会儿吧,同这群蠢猪生气犯不着。这沙发顶好，小玉，给你爸爸倒茶。

〔小玉倒茶，凤仙斜睨，张永泉瞪视李生财。

张永泉　连苦力也拉到老子屋里来了！还顾不顾我的面子。

李生财　三爷，您真爱说笑话。嘿嘿！我特意来看您的，厂里有些苦力不稳当，鬼鬼祟祟的，好像在打什么主意。

张永泉　赵满那小子在下边怎么样？

李生财　那小子不爱吭气，是个厉害家伙，平常碰碰他，瞧着，好像不在乎，可有心眼儿。

张永泉　哼——等着瞧，看他骨头硬。过得了我这鬼门关，算他好汉。

李生财　我以后一定多留心他。好，我这就回去，您三爷歇着。

张永泉　早晚同他算账。

〔李生财下，小玉进内室，凤仙站起，走向格扇。

张永泉　哪儿去？

凤仙　　天不早了，给你做饭去。（下）

〔张永泉环顾两旁，向内室走去，凤仙在厨房叫小玉。

小玉　　来了！来了！（匆促穿过舞台入厨房）

〔张永泉跟着上，徘徊。

张永泉　凤仙，打点酒来！我要喝。

凤仙　　（走到走廊旁）酒？家里有现成的。要葡萄酒，有沙城的；喝白酒，有东洋的米酒。嫌不厉害，不醉人，还有上好的莲花白。你看，张经理家里的酒多着呢，还要太太临时去打？（从橱里一瓶一瓶取出，放到桌上）

张永泉　（知对方有刺，装着不懂，仍嬉笑着）得啦！得啦！还没有下酒菜，买点酱牛肉来。

凤仙　　叫你的小姐去买吧！

张永泉　还要打醋呢！嗯！这个月钱我给你没有？

凤仙　　给了，三千块。

张永泉　我欠你的债了？

凤仙　　不欠，我欠你的债。你买我的时候，花了五十块大洋，我拿这钱埋了我的男人。

张永泉　你碰到什么鬼了？老在这儿闹别扭，你以为我张永泉是个怕女人的？

凤仙　　哟，三爷，我可不敢那么想。跟你跟了六七年了，那点脾气我没摸到？我有几个脑袋敢同你闹别扭？我娘家连个信也没有，不知道还有没有人？你呢？有的是东洋朋友，你要说三，我就不敢说四。

张永泉　那么……

凤仙　　我要做饭，我不上街，不上街！三爷！（下）

张永泉　他妈的，有收拾你的那一天。（沉思，走去开门，大声说）啊！森下太太，请屋里坐！不坐？啊？要我女人过去？成，成，马上就来。您不坐会儿？您走，好走！

〔凤仙闻声走出，站在走廊上。张永泉关门返身，假装没看见凤仙。

张永泉　他妈的，这东洋婆子又来叫凤仙，敢情今儿凤仙又不愿意出门，唉，这怎么好？住在这隔壁，三天两头叫，我花钱讨的女人，是侍候您东洋太太的？

凤仙　　（走进客堂）什么事？

张永泉　森卜太太刚才来过，说在街口上等你，要你陪她上小市场。

凤仙　　等我？管不了那么多，我不去。

张永泉　我知道你不愿去，可又不能这么回她，当初总算一差二错，你和东洋婆子认识了，靠着你的面子，咱们得到这份差使，捞两个钱，今天是人家的天下，她愿意怎着，就怎么着，你看得还少吗？唉！我看你还是到街上看看，她要不在，你就赶到小市场去。

凤仙　早先也是你逼着我去的。我不去！（沉思有顷，又看厨房）——唉，小玉，我去看看，一会儿就回来。（下）

张永泉　（取酒喝一大口，坐沙发上）小玉，快拿饭来！

〔小玉应声捧饭上。

张永泉　别拿了，坐下，陪爸爸喝一杯。（自斟）

小玉　我不会。

张永泉　不会也得喝，不喝？好，坐会儿吧！

〔小玉无奈，去转收音机。收音机播放《苏三起解》。

张永泉　小玉，你今年十几了？

小玉　十五了。

张永泉　十五了？该抱个男人睡觉了。哈！哈！（喝酒）

小玉　爸爸别瞎说。

张永泉　对，不愿意抱别人，就是爸爸吧。别看爸爸五十三岁了，并不比年轻人差。

〔小玉不理，欲到厨房去。

张永泉　哈哈！你倒真是小姐出身，假装害臊，背着人还不是会偷人。（拉住小玉）小玉，放明白一点，我有的是钱，你要什么，说，我明儿替你买。

小玉　让我走，让我走，爸爸！我要找我妈去！

张永泉　谁是你妈？谁是你爸爸？要不是因为你漂亮，我从天津买你来，养你这么多年，你吃了我这几年饭，穿得花花绿绿，不打你的主意，打谁的？走！

〔张永泉把小玉拉向内室，小玉挣扎，哭。凤仙叫小玉，慌上。小玉脱身。

小玉　（哭泣）妈……

[凤仙怒视张永泉。

张永泉　怎么啦？你是看守我的宪兵？我张永泉有的是钱，有的是东洋朋友，放明白一点，要不，对不起，哪天都能把你卖到烂婊子窝里去，卖到朝鲜兵那里去，他们几十个人抢你做老婆，连洋狗也会来抢你的。

凤仙　哼！你厉害！你是杀人不眨眼的活阎王。现在仗着日本人的势力，坑害中国苦力。我好歹认了，你以为我逃不出你的掌心？几年来给你作践还不够呀！可是小玉是我的孩子，是一个没爹娘的苦命人，我不准你作践她。

[小玉哭。

张永泉　哈哈！倒看不出来，说得好听，你的孩子？打破了醋缸今天我也要收她，你说我杀人不眨眼，就是，（把刀抽出，插在桌上）谁要动手，我就砍手，要动脚就砍脚！小玉，来！

[小玉更靠紧凤仙。

凤仙　（推开小玉）好！

张永泉　我跟你拼了！（冲出去）

张永泉　哪里去？

凤仙　找东洋人去，反正今天是东洋人的天下。（下）

张永泉　（无法，追下）凤仙等一等，喂！咱们开玩笑嘛！……

（幕落）

第二幕

第一场

时间　隔前幕约一个月，夏天的一个下午

地点　森下瓦窑厂

布景　　舞台正中是一座中国式的瓦窑，窑门开在两侧，地平线的下面。左边是一列东洋式的砖窑的侧面，从窑墙底层的一排火孔里，可以看到熊熊的火光。连接这瓦窑右边是另外的窑。右后方是魁星阁的远景，更远是山。

幕启

[赵满、刘文发、刘小发、高炳武、钱根弟、周平安、陈国梁等工人，衣不蔽体，有的在窑顶上，有的蹲在地上，有的站在窑门口，李生财拿着扇子，来回走了几步。汪子和上。

汪子和　　李先生，三爷才关照，明儿天不亮，火车就来，要把这些砖装走，日本人等着修岗楼呢。（下）

李生财　　听见没有？今天是非出窑不行，三爷限定今天要。

高炳武　　李先生，唉！……实在，烧的砖没有凉透，天又这么热。嘿嘿，你再待两天，等砖稍微凉一点，再出吧！

李生财　　再凉两天？三爷面前谁担待，森下说话，你们受得了吗？

赵满　　不是我们偷懒，不给出，是天热，砖没有凉透，不能出。他们还不知道？

陈国梁　　他们不怕烫，叫他们自己来出。

李生财　　你们看，我没有什么地方对不起大伙，你们这不是有心跟我为难？

刘文发　　你什么地方对得起大伙呀？三爷包给你两万块钱，你只给我们一人五百。

李生财　　去！去！三爷连五百都不肯出呢！亏得我……

刘小发　　你赚了！

赵满　　我们不是跟你为难，你看，这么毒的太阳，打了门子，揭了盖子，至少还得凉个七八天，现在五天头上就要出窑，谁能在窑里待住了？

高炳武 别说在窑里干活，唉！——大太阳地里站这么一会儿，也就够受的！

李生财 （思索）你们不出，那我去找三爷了！（下）

钱根弟 李先生，三爷面前，您说句好话，别怪我们！

周平安 怪我们？我们怪天去？！不能出就是不能出嘛！

钱根弟 唉！

赵满 老刘，你这一晌怎么不爱说话？有什么心事？

刘文发 这几天我打听到一件事，想不出一个办法来。

赵满 什么事？

刘文发 我打听到张永泉从前姓王。

赵满 人家跑码头的，常做坑人害人的事，保不住有几个姓。

刘文发 早先，天津发大水那年，我家日子过不下去，小发的妈又病得厉害，没有法子，二十块钱，我把女儿翠子卖给一个叫王永泉的，以后就没有信儿了，我们到处打听，也没有消息。

钱根弟 是呀，张永泉早先倒是在天津住过。

陈国梁 他那女儿，厂里人都知道是他买来的。

刘文发 前些日子，我替张家挑水，看见翠子了，她不大认识我。

周平安 真有这样巧的事？你别看错了。

刘文发 没有错，她脸上有颗痣，一点都不错。

高炳武 就是常跟张永泉老婆来的那个姑娘？长得顶好呀！唉……

刘文发 是呀，前天李生财拉我去押宝，想赢我的钱，我不去，他生气走了。我怕他捣鬼，晚上就去找他，一看，满屋子人在押宝，我没进去，站在窗子外边看，听见两个人正在窗子里面说话。

陈国梁　说什么？

刘文发　他们说张永泉自己占了他女儿，女儿不情愿，又说森下前两天已经回来了，要张永泉的女儿，李生财要靠张永泉的女儿发财呢！……

钱根弟　对，前天我也在那儿，听李生财的口气，他这事要办好了，森下还要提拔他到宪兵队去呢。……我告诉你了，你可别说出来。

陈国梁　他妈的，李生财到底回来不，老叫咱们在这儿等着。

赵满　你们先到阴凉地歇一会儿吧。

钱根弟　望见他们来了，就赶快喊我们。

赵满　好。

〔陈国梁、周平安、钱根弟、高炳武等下。

刘文发　小发，你也去！

刘小发　我不去！

刘文发　……所以我心里过不去，女儿要不卖出去，在家吃得差些，总不会这样给人糟蹋。一家人都在这地方受罪，你说有什么办法？

〔赵满沉吟不语。

〔后面小头目二人。捆着老杜上。

老杜　你们占了我的葡萄园，还要送我到哪儿去呀？

小头目甲　有你去的地方！

小头目乙　那望乡台就是你去的地方！

老杜　我走了，我的孙子会饿死的呀！你们狗仗人势……

小头目甲　快走！

［小头目甲、乙拥着老杜下。

刘文发　唉！

赵满　他妈的！上了年纪的人，还叫他受这个罪！

刘文发　唉！老赵，你说的那军队叫什么？

赵满　叫这个……（用手比八字）

刘文发　老赵，我不能眼巴巴看着亲生女儿这样下去，我想走！

赵满　轻点！先忍着这口气，商量好了，大伙儿一起走。看，那边谁来了！

刘小发　你们快来，那边有人来了。

［钱根弟、陈国梁、高炳武、周平安等上。

刘文发　那不是张永泉？

赵满　是娘儿们。

陈国梁　是张永泉的，不，不，是你女儿。

刘小发　是姐姐？

钱根弟　是，是张永泉的女儿。

陈国梁　她冲这边来呢。

刘文发　她来了？

［小玉仓皇上，回顾。

小玉　劳驾，求你们，我找一个人，（一眼瞥见刘文发，跳到他面前）我是翠子，你还认识吧？

刘文发　翠了！

刘小发　姐姐！

小玉　（哭）爸爸！

刘文发　翠子，你，你怎么来的？

小玉　妈，就是这个妈，叫我来，找你出主意。

刘文发　翠子，你受罪了！

小玉　　（哭）爸爸！

刘文发　轻一点，别哭。

赵满　　咱们帮忙照顾着，别叫张永泉来碰上了。

〔众远远散开。他们今天要把我送给森下，……我不能啊！

刘文发　别哭，哭得我心焦！

小玉　　我跟你们走，爸爸！

刘文发　走？好！咱们想法子。

小玉　　那我不回去了。

陈国梁　不好，张永泉来了！

〔众又围上来。

刘文发　怎么办？你不能叫他看见。

小玉　　我走。

陈国梁　走不及了！不行。

〔张永泉声，老远地："他妈的，谁说不出！"

赵满　　快，那是破窑，你先躲一会儿。

〔刘文发急引小玉到破窑去，即上。

〔众不作声，李生财引张永泉腰挂手枪，手持木棍上。

〔金本及小头目都手持短枪、棍子跟在后面。

张永泉　谁说不出窑？

〔众不语。

李生财　三爷来了，金本先生也在这儿，你们有话说吧，说呀！

赵满　　砖还烫着呢，窑里热气大，要再凉两天，就出。

张永泉　厂是你的？由你调派？

刘文发　我们不是牲口。

张永泉　亡国奴，就得当牲口用。

陈国梁　三爷，你不也是……

张永泉　我是……你们还不知道,我是活阎王!快,趁热出窑!

金本　你们统统的亡国奴的,今天的出窑,再烧,省煤的,你们的明白?

张永泉　明白,明白,你们这群猪,还不干!快,出窑去!

〔众迟疑不决。

金本　你们只米西米西的,建设东亚,不努力的,不行!

〔金本拔出手枪,张永泉、小头目等均拔出手枪,逼住众人。

张永泉　他妈的!(大怒)你们造反了!

〔众无奈,开始工作,有的跑到窑顶上,脱得只剩一条短裤,有的简直就用一块布围住,用脱下的破衣服包着砖。赵满和陈国梁先拿,依次递给刘文发、钱根弟、周平安、刘小发送到台后。

〔张永泉、金本、李生财监视着。

赵满　炉条上煤又烧起来了,谁,快挑水去。

〔高炳武应声拿水桶,慢慢走。

张永泉　你娘给你长杨梅疮了,烂得你狗脚走不动路!快!(打)

高炳武　啊呀,三爷!我肚子痛了几天了。

张永泉　谁叫你吃那么多,一个个像饿鬼,见了饭就死胀,走!

高炳武　我两天一粒米也没有沾牙呀!

张永泉　谁有闲工夫同你废话,快走!要不一棒送你回姥姥家去!

刘文发　高炳武,你来拿砖,我去挑水!

李生财　嘿!你倒是好人!你劲儿大,多拿几块砖,听见没有?

〔高炳武下。

金本　(走到破窑外边)这个窑修理修理的?

张永泉　是的,修理修理……(正要跨步进去)

李生财 三爷,这窑不结实,您别进去。

赵满 都要垮了!

〔张永泉望了一望,与金本同下。

〔高炳武挑水回来,蹒跚已极,刘文发急迎下来,替他担着,走向窑门口,把水桶放下,拿一桶水,走到窑门口,高炳武喘息。

刘文发 老赵,我泼水了!

〔上面人应声:"停工。"〕

〔刘文发将水泼去,嗞一声,煤气、烟气正对他脸直冒,刘文发熏倒,不省人事。

众人 (急围上前)怎么啦!怎么啦?

赵满 把他抬开,这儿太热。

刘小发 爸爸!

李生财 谁叫他充好汉来着。

赵满 快拿凉水来。

〔高炳武、陈国梁把另一桶水提过来,赵满用手捧水往刘文发身上浇。

李生财 别都围着,快出去!今天出不完,明天火车空着回去,日本人可不答应。

〔众人散去。

刘文发 (渐渐醒来)啊哟!

刘小发 爸爸!

李生财 死不了!行啦!别尽躺着!

赵满 李先生,你让他歇一会儿!

李生财 好人要你来做?快,出窑去!

〔赵满也走去。

李生财 快,快起来!

［刘文发无奈，站立，刘小发扶住他。

［后台传来张永泉的声音："老子揍死你……"

［刘忠厚哭喊着上，张永泉持棍追着，后面还跟着小头目甲、乙。

刘忠厚　三爷，饶命吧！我再也不敢了。

张永泉　（追上他）老不死的，你存什么心？叫你不要淘米，你偏要淘！（打）

［苦力们围过来。

李生财　有什么好看？干活去。

［钱根弟、周平安走开，其余工人不理，李生财无奈。

刘忠厚　三爷，我不敢淘，一粒沙子也不敢拿走，实在我看霉得太厉害了。

张永泉　你好大胆，敢说配给的米是霉的？（又打）

刘小发　爷爷！（扶刘忠厚）

张永泉　小杂种，走开！（向刘忠厚）你不知道东洋人就配给那么多，沙子又不是我掺的，淘了，不够吃，叫我赔吗？我有多少家当来填你们的狗肚子？（又打）

刘忠厚　饶了我吧……

刘文发　（叫）你别打他了！

［小玉闻声探头。

张永泉　怎么，是你爸爸，打不得？

刘文发　他上了年纪了，不能打啦！

张永泉　（直奔刘文发）我就打你！

［张永泉举棒照刘文发的头狠狠打去，正要击中，小玉一跳而出，直奔刘文发。

小玉　别打爸爸！

刘文发　呵，翠子！

张永泉　（停击，发呆）小玉，你疯了！到这儿来！把他们全送到魁星阁去，婊子生的！（极严厉地）跟我滚回去！

（拉着小玉发辫下）

（幕落）

第二场

时间　当天晚上

地点　魁星阁

布景　魁星阁的一角，右墙上画有魁星画像的正中墙上涂得乱七八糟，靠左面有台阶通到平台上；后面是往下走的石阶，但看不见，这里露出一角远天和山。钟架上吊一古钟。

幕启

〔夜晚，天空只有几颗星星，没有月亮，晚风吹得古钟发出幽幽的响声，偶尔还有碰击的声音。在墙角里，蜷缩着几个苦力，有的在打鼾，有的在"哎哟哎哟"发出病痛的声音，偶尔远处传来一两声狼叫。老杜站在平台上独自望着葡萄园。

老杜　唉！不知道我的孙子让他们赶哪里去了？我种了二十年的葡萄，一定叫他们连根都拔掉了。（伤心）打从有了这个厂，我哪天不赔小心，今儿个送葡萄，明儿个送鸡蛋，没想到今天，连老命也要送了！

周平安　唉，白天那么热，这会儿这么凉，鬼天气！

刘忠厚　唉！啊哟！

刘小发　爷爷！爷爷！这怎么办呢？（跑到赵满处）赵大叔，这会儿风那么大，天天关在这儿，我爷爷的病怎么会好呢？

赵满　　关在这儿,就是要收拾咱们!

刘小发　这儿离地多高?

赵满　　两丈多呢!

〔刘忠厚一阵急咳后,很困难地坐起。

刘小发　爷爷!

刘忠厚　我听说,这地方叫望乡台,上了这个台就别想活命。关在这望乡台上,没吃没喝,没铺没盖,铁汉子也熬不过去。

周平安　前些日子这里还摔死过人哪!

刘忠厚　啊哟!

刘文发　翠子叫张永泉抓回去,送到日本人那里,还不知道受什么罪呢。

刘忠厚　翠子好命苦!

老杜　　咱们全是苦命人!

刘忠厚　早知道翠子在这儿,不来这也算了,看见她受罪,又没办法救她,唉!(大咳)

刘文发　咱们还不一样受罪!谁知道活阎王明天又会把咱们怎么样?

刘忠厚　唉!都是你信李生财的话,上这儿来,上这儿来!

陈国梁　李生财都快去当宪兵队长了。

高炳武　吃娘儿们的,准没好下场。

〔静,远处狼叫。

刘忠厚　听,又是狼叫!

老杜　　这一带本来就荒,加上这几年窑上工人死得多,尸首就往铁路那边撂,狼也成群结队地来!

刘文发　老赵,你说那地方,离这儿多远?

赵满　　一百多里。

老杜　　那儿真有那么好？

赵满　　唔！我们蔚县那边，鬼子就不敢随便去，尽是这个（比八字），那里是老百姓自己办事。

高炳武　不是说，尽是红胡子？杀人抢人的？

赵满　　听他们胡说，人家也是庄稼人出身，他们还有女兵，学生，可疼老百姓呢，那儿当官的是老百姓自己选举，谁好就选谁！

高炳武　那你为什么跑出来呢？

赵满　　那年我走亲戚家去，赶上鬼子"扫荡"，给抓来了。

高炳武　喂！那里做买卖的好做不好做？

赵满　　那儿没有苛捐杂税，没本钱做买卖的，还可以向政府借。

老杜　　像我这老汉，到了那儿，没田没地，怎么过活呢？

赵满　　租几亩就成！

老杜　　租地？辛辛苦苦种了一年，还不全送给地主？

赵满　　没那么回事，租子是政府公平规定下的，叫什么减租减息，这样大伙儿就都有饭吃。

高炳武　那真是个好地方。

刘文发　老赵，你带咱们走吧！这里实在待不下去。

陈国梁　对！跑出去就有办法。

刘小发　爸爸，可是翠姐姐呢？

刘文发　不是我不疼她，我们顾不了那么多！

赵满　　你爸爸挨了打，又有病，这会儿怕不能走！

陈国梁　不走，要白白被他们折磨死？

刘忠厚　我死了不要紧，你们能活着，我也闭眼了。

高炳武　走吧！死也得找个好地方。

陈国梁　你不也有病？

高炳武　我病？在这儿一辈子也不会好，能回去请个大夫看看，吃几服药就能好！

老　杜　跑得了，那是跑好！可是这下面的门是锁着的！上不沾天，下不沾地，怎么下得去呀！四面还有狗腿子查夜！

刘忠厚　走！还是今天走，我也走！活阎王知道翠子来找我们了，一定饶不过我们，明天就会来要咱们的命！

刘文发　好！爸爸，我背着你走！

赵　满　也好！咱们大伙走，有照顾，胆也壮，可得仔细点！过了铁路一个劲儿往南跑！

刘小发　就到你们蔚县去！

刘文发　跳下去么？

赵　满　不忙！（向四处眺望）你爸爸不能跳！

老　杜　跳下去会摔死的。

赵　满　来！咱们把腰带接起来！一个一个放下去。老杜，你的带子。我先下去看看，你们再下来！

老　杜　唉！我是不能走的了，我家就在跟前，死也就死在这儿了。

高炳武　一起走好，大伙一定照顾你！

老　杜　老赵，我舍不得那点地，死也就在这儿，我托你们一件事，我那没爹娘的孙子……不知道叫张永泉送到哪儿去了。（哭）……托你们……今生不能报恩，来生……

赵　满　别这样讲，你放心好了！

老　杜　（见已接好腰带）走吧！路上小心！这儿……

赵　满　我先下去！（轻轻地滑下去）

刘文发　爸爸你下吧！慢慢地！

老　杜　刘大哥！我这还有几个钱！给你们路上用！（把钱塞在刘忠厚怀里）

刘忠厚　不！

老　杜　小心，别丢了！快走吧！

刘文发　拉紧！别怕！

［刘忠厚滑着下，刘小发也正拟跟着下去。

高炳武　快，那边有个黑影子！过来了。

刘文发　哪儿？

高炳武　那边！

刘文发　真的，快，快，（对下面）快躲起来！来人了！

［手电光四射！脚步声，狗叫声，人声。

［人声："谁？谁？开枪了！"

刘文发　老杜糟了！糟了！

［人声："再跑打死你！他妈的想跑？"

［鞭子抽打声。

刘小发　杜老爹，我爷爷，赵大叔，怎么办呢？

老　杜　唉！我说不容易跑。

高炳武　不死也得剥两层皮。

［台上静，"望乡台"下脚步声，开枪声，开门声，上台阶声，五六个小头目押了刘忠厚、赵满上，赵满左手被扎一刀，流血不止。

小头目甲　他妈的，跟老子捣麻烦。

小头目乙　活得不耐烦了？跑？往哪儿跑呀？

刘小发　爷爷！爷爷！赵大叔！

小头目甲　人都快死了，看你们再跑！

［小头目甲、乙等下，锁门声。

老杜　　老刘！唉！

刘小发　哎呦！血！血！血！

刘文发　你受伤了？（撕下衣服一角，给赵满扎左手）

赵满　　不要紧！给那小子扎了一刀！死不了！

〔鸡叫。

老杜　　天都快亮了！

刘忠厚　（对赵满）我连累了你们！

赵满　　这不怪你，他们狗腿子多，他妈的。

刘忠厚　唉！我，我这把老骨头，回不了老家啦！咳，死在这儿不甘心呀！哎呦！我冷！（气喘）

赵满　　（把衣服脱给他）还冷吗？

老杜　　睡一下吧！

刘忠厚　（吐）今天给他们打了两次啦！（又吐）文发，我怕不行了！

老杜　　不要着急！会好的，你儿子、孙子都在跟前，慢慢想办法。

刘小发　爷爷……（哭）

刘文发　他妈的，张永泉，我不死，你就活不了！

〔东方发白，打钟

〔人声："上工，上工！"

〔小头目甲、乙又开门上。

小头目甲　×他妈，快起来，上工去！怎么不动？

刘忠厚　我不行了，翠子……

高炳武　我有病！

小头目甲　病也得去，走！

小头目乙　少废话，尽是贪吃懒做的家伙！

刘文发　这儿全是病号！不能上工！

刘小发　你们把我爷爷打成这样，赵大叔也给你们扎出血来……

小头目甲　（对高炳武）走不走？好，我找三爷去！

［陈国梁、高炳武、老杜下。

［张永泉上。

小头目甲　啊！三爷，您来得正好，这几位有病，不能干活儿！

张永泉　有病，开小差就不病啦！哪个有病呀！啊，老家伙，（走到刘忠厚跟前）看你脑瓜子硬不硬？（顺脚踩刘忠厚）

刘忠厚　啊哟！唉！（吐血，气喘）咳！三爷……

刘小发　爷爷……

［刘文发抱刘忠厚。

张永泉　满脑瓜子硬，还得上工！（又一脚）

刘忠厚　啊！（死去）

刘小发　爷爷！爷爷！（哭）

张永泉　死了喂狼去！（准备下）

赵满　（一把把张永泉推过去）打死人，要你抵命！

小头目甲　（抱着赵满）不要命了？

张永泉　你通八路，你鼓动大家散心！

［张永泉用木棍打在赵满头顶上，赵满晕倒，刘文发跳起，与张永泉扭打。

刘文发　妈的，我跟你拼了！（被小头目甲捆起）

张永泉　你要……（气喘）造反？送宪兵队去。

刘小发　爸爸，爸爸！（大哭）

刘文发　（被拖着走，边说）好孩子，想法活下去，这辈子不见下辈子见。（被拖下）

张永泉　女儿卖给我了，还想拐回去，还想跑？看你跑到哪儿去。

［突然"望乡台"下大乱。

刘小发　（怔住）爸爸跑了！

张永泉　什么？跑？（拿出手枪，打一枪）

刘小发　爸爸快跑！

［灯光暗转，换成旷野的景。舞台正中一条铁轨横穿着，远处是黑黝黝的山，天上没有星星。人声、脚步声、风声。火车的灯光自远处射来，带着轰叫近来。

刘文发　从左奔上，又一枪正中左腿，跌倒！

［人声："倒了，倒了！抓住那兔崽子……"

［刘文发挣扎爬起，踉跄跑去，终于又倒在轨上。

［刘小发惨厉的号哭声在旷野中回响。

［火车急驶而来。

（幕急落）

第三幕

第一场

时间　一九四五年八月某日黄昏

地点　张永泉的会客室

布景　与第一幕第二场同

幕启

［张永泉在喝酒，凤仙坐在旁边。

凤仙　酒还能解闷？火上浇油嘛，灌多了好胡说八道。

张永泉　怕什么？

凤仙　　怪谁也怪不上，小玉是你自己送给森下的。

张永泉　他妈的李生财……都是他，森下才来硬要。

凤仙　　哼！他也不算外人，还不是你的手下。他现在挂了皮带，做官，神气，你也有面子嘛！反正小玉又不是你的闺女！

张永泉　他要再敢上我的门，不打死这杂种不是人养的！（喝酒）

凤仙　　好，好呀！

张永泉　等着瞧！（又喝）

凤仙　　唉，其实没有他，森下也会硬要的。上回他请假回来，就说不回队伍了，要多住一阵，把工厂再好好搞一搞，那时他就在打小玉的主意了。唉，落在火坑里的人，谁也不饶她，在哪里都是一样！

张永泉　（又喝）他妈的小玉，这婊子养的也不是个还债的家伙，是老子把她养得这么大，这么漂亮，她一个人还敢往窑上跑，找他亲老子去！

凤仙　　都是你逼的。唉，她爷爷死了，爸爸也死了，只落得一个兄弟在窑上受罪，你把这一家人害得好苦！

张永泉　眼睛上戴镜子，透亮，谁不清楚谁？要没有你在背后摇鹅毛扇，唆使她，她敢？

凤仙　　千怪万怪只怪李生财，他把他们从天津招来，又拿人家的闺女去讨好东洋人，都想仗东洋人的势。其实，东洋人也不一定靠得住。昨天森下太太告诉我，老毛子已经打到关外了。要不是这么紧，还会临时又把森下调回去？

张永泉　什么，老毛子打到关外了，她怎么会知道？森下走的时候跟我说,过几天就回来。

凤仙　往日他出去,从没有叫工厂停工。这回他一走就叫把人都打发走,这里面就有门道。我看,唉,跟着你呀,我是不会有好下场的。

[外面声音:"有人没有?"

凤仙　哪一位?(走到门缝去瞧,回过头来)厂里工人,来找你。

张永泉　讨食鬼,又来了,说我不在家。(起身朝内室走)

[赵满、陈国梁上。

赵满　张经理!

张永泉　怎么,是你?你又来了!

赵满　来了,我还没有死!

张永泉　你们还不走?不是一停工就要你们走么?

赵满　走呀?成。要工钱!

张永泉　我欠你的?

赵满　不给盘缠,谁也走不了!

陈国梁　今天不给不成。

张永泉　我又不是老板,找东洋人去!

赵满　你不管?

张永泉　不关我的事!

赵满　找东洋人去,成,东洋人还有仓库在厂里呢。

陈国梁　那里面全是我们的血汗。对,走吧!

赵满　哼!

[赵满、陈国梁下。

张永泉　打不死的这些贱骨头!

凤仙　唉!

张永泉　　有种呀？造反？哼！（摇电话）喂，喂，接森下瓦窑厂，——你是森下瓦窑厂，呵，子和！喂，赵满跟陈国梁想造反，赶快派人等他们回来，扣起来，送到宪兵队去。嗯，当心仓库，当心些。（放电话耳机）

［金本上。

张永泉　　他妈的王八羔子，不治死他，是不会安分的。呵，金本先生！

金　本　　苦力的造反的？统统的开路，明天，明天。

张永泉　　是，是！明年开工再抓，中国人有的是。

凤　仙　　金本先生，喝茶。

金　本　　事情大大不好，红军大大的有，东北的不好。

张永泉　　东北的不好？

金　本　　不好！不好！（喝茶）森下的走了，危险危险的，我女儿担心的，心里的不痛快！

张永泉　　红军的不怕，皇军厉害厉害的！（倒酒）喝酒！

金　本　　（喝）好酒！好酒！

［凤仙无聊，开收音机。

张永泉　　干杯！

金　本　　干杯！哈！

［金本和张永泉相对默饮。

［收音机中发出日语："……"（意为有重大事情宣布）

凤　仙　　呵，这是东京的！

金　本　　有重大事件！（听收音机继续广播日语）呵，天皇的广播。

张永泉　　天皇的广播，消息大大的好。

［收音机中播出日语，金本闻声起立，脱帽。

凤仙　　（对张永泉）怎么回事？

张永泉　别说话！

〔金本衰弱地跪下，广播继续。

凤仙　　啊，什么事？

张永泉　谁知道？

〔广播完，金本起立。

金本　　唉，完了完了的！（颓然关收音机）

张永泉　怎么回事？

金本　　唉！现在，你们中国人，太君太君的，我们皇军，苦力苦力的。

〔李生财持电报匆匆上。

李生财　唔！三爷！

〔张永泉走开不理。

李生财　金本先生，好找您呢，森下太太，叫我送电报给您。

金本　　电报？（读电报，痴立）

凤仙　　怎么啦？

李生财　森下战死了！

金本　　皇军的统统的死……（哭）

李生财　（对张永泉）天皇广播，消息不好，投降了！三爷，您听到没有？

张永泉　听不懂，看懂了。

〔电话声响。

凤仙　　喂！喂！你说清楚呀，您是森下太太？您别哭，听不清。呵，在！金本先生，您的电话。

金本　　（接电话）唉！（放下耳机，匆匆拿帽子要走）我的北京的开路的，工厂的，你们的小心小心。

李生财　（对张永泉）问他要钥匙。

张永泉　（挡住金本）仓库的，统统的，钥匙！

金　本　（昏头昏脑地摆头）给你，给你的。（仓皇狼狈下）

李生财　现在森下死了，小玉还可以回来，过去的事，谁也甭提了，我李生财对您三爷，总算够得上朋友。

张永泉　（不理会，自语）他妈的，鬼子都跑光了，咱们怎么办？

李生财　这事倒顶要紧，皇军一走，叫咱们守城，等着中央军来；谁都知道这儿离八路近，八路军来了，哼，咱们全活不成。

张永泉　这怎么办？

李生财　还有什么说的，大家一条心，上城去，好歹守住这个城。您老哥就到我队上，亏不了你。

张永泉　要关城，得先把窑上的粮食、东西运进来。

李生财　我派弟兄们去抬回来。

张永泉　对！

李生财　走吧！

凤　仙　这些杀人卖命的勾当，你们还干不完呀！

李生财　你不懂，不这样全要完蛋，连你也保不住。

凤　仙　我横竖是个倒霉鬼！

张永泉　娘儿们，少废话！

李生财　时候不早了，快走！

张永泉　等我把家伙带上。

〔张永泉从内室拿出枪来，与李生财下。

〔灯光转暗。稍停：鸡叫天亮，室内渐明。枪声仍稀疏可闻，俄而狗叫声，急促的叩门声。凤仙披衣，从卧室上，状极惊慌恐惧。

〔张永泉声:"开门!开门!"

凤仙　　谁?

〔张永泉声:"他妈的,连老子的声音也听不出来了!"

凤仙　　(去开门)哟!怎么这个样子?

张永泉　关上门,关上门。

〔张永泉走进客室,凤仙后随。

张永泉　妈的,弄得一裤子水。快,快拿衣服换!

凤仙　　怎么把衣服打湿了?

张永泉　妈的,要老子揍你……衣服,衣服,衣服!(把枪放桌上,脱衣)

〔凤仙急入内室,拿衣服上。

凤仙　　枪打了半夜,到底怎么样了?

张永泉　完蛋了,完蛋了,快把衣服用水泡起来。

〔凤仙照办。

〔台后由远而近传来"三大纪律八项注意"歌声。

凤仙　　(静听有顷,歌声渐近)进来了?是八路?

张永泉　(烦急)倒霉,倒霉!

凤仙　　啊?是怎么回事?

张永泉　李生财也完蛋了,老子差点送了命!

凤仙　　我早说这样闹下去,没有好下场。

张永泉　他妈的,天不亮就开火啦,李生财还叫弟兄冲下去,话没完,一颗手榴弹摔上来,他就完了。跟着八路军都爬上城啦!一上城墙,火把也点着了,我一看,咱们厂里那些苦力跟上来了。他妈的,脚板上擦油,赶快溜呵!

〔外面有叩门声。

张永泉　谁?(匆匆设法藏枪,最后把枪也浸在水里湿衣服下面。对凤仙）你去开门。

凤仙　　谁呀？

［张永泉自己避入室内。

［声："开门，快开门！"

［凤仙开门，八路军战士三人持枪入室，凤仙鞠躬，八路军搜索。

凤仙　　哟！官长，有什么贵干？

战士甲　你们掌柜的在家吗？

凤仙　　唔，唔，在，在家。

［张永泉披衣迎出来，深深鞠躬。

战士甲　掌柜的，我们来看看。

张永泉　唔，您好，您好！呵，看看，请坐，请坐。

战士乙　我们要到里面查查。

张永泉　唔，请进，请看，这是我的内室。

战士甲　你在这里守着。

战士丙　是！

［战士甲、乙随张永泉入室内，稍停。战士甲、乙与张永泉复上。

张永泉　不再看了？外面再坐一坐。

战士甲　掌柜的，别客气。

张永泉　是！

战士甲　这屋子再查查。

张永泉　是！那是收音机，那是脏衣服，咳，凤仙，这几件衣服还没有洗完，怎么放到客厅里来了？还不拿走？（凤仙把衣服盆子拿到桌子底下）

战士甲　那里面不会藏得有东西？

张永泉　嘿……老总，我们都是善良百姓，不敢藏什么。

战士乙　你做什么生意的？

张永泉　做点小买卖糊口，唉，这几年可给东洋人欺负透了。

战士甲　我们是八路军。

张永泉　好容易盼到中国军队来，呵，欢迎欢迎，嘿……

战士甲　走吧！

战士丙　没有什么，就走吧。

[战士三人下。

凤仙　呵，可把我吓坏了。

[凤仙忙去搬木盆，恰巧战士乙回头探视。

战士乙　喂，回来回来！

[凤仙忙又把木盆放下，若无其事。

张永泉　老总，没有什么，您抽烟。

战士甲　走开！

[张永泉急退至桌旁，欲取盆中之枪。

战士乙　站住，开枪了。

[张永泉不敢动。

战士甲　走开！

[凤仙走开，张永泉亦无奈走开，战士丙去水盆中搜出手枪。好，你好狡猾。

张永泉　老总，这是别人丢的。

战士甲　麻烦你跟咱们到指挥部去一趟。

张永泉　真是冤枉呀！

战士甲　不要怕，都说得清楚的。

战士乙　哼！走！

战士丙　走！

[战士们拥张永泉下，凤仙彷徨室中。

凤仙　怎么办？（四顾，然后从怀中取出家信，阅后揉成一

团）对，只有这样办。（匆忙跑入内室，匆促拿一包袱下）

(幕落)

第二场

时间 前场后三天，白天

地点 森下瓦窑厂大柜前

布景 与第一幕第一场同

幕启

［一群工人，错错乱乱，坐立大柜前后或上边。

老杜 坐在大柜上唱落子，有的人在筛煤渣。

老杜 提起了，张永泉，咬牙痛恨，害得我，一家人，生死飘零；"望乡台"，众苦力，受尽折磨，我叫天，又哭地，天地不应！

刘小发 （听到老杜说"望乡台"，流泪）好爷爷，另外唱个吧，这个太难受了。

老杜 怎么，小发，过都过来了，难道还听不得？

刘小发 我心里还搁着一桩事呢。

老杜 人小心事大，现在你姐弟都团圆了，也该高兴了。

汪子和 小发！你真好福气，有那么一个漂亮姐姐。

老杜 唉，给他们作践的，也真够她受了。

刘小发 翠姐姐说，她要搬来和我一块儿住呢。她说她要把她的几件衣服卖了，给我们大家过日子，等张永泉的下落呢。

周平安 那你成了咱们大伙的老财了！

老杜 有这么个好姐姐，就该高兴呀！

刘小发　唉，我还没有替我爷爷、替我爸爸报仇呢。

钱根弟　你还想报仇？张永泉是什么人，你是什么人？你想把他怎么样？怎么个报仇？

刘小发　杀人抵命！

汪子和　啊呀……好厉害！

周平安、张永泉　不是还叫八路军扣着么？他老婆也卷着铺盖走了，他人财两空，这也就差不离了。

老杜　对呀！我看，八路军一来，赵满、陈国梁都放出来了，倒把张永泉扣了起来，这就不含糊。

刘小发　那天，我碰到一个八路，他对我说八路军是什么工人、农民的队伍。

老杜　开头，八路攻城的那天晚上，我怕得厉害，哪有百姓不怕兵的？可是一说话，倒顶和气，我偷着一瞧，嘿，都是年轻小伙子，不像日本人说的八路军长的红胡子，我胆子就大了，跟他们抬云梯到城边，城上的机关枪像爆豆一样，吓得我想跑，一看他们挺有劲，一鼓劲就爬上城了，这伙人真棒呀！

钱根弟　他们好倒好，可是咱们还是没法子。

汪子和　说话总是好听的。哪个队伍还不说些为国为民的话，这世上要真的都不自私自利，那就不会打仗了，拿枪杆子的人，有什么好的。

刘小发　八路军不好，难道是东洋兵好？

汪子和　可不敢那样说，谁要说东洋兵好，谁就是汉奸！

〔陈国梁上。

陈国梁　赵满呢，还没有回来？

周平安　他进城打听消息去了。

汪子和　打听什么消息？

周平安　打听张永泉，就便看看有什么法子籴点粮食。

[陈国梁把背着的破被子一丢。

众人　　怎么样？

陈国梁　太破了，卖不出去，只卖掉一个短褂，够大家喝两顿稀粥。

老杜　　怎么也得想个长久办法。只要我那一小块地能拿回来，押几个钱，咱们总能过一阵。

刘小发　反正张永泉不死，我就不离开这地方。

钱根弟　不离开，等在这儿饿死？

老杜　　张永泉占了我的地，拆散了我的家，我的小孙子饿死了，剩下我这几根老骨头，上哪儿去呀！死也要等在这儿拿回我的地。

陈国梁　咱们光等不行，得想法子告他去，一定要把这家伙弄死！

刘小发　告他？我也去。

钱根弟　告他？到哪儿去告？人家腿粗腰硬，你能告倒了？别羊肉没吃成，弄得一身臊，自己吃亏。

周平安　不告他，又怎么办呢？守在这儿？没吃的。走？没有盘缠。唉！

陈国梁　一个人弄不倒他，咱们大家来，等老赵回来，咱们商量商量。

[台后有人叫："小发"……

钱根弟　听，谁叫小发呢？

陈国梁　像是你姐姐。

汪子和　这两天她高兴的，你看，又跳着跑来了。

［后台仍叫小发。

刘小发　在这儿，什么事？翠姐！你快来！

［小玉上。啊呀！

小玉　快跑，不好了！不好了！

老杜　怎么，东洋人又打来了？

小玉　不是，活阎王放出来了。

众人　什么？

小玉　活阎王放出来了，刚刚找我去，问我妈哪儿去了。可把我吓坏了，他还说要来找你们。

众人　怎么，把他放出来了？

陈国梁　他还说些什么？

小玉　他说八路军没有把他怎样，他硬说，枪是捡来的，八路军就让他取了铺保。他还说，八路军要给他撑腰呢。

陈国梁　真有这事？

钱根弟　你们还告他呢？我就说他腿粗，扳不倒，会惹祸。这怎么办呢？

周平安　哪个朝代当官的不爱钱，看吧，这回张永泉可没有少花钱，唉！

汪子和　该干什么的，还是干什么，我以为八路军一来，你们就封了王啦！

陈国梁　什么？你放什么屁！（冲着汪子和）

老杜　这会儿别理他。他听见张永泉放出来了，又想去溜他的沟子！好，咱们先想个对付的办法！

小玉　他就要来了，怎么办呢？

刘小发　怎么办呢？

陈国梁　也不知道赵满打听消息怎么样了。好，咱们先这么着，

　　　　　沉住气，不要怕，咱们大家在一块。他来，要是好说就好对付，要动手，咱们大伙儿一齐上，干掉他，再不活受他的气了。

刘小发　　等赵大叔回来，咱们大家想法子，也凑点钱给八路军好不好，不把他扳倒，咱们不能活下去。

钱根弟　　咱们的钱，哪有张永泉的多？

陈国梁　　八路军也要钱？

老杜　　　那也不是好办法。好歹今天不是东洋人的天下，张永泉过去是仗东洋人势力，今天他仗谁？

小玉　　　你们看，他来了。小发，我们快走！

陈国梁　　就他一个人，不要怕，别乱动。看我的眼色办。

［小玉拖刘小发，刘小发不走，小玉下。张永泉若无其事地上，对工人态度比以前收敛。

汪子和　　三爷！（鞠躬）

钱根弟　　三爷！（鞠躬）

陈国梁　　你出来了？

张永泉　　哦，你们也出来了！

陈国梁　　怎么样？

张永泉　　哦，没什么，你们放出来了也很好。前两天，八路军把我找去谈谈，……没有什么。……嗳！不过你们以后好好听我的话，要不，叫八路军抓住了，可不好玩，当汉奸办哪！

钱根弟　　三爷！那可不行！您得多照顾，咱们现在卖衣服过日子呢，嘿……也没有盘缠，回不得家，住在这儿连稀粥也没有喝的。您给大伙儿想想办法！咱们就走。嘿……

张永泉　　我有什么法子？我又不开银行，你们也没有把钱交给我，我有什么法子！——八路军跟我谈好了，森下这个厂从今以后算我的；还要开工，你们等着吧！

钱根弟　三爷！那就好啰！您给咱们对付点粮食，好糊糊口。

陈国梁　森下厂算你的？我们还给你干活？

张永泉　唔！（巡回审视一周）八路军要咱们成立个工会，他们请我出来做会长，我也不好推；替大家做事嘛，八路军也不让我推；那么咱们工会就算成立了。（拿出一张纸来）你们先把名字都写下来。

陈国梁　写名字干什么？

张永泉　不用管，你们写就得了。

陈国梁　不告诉我们为什么，我们不写。

汪子和　八路军叫写，还能不写。三爷不会亏待大家。

张永泉　当真不写？

陈国梁　不写。

张永泉　你们全不写？

刘小发　写个屁。

周平安　不写。

众　人　不写。

张永泉　好，好，好，他妈的！是你们的天下了？不写！我去报告八路，撵你们走。

钱根弟　三爷！

陈国梁　八路军怎么样？八路军总是中国军队。咱们谁也不能写！走！

[陈国梁往台后走。工人陆续随其走。

钱根弟　唉！（亦随下）

[汪子和见工人走，亦随走，但见众人都走后，又回过来。向张

永泉鞠躬。

汪子和　三爷！这几天您不在，这厂子可改朝换代了，他们闹得简直不像话。

张永泉　闹又怎么，这些饿不死的王八羔子！

汪子和　他们打算要告您呢！

张永泉　告我！到哪儿告我？

汪子和　这，我也不大清楚，都是赵满在里头挑。他一天到晚，四处打听。您知道他是蔚县人，那年皇军讨伐的时候抓来的，保不住八路军里面有他的熟人。

张永泉　啊，那小子还没回去？

汪子和　回去？他说死也要扳倒您！

张永泉　唔！呵，子和！（拿出几张钞票）你先拿着用吧。多跟着他们跑跑，要有什么事，早点告诉我！

汪子和　呵，这哪成，这哪成！谢谢！谢谢！呵三爷！还有一桩事没跟您说。您那小姐，这几天，天天都往窑厂来。和那个刘小发都认了姐弟啦。

张永泉　唔……

汪子和　要是你对八路军没有几分把握，……嘿，三爷，咱们换个地方谈，这里成了他们的地方，不方便，不方便……

张永泉　唔！他妈的！也成。

〔两人同下

〔刘小发上。

刘小发　哎，走了，同汪子和嘀嘀咕咕的！

〔小玉，陈国梁等人随上。

老杜　汪子和不是个好人，大家要当心，不知道他们又要什么鬼了。

钱根弟　咳，这么一来，对咱们要更厉害了。

周平安　还跟张永泉干活？不能，不能。

陈国梁　×他祖宗的，把这条命割出去了，这里告不倒，旁处告去，反正跟他没有完。

刘小发　姐姐！咱们跟着他们一道去告他。……

［赵满匆匆上。

赵满　怎么？老家伙放出来了？

陈国梁　他才来过，还没走呢，跟汪子和不知道到哪儿去了，两个人鬼鬼祟祟地像商量什么。他还要咱们写名字给他。

赵满　写了没有？

众人　没有。

赵满　好，他一定是想顶咱们的名字，去骗政府的救济粮。

众人　什么，救济粮？

赵满　我到城里打听消息，碰到一个亲戚。拉到他家里，他斜对门住着四区的区工会，跟他闹得挺熟。我告诉他，咱们没有粮食。他说，听工会说，政府有救济粮，专发给穷苦百姓的。我一听，敢情好，赶紧问他怎样领法，他说，他不知道。

众人　唉！

赵满　我就要他到工会帮忙问问。他回来说，让咱们也成立个工会，打个花名册，就能领。

陈国梁　那张永泉一定先知道这个事，才来叫咱们写名字的。

众人　老赵！咱们就成立个工会，你给大家打花名册，咱们自己去领吧。

赵满　张永泉的事，我也跟他说了，他带着我到那个区工会，见了主任。

众人　　怎么样？

赵满　　那主任姓孔，个儿不高，穿一身粗布短衫，跟我们差不多。腰里别一支驳壳枪，上面还缠着红绸子呢。说话顶亲热，他叫我别害怕，说他从前也是工人，知道工人的苦处。说工会就是自己的会，工人在了会，就能自己做主，保护工人自己的利益。他还问这问那的，我就说开了。

众人　　张永泉的事，你说了没有？

赵满　　我全说了。他都记了下来。他跟我说，咱们森下的工人团结起来，成立工会，才能保护自己，不被坏人欺侮。他叫我回来，让你们大伙儿都去谈谈呢。

钱根弟　谈了会怎么样？

赵满　　要他帮咱们成立工会，好有人做主，跟张永泉算账嘛！

陈国梁　刚才我们说要告张永泉呢。现在好了，有了孔主任。

赵满　　孔主任说，一切还要靠自己。要我们自己结团体，自己拿主意，什么事大伙儿商量着办。他还说龙烟铁矿、宣化纸厂工人们全在组织工会呢！

钱银弟　我怕还是不顶事。他不替咱们出头，咱们这伙穷苦力有什么办法？我看算了，人家现在还在厂上呢。人家认识八路军，有面子。

赵满　　孔主任说，八路军共产党是穷人的，是替老百姓办事的。八路军不会帮坏人的忙。我在蔚县见得多了。

周平安　那为什么把活阎王放出来呢？

老杜　　活阎王本领大，花言巧语，他城里也有熟人，取个铺保，当然容易。八路军刚进城，生来乍到，咱们又没有去告他，哪里搞得那么清楚。我看，咱们先去孔主任那里谈谈，把张永泉几年来帮助日本人欺侮咱们的事，从头到尾告诉他，要他帮我们拿主意，孔主任一定是八路军共产党的人，我们该信得过他！

陈国梁　有这样的好人帮我们，还不敢去，那可真是奴才根。

刘小发　我第一个去。赵大叔！四区工会在哪里？

赵　满　我认识。

周平安　先去谈谈也好，看以后怎样再说吧。

陈国梁　走，大家都去！根弟！你怎么样？

钱根弟　大家都去，我也去。

赵　满　好！哥儿们，别忙！咱们现在的事多啦！老杜！你会写字，你来打个花名册，带几个人先去领点救济粮，别叫咱们人空着肚子跑。老陈，你带着小发、小玉、老周、老钱上区工会，把厂上的事情好好对孔主任说。我到坯子房邀几个兄弟把活阎王看起来，现在我们不能抓他，可别叫他跑了！今儿晚上回来，我们大家再商量怎么个成立工会。孔主任说工人要不结团体，不齐心，就是一盘散沙，没有力量。咱们要听他的话，大伙儿一条心，把活阎王扳倒！走！

众　人　对！走！走！走

［众人一拥而下。赵满正欲下时，汪子和上。

汪子和　赵满！你们哪儿去？我也去，我也去！（追着下）

赵　满　他妈的！

［张永泉上，两人不语，对视有顷。

张永泉　赵满！你捣什么蛋，今天八路军我也认识，嘿……

赵　满　你认识你的，怎么样？

张永泉　你闹不出什么花样的。你还是回蔚县老家吧，盘缠我给

		你，要带点什么东西回去，也行。跟他们一起胡闹，告我，没有好处！
赵满		这不是一个人的事，我们大伙儿告你。
张永泉		你心里要明白，告我，哪里那么容易？你又得什么好处？这是五千元，你先拿着。
赵满		哼！张永泉！你当我是什么人！我要你这几个血腥钱！
赵永泉		（急按住他，说）好！就算咱们认识一场，今儿交个朋友。要多少？你说。这里还有一万，再添你一张支票，一万五，两万，怎么样？
赵满		（沉思有顷，毅然接钱）……
张永泉		好，好。你现在就走！……

（幕落）

第三场

时间	九月初
地点	森下瓦窑厂
布景	与第一幕第一场同景，大柜的墙上挂着"森下瓦窑厂清算委员会"的木头牌子，旁边贴着一张布告，上写"各位工友，本月初五和活阎王开清算大会，凡受过他欺侮的，不管厂里厂外，都赶快来算账不误。森下瓦窑厂清算委员会启，九月一日"。字迹显然出自工人手笔，大柜的外院里，放了一张八仙桌，两三个凳子。砖头堆上贴着很多彩色标语，墨迹犹新，惹人注目，标语内容是："工人团结起来"，"打倒张永泉""拥护民主政府"……

幕启

〔老杜、周平安、钱根弟三人在柜上紧张地算账。老杜一手拿笔，一手拨算盘，钱根弟报账，周平安也在忙着磨墨，刘小发、小玉在忙碌着张贴标语。

钱根弟　……高炳武，欠工资一千七百元，香烟两条，白土布三丈五……

老杜　你念慢一点，我来不及记。

钱根弟　快了，快完了。

刘小发　（指着一张标语）姐姐，这两个字怎么念？

小玉　这就是赵大叔常说的两个字，这念"团""结"。"工人团结起来"，就是说：做工的，不管男的女的，老的少的，也不管是什么地方人，都要一条心，才有力量。

刘小发　真的，姐姐，这一晌跟张永泉算账，我们大伙儿出主意，一块儿做事，人多手多，我从没有这样痛快。

小玉　我还有一点儿怕，怕那老家伙厉害，扳不倒，反过头来害咱们。

刘小发　不怕。这也是赵大叔说的，只要工人团结，又有政府做主，不要怕，我一点也不怕。前天在区上告状，当着汉奸的面，我指着他骂来着，他也不敢怎么的。往后咱们再成立工会，那就更好了。姐姐，你不要怕。

〔两人继续工作。

〔高炳武换了小商人装束上，走向大柜。

高炳武　你们还在算账，完了没有？

老杜　你快来帮帮我吧。大家要我算账，唉，我是老太太坐牛车，慢透了！来，你比我打得快，你来算，我专管写。

〔高炳武接过算盘，并拿出钱来给老杜。

高炳武　这是我上回答应捐的钱，给大家买纸，你收着吧。

钱根弟　还是你热心。

高炳武　没有什么。八路军一来，买卖好做了，现在一天比从前一个月赚得多，这几个钱，算不了什么。人生在世，总要图个好名嘛！

老杜　我把你的名儿写上，高炳武乐捐五百元。好不好？

高炳武　好！好！听说还在成立工会，我可要参加一份！

钱根弟　成立工会，大家都有这意思，可还有几个人不愿意，说清算了就完了，成立工会干什么？

周平安　就是这儿成立工会，你也不能参加，你是买卖人，工会是工人的。

老杜　你参加城里的什么——小商人联合会吧！

高炳武　啊！对！

高炳武　呵！三五一十五，五去一进，一下五除四……

［众人紧张工作，工人甲、乙上。

老杜　快算！

工人甲　你说，咱们成立工会有什么好处？

工人乙　你没听老赵说呀？你瞧，我这五个指头，捏在一块儿，是个拳头，顶有劲，一撒开，五个手指头，就一点劲也没有。再说，咱们这回，要不是有团结，拳头捏得紧，还能同活阎王算账？你想这个理吧！

工人甲　唔！唔！老杜，这是张永泉克扣坯子房工人的总账！给你！

工人乙　你们也算得差不离了吧？

高炳武　（点头）三万六千九……

［工人丙、丁、戊上。

工人丙　借光,(对刘小发)小兄弟,在哪儿开大会?

刘小发　清算大会,就在这儿。

[工人甲、乙出柜巡视标语。

刘小发　你们从哪儿来?你们不是这窑上的?

工人丁　我们是从这窑上跑出去的。昨儿赵满托人带信,说今天在这儿开大会,跟张永泉算账!让受过气的都来,政府给咱们做主,我就邀他们一起来了!

工人戊　当年张永泉开窑,把我家的坟地都刨了,今儿也能跟他要么?

刘小发　能要,你们先到柜上上个名字,让他们记下!

[众工人去写名,又出柜。

工人丙　小兄弟,听说汉奸的老婆跑了。

刘小发　可不是,张永泉一被扣,她害怕,就逃走了。

工人丁　妈的,便宜她了!

小玉　跟她有什么相干,她还不是受张永泉的气?她是好人。

[陈国梁挂了工人纠察队的袖章,后面簇拥着几个工人上。

陈国梁　(对工人甲、丙)老董,老田,你们好!你们都来了?

工人丁　盼星星,盼月亮,我们盼到今天啦!

陈国梁　咱们当工人的,也能出头啦!

[老杜等算完,收拾账本,出柜。

陈国梁　完了?

老杜　完了!

高炳武　(同时)算完了!

[汪子和上。

汪子和　你们早呀!

[众不理他。

老杜　　汪先生，这时候来，又有什么好事？

汪子和　有一点儿小事！各位原谅。

陈国梁　你来得正好，还没到算账（特别提高）的时候哪！

钱根弟　赵满他们怎么还不来？

陈国梁　快了！快了！他还在区上，区上孔主任正问他话呢！

刘小发　怎么，还在问？前天问了一宿，昨天又谈了一天，今天又谈了一个清早，找这个谈，找那个谈，现在还在谈？

陈国梁　你们不知道，又有了花样子，张永泉拿了钱，想收买赵满。

高炳武　他花多少钱？

汪子和　（假镇静）有这样的事？

陈国梁　真他妈的装蒜，你还不知道？

周平安　老赵呢？

陈国梁　老赵把这事全告给孔主任了！孔主任和老赵商量呢！

工人丁　有种！

刘小发　张永泉瞎了眼，把赵大叔当什么人？

老杜　　你们看，那不是他们来了。

陈国梁　他们来了，赵满、孔主任都来了！

〔众人纷纷起立，鼓掌，孔主任、记录员、赵满等上，后随法警两名，押着张永泉，其后跟着一群看热闹的工人、市民。把张永泉押到大柜内。

赵满　　哥儿们，咱们全都受过张永泉的罪，今天跟张永泉算账，有冤的申冤，有仇的报仇，今天是咱们工人说话的日子，孔主任，你讲吧。

孔主任　工友们！

〔众人议论："这是孔主任！""就是孔主任哪！"静。

孔主任　刚进城的时候，我们抓住了张永泉，没有仔细调查，让张永泉花言巧语骗过去，取保释放了。现在政府又把他扣起来，大家要求今天在这儿开清算会，大家不要怕，有什么说什么，前两次没有来过的，都可以说。民主政府不冤枉一个好人，也绝不放走一个坏蛋！

赵满　哥儿们！听见没有！张永泉是咱们的对头，他帮助日本人，把咱们工人不当人待，现在八路军来了，孔主任又给咱们做主，咱们敢不敢和他算账？

众人　敢！

赵满　敢不敢和他斗呀？

众人　敢！

赵满　把张永泉叫出来！

〔工人纠察队员两人，疾步向柜内走去，台上寂静，聚精会神地注视他们，记录员整理纸张，稍停，纠察队员带张永泉到会场，后随法警。

赵满　当着他的面，大家有什么全说吧！

〔沉寂。

老杜　（走到张永泉跟前）张永泉，我什么事得罪了你？把我指着过日子的葡萄园占了！我求你，问你磕头，你不答应，还把我扣起来，白天替你做工，晚上在"望乡台"上受罪，把我的孙子也活活饿死了！你还我的地，还我的孙子。

张永泉　你说话别亏心，那是日本人的意思！

老杜　太阳红彤彤的，我不亏心，你跟日本人是一伙！

〔众人："他是日本人的狗！""他和日本人一伙，欺侮咱们！"

高炳武　（挤到前面）各位同胞，我叫高炳武，我是一个做小买卖的，千不该，万不该，那天走森下窑厂过，张永泉没收了我的货，抢了我的钱，还把我看起来，给他做工，说三两天就放我回去。三两个月了，也不放我出去，我病得几天没吃饭，他还打我，逼我做苦工，也不发给我工钱，这笔账怎么算？

工人丙　你讨好日本人开窑，把我家的祖坟刨了，他们是地下的人，碍你什么事？要使他们阴魂都不安静！你刨人祖坟，大清年间就是个死罪，现在是民国了，八路军来了，你该什么罪？

陈国梁　（一跃到张永泉面前）你一张嘴就说我通八路，把我们关在"望乡台"，老子现在通八路，我还要当八路去，你敢怎么样？

〔工人乙拄着拐子，后面一群人横冲直闯地嚷着上，会场上乱！

工人乙　让开，让我走路！

周平安　你干什么？

工人乙　来找张永泉算账，他在哪儿？（看见张永泉）你让开！（到张永泉面前）我做工，你克扣我工资，给我吃砂子米，为什么还要送到我日本兵营去？谁愿意做日本人的炮灰呀？逼得我从魁星阁上跳下来，把腿摔折了！你说！你说。……（擦汗）

张永泉　我不认识你！

工人乙　（气得说不出话来）你不认识我？

老杜　　你不就是去年跑了的老吕么？

陈国梁　对，他就是二柜上的吕振华！

工人乙　（举拐杖打去）不认识我？也得要你赔我的腿！

众人　　打！打！打得好！哈……

老杜　别着急，慢慢跟他算账！

周平安　我说吧，我从天不明，卖力气干到天黑，就不给我一个子儿！

工人丙　你还欠我五千六百块！

工人戊　你扣过我四千块！

张永泉　日本人没开支，我有什么办法？

钱根弟　日本人没开钱，三爷您……

陈国梁　什么三爷！汉奸！

钱根弟　对，汉奸！怎么那会儿，我一给你送礼，你就给我开钱？钱还没有给够啦，东洋人已经少给了，你又扣了一半。

小玉　你拿回家的钱，哪儿来的？

［张永泉低头。

老杜　张永泉克扣咱们的工资，大家推我和周平安结算，这里有一个清单，一共是二十万三千六百零四元。

众人　这么多呀！

张永泉　多少随你们说吧！

老杜　什么？咱们这账都有凭有据，一笔一笔写得清清楚楚，一加二是三那么加起来的！

陈国梁　你还要光棍，不是时候了！你赔我们大伙儿的！

众人　赔！

张永泉　赔？没那么多钱！

赵满　哥儿们，我证明，张永泉有的是钱，这是他给我的两万块钱。

［众鼓掌叫好。

赵满　你想收买我，要我离开这儿！

众人　　有这样的事!

赵满　　还有!汪子和也收了他的钱。

众人　　把他拉出来!

[纠察队员把汪子和拉出。

汪子和　（面无人色)……我……

陈国梁　快说,收了多少钱,没有你的事!

众人　　快说……

汪子和　我说,我说!是我不好!张永泉给我五百块钱要我打听大伙儿的消息,张永泉一被扣,我也没给他送过信,我该打!该打,(打自己)你们饶了我吧!

老杜　　钱呢?

汪子和　在这,在这,我花了二百。

陈国梁　你还想溜沟了?给大家赔不是!

汪子和　对不起!对不起!大家原谅!

赵满　　咱们还是跟张永泉算账。

张永泉　好!你们说多少,我赔多少!没有现钱,我卖产业,可是你们照法律办事,不能乱来!

众人　　什么法律?

赵满　　咱们什么地方没按照法律?

张永泉　你们不能乱打人!

[沉寂。

孔主任　我说几句话,好不好?

众人　　好!

孔主任　张永泉也讲法律了。大家想一想,他以前打人骂人,是凭什么法律呀?那不是日本人的法律吗?现在,民主政府也有法律,可是这法律不是保护汉奸,是保护人民的。

老杜　对！你还想拿法律来吓唬人？不成了！

工人丁　妈的，还想唬人！

刘小发　我要说，活阎王，你把我们一家从天津骗来，你不给我们工钱，你不让我们歇着，你把我爷爷打病了，还要他做工。你踢死我爷爷，逼死我爸爸，连尸首都没看到……赔我爷爷，赔我爸爸……（哭）

小玉　弟弟，别哭！（转向张永泉）你糟蹋我们一家，不准我父女见面，你糟蹋我还嫌不够，又把我送给日本人去糟蹋，你们大家给我打呀……（顿脚嚎啕大哭）

众人　打！打！

陈国梁　别打了。让他说话！

张永泉　那是李生财跟森下说好的。

老杜　李生财是你的狗腿子。

刘小发　杀人抵命。

众人　对！杀人抵命！枪毙他！枪毙他！

赵满　张永泉，你听着：你背叛国家民族，勾结敌人，帮助敌人打中国人；日本投降了，你参加伪军，打咱们八路军；政府调查你，你还欺骗政府。你平日虐待工人，克扣工资二十多万，还奸淫妇女，强占民地，逼死人命，你说，是不是有这些事！

张永泉　我也是在日本人手底下，没法子！

［众人："日本人，我们也便宜不了他！""什么没法子，你凶得很！""你也有今天，没收他财产，枪毙他。"

赵满　枪毙张永泉，我们请孔主任转告政府。

众人　好！

孔主任　大家意见，没收他的财产，赔偿工人的损失，还要枪毙他，是不是？

众人　好，是。

孔主任　我一定把大家的意见转告给政府！

众人　对！好！

赵满　哥儿们，大家看见了吧？咱们工人结了团体，就有力量，就能跟张永泉算账，咱们还要不要成立工会？

众人　要！要成立工会。

赵满　好！工会得有几个人办事！

众人　就是你！

老杜　老赵兄弟，我早看中你了！

赵满　唔，我算一个，还有……

〔远处锣鼓声渐近，纠察队员甲上。

纠察队员甲　龙烟铁矿的工人给咱们送礼来了！

赵满　欢迎龙烟铁矿的工友们！

陈国梁　（拉张永泉到一边）别挡着咱们工人的路！

〔张永泉看陈国梁一眼。

陈国梁　今天谁都不用看着谁，告诉你，这叫工人翻身。

众人　让他跪下！

陈国梁　跪下！

〔锣鼓声更近，龙烟铁矿工厂工友拿了两面红旗——一面旗子写"工会万岁"，另一面写"组织起来"，穿过人群，向门口走来。

赵满　（呼口号）工人团结起来！庆祝工人翻身！民主政府万岁！

（幕落·剧终）

一九四六年三月于张家口

林韦记录

高街妇女做鞋组

人物　懒婆（壮年）

　　　　壮年妇女甲、乙（以下简称壮甲、乙）

　　　　青年妇女甲、乙、丙、丁（以下简称青甲、乙、丙、丁）

　　　　妇救会主任（以下简称主任）

　　　　合作社小组长甲、乙（以下简称合甲、乙）

　　　　一个十八九岁的女孩子（以下简称女孩）

第一场

地点　阜平高街村普通的一个院子里，院内放着一两个蒲团

时间　一九四四年春天，经过了一九四三年三个月的反"扫荡"以后

幕启

［懒婆拿着布袋叨念着上。

懒婆　合作社贷给粮食吧，还叫做计划，不做计划不贷给，哼！贷给也好，不贷给也好，说什么，说俺好吃，俺好吃又没吃着你们的，用着你给俺当什么家呢，管得宽呢。

［壮甲与青甲面黄肌瘦，满脸带愁容上。

壮甲　老我那天，大春天的，没有吃没有穿，这大长天气，你说薛贵珍这可怎么办呢！

青甲　天长大日头的，没吃没喝，真难熬呀，合作社光布置的叫咱搓烟卷、做卖鞋吧，纺线、做豆腐吧，你说咱做什

么好哇?

壮甲　搓烟卷没技术，做豆腐没家具，不说别的，连个锅也都没有。

懒婆　不说别的，那孩子还在家里饿着呢。

[壮甲看看懒婆想想，自己也没办法。

妇甲　那咱还是做鞋卖吧。

青甲　做鞋，连一零零铺衬底面布都没有价，怎么做。

懒婆　做也是没的吃，不做也是没的吃，家里还多着呢。谁知道你们呢，俺不做，哎哟，春起这虱子咬得不行。（自己翻自己衣服，捉虱子）

[妇救会主任上。

主任　大嫂，你那筲①呢?

青甲、壮甲　妇救会主任来了。

青甲　做饭呀。

懒婆　哎，你们做什么饭呀。

主任　春起有什么好吃的，不是吃点糁糁儿就是炼点碴子。

懒婆　不做点好吃的。

主任　粮食头这么贵，从哪来的进钱路呀，你们还没做饭呢?

青甲　俺还没得吃呢，做什么?

壮甲　王朝金，你说这怎么办，没吃没穿的。

主任　那还不好说呀，不是给咱们想出啦办法，叫搓烟卷，做豆腐，做鞋卖，这不是咱们妇女干的件儿。

青甲　做豆腐，没锅，可是不沾。

壮甲　搓烟卷吧，咱没那技术，有技术没技术的不说，还是连见过也没见过。

---

① 筲，阜平叫水桶是筲。

主任　搓烟卷吧，没技术，做豆腐吧，没锅，那咱做卖鞋吧，这可是妇女平常干的件子。

壮甲　唉，什么也没有价，再说，做卖鞋，大针钻小针透，一双鞋赚钱又不多，这些人就能顾住生活啦？

青甲　做不怕做，没技术做不好就不能多卖钱了，利小倒不怕，咱不会从小利看大利，我光会纳底子，不会配帮，那可怎么办呀。

主任　不要紧，那还不好说，你不会配帮，我给你配帮，咱们还有说不了的事。

青甲　那可好，这么忙的工夫，你给我配鞋帮，我给你做个别的，咱们拨个工吧。

壮甲　这可是沾，（向懒婆）你做什么。

懒婆　我做什么，俺家的活还觅人做呢，不用说别的，我脚上这鞋还是找人做的呢。

主任　那咱三个，加上董宗莲，齐花荣，咱组织个小组吧，做个计划，缺什么东西，叫合作社给咱们买，哎呀，天气不早啦，这一大会子啦，该回去做饭呀！（提水桶刚要下去，合作社小组长甲、乙上）

合甲　这可闹好啦，合作社说贷给咱粮食，借给豆，叫咱们做卖鞋、做豆腐，赚了钱啦再还人家。

壮甲、青甲　合作社贷给咱粮食呀。

合乙　这工夫没吃没穿的，合作社可以先借给咱粮食，先吃着，做啦鞋，有啦钱再还，还是做鞋，没东西合作社偏①给咱布什么的，你们做吧。

主任　你们讨论好啦？

---

① 偏，阜平土话。

合乙　讨论好啦。

合甲　你俩快做鞋吧，合作社替咱们预备材料。大减价，十八块钱一尺黑布，减成十一块，十块钱一尺白布减成七块，一张"格贝"减一毛，（对合乙）哎，我忘啦，那"铺衬"减多少钱呢？

合乙　一尺减八块，什么都减价。

合甲　合作社东西通减价。

青甲　那我（快快地）去偏①点粮食。

壮甲　我也去借点粮食去。（下去取布袋）

合甲　如今的合作社，和往法②的可不一样，处处替大家想办法。

合乙　往法合作社就是个名。

主任　倒是合作社关心咱。（妇甲、乙拿布袋上）

壮甲　我再拉点布，做上两双卖鞋，再偏点布换换季。（欲下）

主任　我给你们提个意见，早晨起早点，做饭，切菜，推碾子，抬水，放在黑夜，白天节省了工夫，不多做几对呀，增加妇女生产力量。

壮甲　我们同意这意见（下去）。

主任　（对懒婆）谁也去贷粮食去啦，你不去借点去。

懒婆　我也不做鞋，我也不贷粮食。

主任　可不要说不做，去吧，今年号召大生产人人要做活，咱们一天开动会啦说反对懒老婆懒汉，咱们要不做活，叫人家说咱们个什么。

---

① 偏，阜平土话。
② 往法，意思是从前。

懒婆　　……

主任　　做双鞋卖，可以籴点吃，再说合作社又大减价，快去吧……

懒婆　　（仍不语）

主任　　你看你手里这么紧，还不做个活，人家二荣子他娘不是做了几双鞋，手里才宽超①多啦。再说咱们一开会说男女平等，你不做活拿什么和人平等呀？

懒婆　　俺没法，家里又有孩子，身子又不壮实，又好闹个病。

主任　　你那病，又不是立了不起身子那病，做吧。

懒婆　　家里可有好几个孩子呢？

主任　　唉，哪个妇女不拉扯孩子，做吧，可不要说不做。

［一个女孩穿着一身新上。

主任　　去哪啦呀？

女孩　　我去给合作社送鞋去，早先拉了一个布做了身衣裳，这不是穿上啦，这会儿做了两双鞋去给人家呀。

主任　　我看你这鞋，（接过鞋看了看）这小鞋做得可是不赖，（对懒婆）你看人家做了卖鞋拉了一身衣裳，咱们也做双鞋拉尺布补补你这衣裳，籴点吃的。大人吃啦不饿得慌，孩子吃啦也不啼哭啦。

［懒婆拉拉女孩子衣裳与自己破衣裳对比。

主任　　你看人家穿的吃的，那不都是自己做活挣下的，你也做吧。

女孩　　做吧，一双鞋赚不少的钱呢，我走呀。

懒婆　　（想了想）可我不会做呢。

主任　　不会做那倒不怕，我帮你，你拿上活上我那去做，我教

---

① 宽超，意思是富裕。

你，做不了的，我给你做，你给我做个别的活。

懒婆　　那呀，你教我，沾。

主任　　那你做吧，哎，排搭①啦这么半天，可不早啦，回去做饭呀。（下）

[壮甲、青甲背着粮食走过懒婆面前下去。

懒婆　　（看看她们）你看人家贷上粮食啦，我也做个计划，做两对卖鞋，叫合作社也贷给我点粮食，大人吃啦不饿得慌，小孩吃啦也不啼哭啦。

（幕下）

第二场

时间　　一九四四年秋天

地点　　高街村合作社门口，门上贴着三个大字"合作社"

幕启

[壮年妇女拿着鞋底上。

壮甲　　合作社买布的，到这晚还不回来，这回做的三百双鞋，叫劳动英雄们穿呀，咱们一下那就做上哪？

青甲　　真是，咱们一人五六双啦，可得做些时候呢。

壮甲　　今年你做啦几对鞋？

青甲　　做啦十来双，量啦三四柯粮食，吃油打盐，拉鞋面净是这钱，讥六对，更赚得多。你呢？

壮甲　　我好做了十几对子，俺买了三匹布，买了个小猪，打盐一切等等尽花的这个钱。

青甲　　这次计划六对，我可得超过，做上七对。

壮甲　　多做点，我选你当个劳动英雄。

① 排搭，拉闲话的意思。

青甲　　你也多做点吧，我也选你当个劳动英雄。

壮甲　　对，咱都多做点，都当个英雄。

〔懒婆拿鞋帮，做着上。

懒婆　　你们可来啦是呀。合作社主任还没回来啦？

青甲　　没有，你也来买东西来啦。

壮甲　　这工夫身子壮实啦。

懒婆　　壮实啦，有的吃，就壮实啦。

壮甲　　你的孩子也壮实。

懒婆　　壮实。

青甲　　今年你做啦多少对鞋啦？

懒婆　　我做啦八对，我缝了两个裤，给孩子也做啦件衣裳，俺还买了个鸡。

壮甲　　你这么儿①计划做多少？

懒婆　　我手慢，做四对，我要是做上了，再做一对，反正我这四对一定完成。

〔壮年妇女乙上。

壮乙　　买布的到这还没家来？

众　　　没啦，俺们也在这呢？

壮乙　　这么晚啦，还不回来，买不回来，我还不做啦呢，这次叫做五六对鞋，东西这么贵，一百九十块钱一双，拿到集上去好歹还卖个二三百块钱呢。我又不待做，又不缺吃，又不缺穿。

青甲　　回来，回来我对你有个意见。（拉壮乙）

壮乙　　拉我干什么呢。

〔妇救会主任纳底子上。

---

① 这么儿，这次的意思。

青甲　　可不要不做，合作社对咱这么关心，咱们没吃的，合作社贷给咱粮食；没穿的，合作社借给咱们布，这次英雄要三百双鞋，还给咱们钱，这个任务，咱们完不成，可真是对不起那上级。

主任　　这也是为啦工作，别说咱们还挣钱，春起发下那军鞋底不挣钱，还不是一样做？你拿到集上，卖三四百，可是在集上，买材料好贵呀，咱们合作社一双给一百九十块钱，可买材料便宜呀，可别说不做。

青甲　　做吧。

壮乙　　哎，我是气得慌，我还有个不做啦，我做，做七对八对。我得超过你们。

青甲　　到么是做鞋好，才娶啦我，做啥活我婆婆也没插过手，自打今年，我做啦卖鞋，赚啦钱啦，我婆婆天天给我搓绳子，弄底子打夹纸，我赚了那钱通给啦她，欢喜得她不行。

青甲　　谁见啦钱不欢喜呀，谁见啦钱也是欢喜。

主任　　说一双鞋赚不多的钱，我零三八四的，我就做啦那么几对就入了二百块钱合作社股，又花了二百块钱，买了个小猪，俺要知道这工夫长成四百块钱，我非买一对不沾。

青甲　　说那个，俺早知道，俺还买一窝呢。

主任　　你买啦人家老母猪吧。

［众笑，青乙、丙、丁拿着鞋帮唱《妇女做鞋组歌》第一段，上，唱两句以后，台上人跟着唱，唱完第一段，青甲上前去看。

青甲　　买布的回来啦，买布的回来啦。

壮乙　　合作社主任，可回来啦。

懒婆	再不回来,可急坏人啦。(大家说着高兴地趋上前)
青甲	(哈哈大笑)我哄你们的。
主任	你这调皮鬼。
壮乙	这死鬼呀。
青乙	耽误我少纳了几针。
青丙	再有什么,也不听你的了。(上五行)这是混起来说的。
青甲	我跟你们说的玩的,说的玩的,看你们做得怪好。
壮乙	这死老汉,还不回来。
青乙	真是,合作社主任还不回来。
壮甲	不回来,咱们再唱个歌吧。
众	好,唱吧。(大家唱《妇女做鞋组》第二段,第三段,唱完了)
壮甲	这么,可回来啦。
壮甲	又糊弄咱呢,不待听。
青乙	不去,咱不看。
壮甲	可是回来啦,那不是还背着布呢?
懒婆	哎,是真回来啦,快去吧。
壮甲	看,把布放在那儿呢。
懒婆	不过来啦,咱过去看。
众	对,走。(大家一起走下去,"合作社关心咱……"唱着下去)

妇女做鞋组歌(林韦、张非)

高街鞋呀不平常呀,

密针齐鞋口呀,
鞋底五十行呀。
底大帮小呀,
对对斤二两呀。
前五行后四行,
腰里密密地抽三行。
帮儿纳得真是稠呀,
又可脚又耐穿,
谁个看了都说沾。

做鞋组呀拨工忙呀,
你给我纳底呀,
我给你配帮呀。
巧手帮生手呀,
拨工可是强呀。
合作社关心咱,
样样预备得都齐全。
"袼褙""铺衬"鞋面布呀,
又便宜又方便。
只要动手什么也不困难。

靠双手呀吃饱饭呀,
多做一双鞋呀,
吃盐不费难呀。
媳妇手不闲呀,
婆婆心喜欢呀。

李大娘王大娘,

一直做鞋十几双。

家里生活改善了呀,

新棉袄黄干粮,

明年更要干得揉。